Sandra Wöhe, Die indonesischen Schwestern

Sandra Wöhe

Die indonesischen Schwestern

Roman

konkursbuch
Verlag Claudia Gehrke

1

Es roch nach Kleister. Das Baby schrie. »Ein Mädchen!«, rief Phyllis und fiel beinahe über ihren Koffer. Vor Stunden hatte sie ihn neben dem Tapeziertisch abgestellt. Sie hatte eine Fahrt zu ihrem Bruder geplant gehabt, den seine indonesische Firma zu einem Kongress nach Deutschland geschickt hatte. Sie wollte Felix unbedingt treffen. Auf Dauer war das kein Ersatz, Wünsche, Ideen, Träume oder auch Banales auf ein Bananenblatt zu schreiben, es klein zu falten und in der Glut eines Räucherstäbchens zu Asche zu verbrennen. Einem lebendigen Bruder gegenüber, ihn lächeln zu sehen oder auch ihn zu beobachten, bis sich seine gerunzelte Stirn wieder glättete, das war es, was sie wollte. Ein Gespräch mit ihrem Felix. Endlich wieder javanisch reden. Wann sie ihren Bruder das nächste Mal sehen würde, gab kein Orakel der Welt preis. Vielleicht nie mehr. Vielleicht auch bald. Je nachdem, ob der Vater ihr verzeihen würde, dass sie nicht nach Indonesien zurückgekehrt war.

Das Neugeborene schrie jämmerlich. Die Hebamme gab es ihr, eingewickelt in ein weiches Tuch. Bläuliche, knittrige Haut, blut- und fettverschmiert – das Mädchen zappelte wild. Phyllis konnte es nicht fassen, ihre Enkeltochter in den Armen zu halten. Sie überlegte, ob ihr Herz vor Glück springen oder weinen sollte.

»Was für ein wunderschönes Mädchen«, sagte sie und streichelte über die kleine, gerunzelte Stirn.

»Zeig sie mir«, bat ihre Tochter, der die schwarzen Haare im Gesicht klebten.

»Wie schön sie ist«, sagte Yasmin. Die Wöchnerin setzte sich im Bett auf und lehnte sich an die Wand, von der die Tapete noch in Fetzen hing.

»Sie ist so leicht«, sagte sie, als ihre Mutter ihr das Baby in die Arme legte. Plötzlich gefror ihr das Lächeln im Gesicht. Yasmin krümmte sich vor Schmerzen.

»Die Plazenta kütt«, sagte die Hebamme gelassen und nahm ihr das Kind aus dem Arm. »Ich wasch et dann schomma.«

»Halten Sie ein, bitte«, bat Phyllis. »Ich würde gerne nachschauen, ob die Kleine auch gesund ist.«

»Das muss doch der Doktor«, entgegnete die Hebamme. »Der kütt schon noch.«

»Vier Augen sehen mehr«, beharrte Phyllis und nahm ihr das Kind ab. Die Hebamme wurde noch bleicher, als sie schon war.

Wahrscheinlich hat sie zu lange in heißer Milch gebadet, dachte Phyllis gehässig. Ihr war die Blässe längst aufgefallen. Immerhin hatte die Hebamme eine Mama Biang-Tasche dabei und benutzte sie auch. Spott, Zweifel und gleichzeitiges Vertrauen in die Künste der Hebamme rumorten in Phyllis, ohne dass sie wusste, was ihr missfiel. Nicht einmal der Name der Frau interessierte sie. Die Hebamme war ihr einfach zu jung, knapp über dreißig, schätzte Phyllis. Eine gute Geburtshelferin musste aber das vierzigste Lebensjahr überschritten haben. Die Hebammenausbildung brauchte schließlich ihre Zeit. Das war in Deutschland sicher auch so.

Sie wischte ihre Enkelin mit dem Wickeltuch trocken. Dann steckte sie es in eine Schublade der Kommode, die mitten im Raum unter einer Plastikfolie stand.

Die Hebamme beobachtete sie entsetzt. Wusste sie nicht, dass man aus dem Wickeltuch wichtige Heilmittel bereiten konnte?

Um alles richtig zu machen, hätte sie zwar genau jetzt ein Bananenblatt gebraucht, um das Wickeltuch einzupacken. Aber wenn es eben nicht ging, alles perfekt zu machen, dann half es auch, das, was möglich war, richtig zu machen. Mit oder ohne Bananenblatt. Es war selten genug, dass überhaupt ein solches Blatt den Weg ins Dorf fand. Wie sollte man da gesund bleiben? Hier wuchsen keine Bananen am Straßenrand. Hier kamen die Früchte dicht gepackt in Pappkartons in den Laden. Von Blättern keine Spur. Kein Wunder, dass so viel über Krankheiten gejammert wurde. Aber wie sollte sie das nur der Hebamme erklären? Phyllis, die mit indonesischen Naturvorstellungen aufgewachsen war, hatte keine Lust auf eine Diskussion über westliche Gesundheitskonzepte.

Seit drei Jahren lebte sie nun in diesem Dorf nahe an der holländischen Grenze. Die Einheimischen waren nett, aber verstehen konnte Phyllis sie noch nicht. Ihr Denken war so anders. So absurd. Wie ihr Medizinsystem.

Sie zählte die Zehen des Babys, zog sie dabei auseinander und schaute nach, wie weit die Haut dazwischen reichte.

»Keine Schwimmhäute«, murmelte Phyllis. »Wasserscheu wird unsere Kleine sein.«

Vorsichtig massierte Phyllis den Bauch, wie sie es von ihrer indonesischen Baboe gelernt hatte. Das Baby schlief ein. Im Geist dankte Phyllis ihrem alten Kindermädchen. Dessen Tochter hätte sich um das Neugeborene gekümmert, wäre das Leben geradlinig verlaufen. Aber das Schicksal hatte sie nach Deutschland verschlagen, ohne die Menschen, die zu ihr gehörten, die Kindermädchen, Köchinnen und Chauffeure, welche die Familie schon über Generationen begleitet hatten. Hier hatte man keine oder wechselte die Haushaltshilfen wie Unterhosen. Und ein Schlüpfer war zwar notwendig, aber er gehörte eben doch nicht dazu. Niemand kam auf die Idee, dass eine Köchin, eine Putzfrau oder sonst jemand von den Angestellten auf eine nicht näher bestimmte Art ein Mitglied der Familie war. Keinen von ihnen hatte sie mitnehmen können und hier hatte auch niemand an die Tür geklopft und um Aufnahme gebeten.

Hatte die Kleine gerade gelächelt? Phyllis wusste, dass ein Neugeborenes noch nicht lachen kann. Trotzdem meinte sie, ihre Enkeltochter würde ein freundliches Kind mit gutem Charakter werden. Und wie es sich gehörte für eine kleine Indo, war sie bildschön. Sie stutzte.

»Aber was ist das denn?«

»Was, Mami?«, fragte Yasmin. Ihr brauner Teint wurde heller. Blass wäre sie früher genannt worden, dabei war sie dunkler als die meisten Menschen hierzulande im Hochsommer. »Ist sie krank?«

Mühsam setzte sie sich auf, sackte gleich wieder zusammen. Wenn unser Haus bombardiert würde, dann käme ich nicht raus, dachte die Sechzehnjährige und wunderte sich im nächsten Moment über den Gedanken. Als die Japaner Indonesien angriffen, im Zweiten Weltkrieg, war ich noch nicht einmal geplant. Vielleicht verändert das Neugeborene mein Leben, wie eine Bombe, die vom Himmel fällt.

»Gritta«, sagte Phyllis zu ihrer jüngsten Tochter, »pass mal eben auf die Kleine auf. So geht das nicht! Das bringt Unglück.«

Yasmin schaute ihrer Mutter nach, die aus dem Zimmer lief. Auf ihre kräftigen Beine wäre jeder Sumotori neidisch, dachte sie.

Mit einer Schere in der Hand kehrte Phyllis völlig atemlos zurück. Hastig schnitt sie der Neugeborenen die Haare.

»Was ist denn nun, Mami?«, quengelte Yasmin.

»Iss dein Ei, Schwester«, sagte Gritta genervt und reichte es ihr. »Mami spinnt mal wieder. Sie schneidet deinem Kind die Haare.«

»Wie bitte?« Phyllis warf ihrer Tochter einen Blick zu. Die zuckte zusammen. »Du weißt doch, Unordnung bringt Unglück. Mehr davon können wir nicht gebrauchen. Und wenn die Haare bei einem Neugeborenen ungleich lang sind, dann bedeutet das Chaos.«

»Ach, Mami«, begehrte die Vierzehnjährige auf. »Niemand hier in diesem Kaff glaubt an so etwas. Keiner hält sich Glückstauben. Und wir haben unsere aufgegessen! Weißt du noch, was wir für einen Hunger hatten? Da mussten eben die Glückstauben unsere

Bäuche glücklich machen. Wir wussten ja noch nicht einmal, wovon wir das Futter hätten bezahlen sollen.«

»Auch wenn du dich von allen Geistern verlassen fühlst, solltest du sie nicht verhöhnen«, sagte Phyllis. Am liebsten hätte sie Gritta die Ohren lang gezogen.

»Ich will ja nit störe«, unterbrach die Hebamme, »aber ich muss et Kind wasche un anziehe. Der Arzt kümmt doch noch, wissen se.«

Phyllis wollte ihre Gritta nicht vor fremden Leuten zusammenstauchen und verschluckte die harten Worte, die ihr auf der Zunge lagen. Es würde ein besserer Zeitpunkt kommen, ihr zu erklären, wie die Welt war.

»Einen Augenblick, bitte«, sagte sie zur Hebamme. »Ich muss die Haare schneiden. Sie sind nicht gleich lang.«

Das Chaos, in das ihre Enkelin geboren worden war, sollte an ihr vorbeiziehen und nicht an ihr haften bleiben. Das war ihr wichtig: Sie wollte auf gar keinen Fall die Chancen der Kleinen verringern.

»So, das sollte genügen.« Sie reichte der Hebamme das Kind. Phyllis blickte auf die halb tapezierte Wand und den Kleistereimer. Sie presste die Lippen aufeinander. Ihre Töchter hatten das Zimmer renovieren wollen, aber mitten in der Arbeit waren die Wehen gekommen. Einen Monat zu früh.

Dieses ungeduldige Menschlein! Ein chaotisches Wesen bringt es bereits mit, dachte Phyllis und lächelte. Es passt in unsere Familie. Es hat unser Blut. Aber hier, in der Fremde, wird die Kleine einen steinigen Weg vor sich haben. Phyllis schwor, alles dafür zu tun, ihr gute, nein, die besten Schuhe fürs Leben mitzugeben. Doch eine lebenslange Garantie darauf konnte sie nicht geben. Phyllis seufzte.

Die Hebamme drückte ihr das frisch gewickelte Baby in die Arme. »Wie gut du riechst!«, schwärmte Phyllis und presste die Nase an den kleinen Hals.

»Darf ich sie jetzt mal haben, Mam?«, fragte Gritta. »Ich bin doch schließlich die Tante.«

Phyllis zögerte. Ja, ihr Nesthäkchen war nun Tante. Hier galt Gritta noch als halbes Kind, doch in Indonesien wäre die Vierzehnjährige bereits im heiratsfähigen Alter gewesen. Hier blieben die Töchter Gast im Elternhaus, bis sie sich verliebten. Phyllis fragte sich, worin der Vorteil bestand, einen Menschen aus Liebe zu heiraten. Liebe entzog sich der Kontrolle. Schlimmer noch, in ihr lauerte die Gefahr, die Kontrolle über sich selbst zu verlieren und sich zerstörerisch zu verhalten. Auch wenn Liebe zäh wie Bambus sein konnte, brach selbst dieser, wenn man ihn zu sehr beanspruchte oder grausamen Prüfungen aussetzte. Wenn Verliebte von der Liebe schwärmten, fehlte stets der Hinweis darauf, wie zerbrechlich diese Empfindung war. Im Grunde genommen ließ sich das Gehirn von einer Portion übergeschnappter Hormone täuschen. Das war ihrer Tochter widerfahren. Die Liebeshormone hatten dafür gesorgt, dass sie schwanger geworden war. Ohne Liebe lebte sich das Leben einfacher. So viel war jedenfalls sicher.

Ihre Eltern hatten Phyllis gut vermählt. Und mit der Zeit lernte sie, ihren Mann zu mögen. Viel zu früh hatte er sie verlassen, in diesem deutschen Krankenhaus, bei etwas, das eine Routineoperation hätte sein sollen. Blöd gelaufen, hätte ihr Mann dazu gesagt.

Gritta gab ihrer Mutter das Baby zurück und ging aus dem Zimmer. Jede ihrer Bewegungen war so elegant, als wäre dies ein Ballett, voller selbstbewusster Sinnlichkeit. Phyllis schaute ihr nach.

»Pressen«, befahl die Hebamme, »pressen!«

Phyllis drehte sich zu Yasmin. Das verzerrte Gesicht der Sechzehnjährigen glänzte im Sonnenlicht. Schweiß glitzerte. Es war heiß an diesem Tag, so glühend heiß, wie es nicht einmal an den schwülsten Tagen in Indonesien wurde.

»Pressen«, sagte die Hebamme und tupfte Yasmin den Schweiß von der Stirn. Phyllis öffnete das Fenster. Aus der zweiten Etage wirkte der Garten winzig. Und sehr trocken. Seit Wochen war kein Regen gefallen.

Wenn die Sonne die Raupen nicht grillt, werden die Kartoffeln kaum über den Winter reichen, dachte sie. Früher hatte sie nie Kartoffeln gegessen, das hätte ihr Ansehen untergraben. So etwas tat man einfach nicht. Nur Reis war gutes Essen, zählte überhaupt als Essen.

Wenn sie als Kind auf ihrem Teller herumstocherte, pflegte ihr Vater zu sagen: »Denk an Dewi Sri! Indem wir gut essen, bezeugen wir der Reisgöttin unsere Verehrung.« War der Teller blitzblank geputzt, hieß es wieder: »Denk an Dewi Sri!« Ein völlig leer gegessener Teller bedeutete Habgier und Gefräßigkeit. Am Tellerrand hatte etwas Reis zu bleiben, als Dankeszeichen an die Reisgöttin. Ihr Vater zeigte den Göttern seine Dankbarkeit bei jeder Gelegenheit.

Phyllis vermisste ihn und auch ihre Mutter. Selbst all die Tanten und Onkel, mit denen sie nicht einmal verwandt war.

Werden wir hier in der Fremde überhaupt Fuß fassen können? Werde ich dem Kind meines Kindes eine gute Großmutter sein? Sie grübelte. Es hat keinen Sinn, über faule Reiskörner zu weinen. Oder sagt man hier ungeerntete Kartoffeln? Ungebrütete Eier?

Phyllis' Blick fiel auf die Nachbarin, die auf der Terrasse nebenan Kartoffeln in Alufolie wickelte. Im Handumdrehen lagen zwölf silbern glänzende Päckchen vor Frau Baumann.

Nachtschattengewächse gehören zu den Aphrodisiaka, hoffentlich denkt sie daran, sorgte sich Phyllis, die wusste, dass Frau Baumann Angst vor einer erneuten Schwangerschaft hatte. Wie gebannt blieb Phyllis am Fenster stehen. Sie selbst hätte mit den Folienkartoffeln am Vortag anfangen müssen und mindestens zwei Rollen verbraucht, bis die Knollen eingewickelt gewesen wären. Sie war nicht ungeschickt, aber sie war es nicht gewohnt, solche Arbeit zu verrichten.

»Pressen!« Die Hebamme klang ungeduldig. Phyllis musste sich nicht umdrehen. Sie fühlte auch so, wie ihr Kind litt. Trotz der Sommerhitze war ihr jetzt kalt. Noch kälter als in ihrem ersten Sommer in Deutschland. Während der Hundstage hatte sie noch Pelz getragen. Alle anderen im Dorf liefen halb nackt herum und planschten im Baggersee.

Phyllis sah auf ihre beiden anderen Töchter, die unten auf der Terrasse saßen. Jola und Gritta zuckten zusammen, als sie ihre Schwester schreien hörten. Gedankenverloren scharrte Jola mit den Absätzen.

Wenn sie so weitermacht, wird meine Älteste neue Schuhe brauchen, dachte Phyllis und fragte sich, woher sie das Geld dafür nehmen sollte. Sich zu sorgen lohnt erst, wenn es so weit ist, tröstete sie sich.

Phyllis schnipste mit den Fingern. Es kam kein Laut. Sie war diese Geste nicht gewohnt. Sie hatte das Schnipsen von einem Zauberer im Fernsehen gelernt, der damit ein Kaninchen aus dem Hut gezaubert hatte. Ihr Verlangen, die alten Kindermädchen herbeizubeschwören, blieb unerfüllt. Keine Baboe trat aus dem Haus, um die beiden mit Tee, Papayas, Äpfeln und Rambutans auf einem Bananenblatt zu versorgen. Es gab niemanden, der bei ihnen war, außer einer Ameisenkolonne.

Von oben sah die Ameisenstraße wie ein schwarzer Strich aus. Wenn es endlich regnete, würde das Wasser die Fährte wegwaschen und die Ameisen verlören den Anschluss an ihre Familie.

Auch Gritta hatte die Insekten entdeckt. »Schlafen diese Viecher eigentlich nie, Jola?« Sie legte ihre Hand quer über die Ameisenstraße. Die Kolonne teilte sich, die einen suchten einen Weg um ihre Hand herum, die anderen liefen ihr über den Handrücken.

»Doch, sie ruhen sich aus, aber nur, wenn ihr Nest nicht repariert werden muss«, antwortete Jola, die Biologie als Abiturfach hatte.

»Glaubst du, die wärmen sich gegenseitig? So Bauch an Bauch?« Gritta leckte sich die Ameisen von der Hand.

»Was machst du da?« Jola war entsetzt. »Du bist doch kein Affe! Übrigens, diese Gliedertierchen haben Giftdrüsen an ihrem Hinterleib.«

Gritta spuckte die Insekten aus. Sie schmeckten anders als erwartet.

Ehrlich gesagt, eigentlich nach gar nichts.

»Ameisen sind nicht giftig, liebe Schwester.« Gritta wischte sich den Mund ab. »Aber sie sind klug. Wenn du sie isst, dann wirst du genauso weise. Übrigens hat die eine gerade Idiotin zu dir gesagt.«

»Du verstehst ihre Sprache?« Jola staunte und vergaß darüber ganz, beleidigt zu sein.

»Nein, aber wie sie dich angesehen hat, sagte alles«, beteuerte Gritta.

Phyllis nahm sich vor, einen Tontopf über den Ameisenbau zu stülpen und den Staat in den nächsten Wald zu bringen. Aber später. Noch wurde er hier gebraucht. Sie fragte sich, woher ihre Tochter den Aberglauben von der Ameisenweisheit hatte. Lernte sie solchen Hokuspokus in der Schule?

Als Phyllis das Fenster schließen wollte, hörte sie Gritta fragen: »Glaubst du, Mam hält Yasmin im Arm wie die Ameisen einander in ihrem Bau?«

Wieder rief die Hebamme ihr »Pressen!«. Yasmin wimmerte. Jola entdeckte ihre Mutter am Fenster. Sie konnte den Blick nicht abwenden. Er war vorwurfsvoll. Sie würde die Vorwürfe nie auszusprechen wagen, aber Phyllis verstand auch so. Doch nichts was geschehen war, ließ sich ändern.

Sie schloss das Fenster, um die Hitze aus dem Wochenbettzimmer auszusperren. Phyllis ging zu Yasmin und wünschte sich Taschen an ihrem Kleid. Vielleicht würde sie dort finden, wonach sie suchte. Allerdings wusste sie nicht einmal, was sie finden wollte.

Die Hebamme drückte Phyllis ein Frotteetuch in die Hand. Damit tupfte sie ihrer Tochter den Schweiß von der Stirn. Yasmin schrie. Wie sehr wünschte sich Phyllis, den Schmerz aus dem Fenster werfen zu können. Hilflos nahm sie ihre Tochter in den Arm und befahl: »Pressen!«

Yasmin vergaß ihre Angst. Sie presste, presste, presste. Endlich schrie sie erleichtert auf.

»Da hammer ja unseren Kuchen«, freute sich die Hebamme und steckte die Nachgeburt in eine Kühltasche.

»Nein!«, rief Phyllis und erschrak selbst über ihre Heftigkeit. »Der gehört dem Kind!«

»Wat wollen Se denn damit?«

»Vergraben«, antwortete Phyllis, »und Sie?«

»Dat jeht in die Kosmetikindustrie. Dat is eben so hier in Deutschland, wissen se«, erklärte die Hebamme. Phyllis nahm ihr die Kühltasche aus der Hand und eilte damit hinunter in die Küche.

»Was tust du?«, fragte Gritta, die aus dem Garten kam. Die Vierzehnjährige verzog angeekelt den Mund.

Phyllis hielt den Mutterkuchen ins Spülbecken und ließ kaltes Wasser über ihn laufen. Sie bedankte sich für alles, was er dem Kind ihres Kindes Gutes getan hatte. Das Wasser floss rot gefärbt in den Abfluss.

»Also, was tust du da?«, fragte Gritta. »Das ist doch sicher wieder so ein indonesischer Aberglaube, oder, Mam?«

Phyllis holte tief Luft und drehte den Hahn zu. Sie konzentrierte sich auf die Zeremonie. Behutsam schlug sie die Plazenta in ein Leinentuch und nähte es zu. Der Stoff sog sich mit Wasser und Blut voll. Sie flüsterte: »Ohne Mutterkuchen überlebt kein Kind.«

Gritta zuckte mit den Achseln. »Das weiß ich schon seit dem Kindergarten.«

Phyllis steckte das Bündel in einen Steinkrug. »Du übertreibst. Da lebten wir noch in Indonesien. Auf den Inseln der Hitze übt man Rituale aus, ohne darüber zu reden. Man tut es einfach, ohne nach dem Warum zu fragen.«

Gritta schaute neugierig, als ihre Mutter eine weiße Blüte in den Krug legte.

»Das Zeichen für Reinheit«, sagte Phyllis.

»So ein Quatsch! Meine Schwester hat einen Mann angeschaut. Sie ist unrein. Sie hat unverheiratet ein Kind bekommen!« Gritta triumphierte. »Mein ach so großes Schwesterlein!«

Phyllis schnaubte heftig durch die Nase. Was soll ich bloß tun? Wie soll ich nur mit solchen Respektlosigkeiten umgehen? Rein ist jemand, der kein Schweinefleisch isst, dachte sie. Sie sagte es nicht laut, denn genau das köchelte zur Feier der Geburt ihrer Enkeltochter auf dem Herd. Sie fühlte sich nicht unrein. Schließlich gab es bei den Kimval auf Neuguinea immer Schwein, wenn ein Kind geboren worden war. Das Fleisch war ein Geschenk der Nachbarin gewesen. Phyllis hatte es dankbar angenommen, dem Braten erklärt, warum er in ihrem Kochtopf landete, und ihn um Verzeihung gebeten.

Dennoch, wie sollte sie Gritta ihre Willkür begreiflich machen? Ihre Tochter würde ihr kein Wort glauben.

Papier und Bleistift kamen ebenfalls in den Krug.

»Damit unser Kind gut lernen kann«, sagte Phyllis

und legte ein kleines Plastikauto sowie ein paar Münzen dazu. »Sie soll ein reiches Leben haben. Und ein gutes.«

Gritta schaute fassungslos. Immerhin wohnten sie in Deutschland. Und hier war nichts mehr wie zuvor. Keine Köchin. Sie konnte sich nicht daran erinnern, wann sie zum letzten Mal gut gegessen hatte. Gestern hätte ihre Mutter sie fast mit rohen Kartoffeln vergiftet! Kochen konnte sie immer noch nicht. Die tat so, als zählten die alten Gebräuche und Geschichten für immer und ewig. Aber in denen kamen Kartoffeln einfach nicht vor.

»Sag mal, Mama, warum glaubst du immer noch an dieses heidnische Zeug? Wir sind doch Christen. Und wir sind allein. In der Fremde! Wir sind verstoßen!« Grittas Stimme überschlug sich.

Phyllis zuckte mit den Schultern. Was hätte sie auch darauf antworten sollen? Sie war nicht geübt darin, sich zu erklären oder gar zu rechtfertigen. Nie hätte sie ihre Eltern angezweifelt, was immer diese auch sagten oder taten. Phyllis glaubte, dass das, was sie für richtig hielten, auch richtig war.

Nun war sie selbst das Familienoberhaupt. Und das mit noch nicht einmal vierzig Jahren. Viel zu jung für diese Aufgabe. Sie machte Fehler um Fehler und wiederholte diese auch noch, obwohl sie jede Entscheidung gründlich abwog. Sie wollte ihr Nesthäkchen nicht verlieren, doch fühlte sie, dass sie Gritta schon verloren hatte. Phyllis fragte sich, an wen und an was.

»Wir leben im Ausland, aber nicht in der Fremde«, sagte Phyllis, obwohl sie es besser wusste. »Wir wohnen im Haus deines Vaters. Wo man lebt, wachsen die

Wurzeln wie von selbst.«

Sie nahm eine Handvoll Reis und ließ ihn in den Krug rieseln. Die Körner fielen auf das Spielzeugauto. Das Geräusch erinnerte sie an einen Bajaj. Wenn sie früher mit der Motorradrikscha von dem modernen Zentrum der Hauptstadt Jakarta entlang der Boulevards zum traditionellen Fischmarkt gefahren war, hatte sie sich gefühlt wie in einer Zeitmaschine. Immer noch stieß Reichtum auf Armut. Ein Chaos aus Lastwagen, Fahrrädern, Bajajs und Karren, dazwischen Scharen von schwer bepackten Fußgängern. Geschrei, Autolärm, Hupen und das metallische Kreischen von Stoßstangen und Beifahrertüren, die auf dem Boden schleiften. Und fünfmal am Tag die lang gezogenen Töne der Muezzins, eingehüllt in Glocken, Gongs und plärrende Radios.

Das war ein völlig anderes Erlebnis als in der vollklimatisierten Limousine, deren dicke Scheiben den Lärm ausschlossen.

Hinter dem Sicherheitsglas fielen die vielen Bettler und behinderten Menschen auf der Straße nicht auf, weil der Chauffeur zügig an dem Elend vorbeifuhr. In solchen Momenten schämte sie sich wegen ihres Reichtums, obwohl sie ihn sich in früheren Leben verdient hatte. Sie hatte mehr, als sie je ausgeben konnte, aber es würde trotzdem nie reichen, jedem Karma zu Glück und innerem Frieden zu verhelfen.

Phyllis seufzte. Sie erinnerte sich noch genau an den Ledergeruch in der Limousine und an die Uniform des Fahrers, obwohl es schon länger als vier Jahre her war und Jakarta Tausende von Kilometern entfernt.

Wieder seufzte Phyllis. Dann bedankte sie sich erneut beim Mutterkuchen für das Leben ihrer Enkeltochter und betete: »Du Ernährerin des Kindes meines Kindes, ich bitte dich, sie auch weiterhin auf ihrem Lebensweg zu begleiten. Gut für sie zu sorgen in Krankheit und Gesundheit.«

»Amen«, sagte Gritta und folgte ihr in den Garten. Die Vierzehnjährige trug einen Setzling, der seit ein paar Tagen in der Küche für diesen Moment bereitgestanden hatte.

Phyllis begrub den Steinkrug neben dem Ameisenbau. Wie sehr wünschte sie ihrer Enkeltochter ein gutes und langes Leben! Sie hoffte, dass die Insekten bis zum Sonnenaufgang den Mutterkuchen entdeckt haben würden, um ihn mit den Geheimnissen unter und über der Erde zu verbinden. Gritta zog den kleinen Apfelbaum aus seinem Plastiktopf und reichte ihn ihrer Mutter. Die setzte ihn über den Krug und klopfte die Erde fest. Schließlich entzündete Phyllis eine Kerze. Sie bat die Flamme, dem Mutterkuchen zu helfen, den Weg zurück zu ihrer Enkeltochter zu finden.

»Ach so! Jetzt verstehe ich«, rief Gritta. »Mein Mutterkuchen hat mich verloren, als wir hierher kamen. Er hat sich verirrt. Ich hole Kerzen, damit er dieses Kaff überhaupt finden kann.«

Sie lief in die Küche und riss die Schublade auf. Nichts. Weder Streichhölzer noch Feuerzeug oder wenigstens ein Kerzenstummel. Gritta sah durch das Küchenfenster. Ihre Mutter kniete vor dem Apfelbäumchen. Sie sah alt aus, steinalt. Gritta sackte zusammen und versteckte ihr Gesicht in den Händen.

»Herzlichen Jlückwunsch zu Ihrem Enkelchen«, sagte die Nachbarin über den Gartenzaun. Phyllis stand schwerfällig auf und sah, wie der Geist des Mutterkuchens mit der Kerzenflamme spielte. Die tanzte in seiner Kraft, beugte sich und verlosch doch nicht. Er sucht sich schon den Weg zu meinem Enkelkind, frohlockte sie innerlich. Spätestens in einem Tag wird er sich wieder mit ihr vereinen. Dann ist alles gut.

»Haben Sie Lust, zur Feier des Tages mit uns zu essen, Frau Baumann?« Phyllis erinnerte sich, wie ihre Familie keine Gelegenheit ausgelassen hatte, ein Fest für arme Leute abzuhalten. Sie hatte Mühe, nie zu vergessen, dass nun sie selbst es war, die von Almosen lebte und anderen gutes Karma gab, wenn sie deren Geschenke annahm.

»Feier des Tages?«, fragte Frau Baumann verwirrt. »Sie meinen den Slamantan?«

Phyllis schmunzelte. Sie hatte sich angewöhnt, keine indonesischen Ausdrücke mehr zu gebrauchen, um nicht immer in Erklärungsnotstand zu kommen, aber anscheinend hatte die Nachbarin sich doch das eine oder andere gemerkt.

»Ich habe nasi kuning auf dem Herd«, sagte sie und glaubte zu sehen, wie Frau Baumann das Wasser im Mund zusammenlief.

»Nasi kuning? Ist das der gekochte Safranreis? Oder meinen Sie den Opferreis?«

Phyllis nickte. »Alles dasselbe.«

Frau Baumann wischte ihre Finger an der bunt gemusterten Kittelschürze ab. »Ich würde ja jern. Aber wir grillen heute. Wollen Sie nicht mit uns essen?«

Frau Baumann überragte Phyllis um zwei Köpfe, was nicht schwer war. Die meisten Menschen in Deutschland waren größer als sie. Phyllis reckte sich.

»Vielen Dank. Aber heute wirklich nicht«, sagte sie. Sie verschwieg, dass sie nie mehr mit den Nachbarn draußen essen würde. Seitdem sie entdeckt hatte, dass die Deutschen glaubten, man wäre ein guter Mensch, wenn man seinen Teller blitzblank zurückgab, einfach alles aufaß, als gäbe es keine Himmelsmächte, befürchtete sie, schlafende Geister aufzuwecken. Das wollte sie unter allen Umständen vermeiden. Solange keiner ihr die Gewohnheiten der europäischen Geistwesen erklärte, wie die ihre Spiele mit den Menschen trieben, würde sie kein Risiko eingehen. Schon gar nicht mit einer Neugeborenen im Haus.

Phyllis spürte, wie ihr trotziger Eigensinn wuchs. Sie lachte innerlich. War sie denn abergläubisch? Sicher nicht. Schließlich gehörte ihre Familie zu den wenigen Christen in Indonesien. Da wurde nur im äußersten Notfall ein Doekoen um Rat gefragt. Auch ihre Enkeltochter würde so schnell wie möglich getauft werden, damit ihr der Weg zu Gott offen stand. Wobei der Pfad zwischen Erde und Himmel lang war. Es schadete bestimmt nicht, ihr noch ein paar Schutzengel an die Seite zu stellen, hier, in diesem fremden Land mit seinen merkwürdigen Sitten.

»Schade. Wir hätten uns gefreut«, sagte Frau Baumann, die sich mit dem Tischdecken viel Mühe gegeben hatte.

»Um das Licht der Welt zu erblicken, ist es ein wunderschöner Tag«, lenkte Phyllis ab.

»Für das Kind sicher, aber nicht für die Mutter. Schon jar nit, wo es so heiß ist. Das ist wirklich früh dies Jahr«, meinte Frau Baumann. Im Nachbarhaus öffnete sich ein Fenster. Ein Mädchen lehnte sich heraus und rief: »Mama! Wann essen wir endlich?«

»Gleich. De Kartoffeln brauchen noch!«, antwortete die Nachbarin.

»Warum dauert dat so lang? Könne wir nit einfach zum Döner?« Die Tochter quengelte.

Am liebsten hätte sich Phyllis die Ohren zugehalten. Wie unerzogen dieses Kind doch war! Sie reagierte allergisch auf das Wort »warum«. Manchmal glaubte Phyllis, das Wort würde sie verfolgen, um sie ganz persönlich zur Weißglut zu treiben.

»Döner? Du wolltest doch grillen! Aber ich kuck ma, da ist sicher was, bis die Kartoffeln jut sind.«

Frau Baumann machte sich auf in ihre Küche. Phyllis ging zum Kartoffelbeet. Während die Abendsonne ihren Rücken streichelte, fand sie zwischen den Pflanzen drei verschiedene Blüten. Unkraut nannten die Einheimischen das. Obwohl es Teil der Schöpfung war und somit angemessene Symbole, das Wesen des Höchsten zu ehren.

Der Abendwind wehte ein großes Blatt herbei. »Du bist zwar kein Bananenblatt«, murmelte sie, »nicht so groß und glänzend. Aber du bist grün und hast einen Stängel. Darum bist und bleibst du ein Blatt. Und genau dich brauche ich jetzt.«

Sie drapierte Blatt und Blüten auf dem Gartentisch und legte eine Zigarette dazu. Phyllis war glücklich, dass dieses süße Kind ihre Familie ausgesucht hatte, und sie hoffte, dass der Gast ihr nicht abhanden kommen würde wie ein Regenschirm, ihre Eltern oder ihr Mann.

Phyllis erinnerte sich, als wäre es gestern gewesen. Zu viert hatten sie in Weiß gekleidet vor dem Sarg ihres Mannes gestanden. Am Grab des Vaters ihrer Kinder. Der Tag trug Trauer. Die Sonne hatte nicht aufgehen wollen. Ihr Herz war verschlossen. Es war kalt, kälter als die Luft, aber Phyllis spürte den Wind nicht. Und wenn es immer Winter bliebe in Deutschland, sie wollte nicht zurück in die Hitze ihrer Heimat, in die Geborgenheit ihrer Familie.

Nach der Beisetzung widersetzte sie sich ihrem Vater, der ihr mit all seiner Autorität als Familienoberhaupt befahl, ins nächste Flugzeug zu steigen. »Seit du nicht da bist, ist deine Mutter vor Sehnsucht so krank, dass sie nicht mehr schlafen kann«, warf er ihr vor. Sie wusste, dass sie zu gehorchen hatte. Phyllis zitterte, der Telefonhörer wäre ihr fast aus der Hand gefallen. Sie war es nicht gewohnt, ihren Willen durchzusetzen. Warum auch? Ihr Vater war weiser als die Bibel. Ihr Herz klopfte wild und sie war überrascht, wie leicht ihr das »Nein« über die Lippen kam. Sie wählte von den zahllosen Möglichkeiten der Verneinung die kürzeste Form, die respektloseste.

Vater war außer sich. Er verbat der Mutter, Geld zu überweisen, und verstieß Phyllis: Er nannte sie vor den Ahnen nicht mehr seine Tochter. Nun war sie schutzlos in einer Welt voller Gefahren. Nach Gründen fragte er nicht. Auch wenn sie ihm ihren Entschluss erklärt hätte, sie kannte ihn gut genug, um zu wissen, dass nicht einmal der Monsun ihn würde erweichen können. Die Regenzeit daheim. Phyllis hatte sich immer gewundert, wie der Himmel plötzlich entzweireißen konnte und Wasser überreich verschenkte. Wo die Mengen herkamen, dafür hatte ihre Mutter keine Geschichte gehabt. Phyllis vermutete, dass die Götter gerne schwammen. Wie Kinder, die es liebten, durch die überschwemmten Gärten zu springen, zu toben und zu planschen.

Sie wünschte sich prasselnden Regen herbei, der ihre Gedanken abkühlen und erfrischen würde. Selbst im Garten bei den Kartoffeln stand die Luft. Der Abendwind hatte sich schon wieder gelegt. Am Himmel zeigte sich kein Wölkchen. Kein Platzregen würde etwas klären.

Aus der Küche holte Phyllis den süß-bitteren Kräutertee und stieg die Treppen hoch. Das Steigen fiel ihr schwer. Der Weg nach oben kam ihr wie ein steiler Vulkan vor, der jeden Moment ausbrechen konnte und den Tod brachte, so wie er Leben gebar.

Sie setzte sich auf Yasmins Bettkante. Die Anstrengung stand ihrer Tochter noch ins Gesicht geschrieben. Phyllis hielt ihr die Kräutermischung vor die Lippen.

»Mam«, sagte ihre Tochter, ohne die Augen zu öffnen. »Kiwi und Kembang Melattie soll mein Kind heißen. Es hat grüne Augen und die Augäpfel sind strahlend weiß.« Schluckweise trank sie die Kräutermedizin.

Phyllis hatte blaue Augen gesehen. Wenn ihre Tochter aber sagte, die Augen der Kleinen seien grün, dann waren sie es eben. Grüne Augen brachten Glück. Wer grüne Augen hatte, dem lagen Mensch und Tier lebenslang zu Füßen. »Du willst ihr also den Namen einer chinesischen Stachelbeere geben. Oder sieht sie für dich aus wie ein flugunfähiger Vogel aus Neuseeland? Vielleicht gar wie ein australischer Krokodilsjäger? Und dazu ist sie auch noch eine duftende Blume, eine Kembang Melattie?«

Wenn Kiwi in Indonesien diesen Namen sagen würde, wäre ihr der Spott sicher. Den würde auch der Blumenduft nicht überdecken.

»Papa wollte einen Blumenstrauß hinterlassen. Wir sind sein Garten, sagte er immer. Er hätte sicher nichts dagegen, wenn ein Zweig mit Früchten dazukommen würde. Ich höre, wie er lacht.«

Phyllis wunderte sich. Robert von Brücks Grab lag auf dem Friedhof neben der Marienkirche. Seine Seele hatte einen langen Weg zu ihnen. Erst müsste sie die Hauptstraße, das Rückgrat des Dorfes, hinab. Dann hinter dem Marktplatz rechts in die dritte Querstraße, dann links in die kleine Gasse hinein und schließlich durch die Gartenpforte zu ihnen.

Phyllis glaubte nicht daran, dass ihr Mann, der um viele Jahre älter und weiser gewesen war als sie, seine Familie ungefragt besuchen würde. Er war auch im Tod zu höflich, ihr Haus unaufgefordert zu betreten. Dass er sich über die Namen seiner Enkelin freute, schien ihr unwahrscheinlich. Yasmin musste sich verhört haben.

»Ich möchte nicht, dass die Kleine meinen Kindernamen trägt. Der Name Kembang Melattie hat mir viel Kummer eingebracht. Wenn das Schicksal die Steine aufeinander schlägt, wenn sie aus dem Dorf gejagt werden sollte, dann könnte sie ihren Namen nicht aufgeben. Die Beamten würden sich doch garantiert querstellen.«

»Eben deswegen auch Kiwi. Wenn es so weit wäre, könnten wir sie nämlich Yangtao, Gooseberry oder Stachelbeere rufen und kein Geist würde sie finden.«

Phyllis schaute zum Baby, das in der Wiege neben dem Bett lag. »Willst du Kiwi heißen?«

Der winzige Mund öffnete sich leicht und die Ärmchen reckten sich wie kleine Äste. Das Neugeborene schlug die Augen auf und sah Phyllis an.

»Von Neuseeland bis zum Geburtsort deiner Mutter ist es nur ein Katzensprung. Dann sollst du, kleine Indo, eben Kiwi heißen. Möge dein Name dich segnen. Und dir Glück bringen.« Sie zeichnete ein Kreuz auf die Stirn des Neugeborenen.

Für mich, dachte Yasmin, wirst du, Kiwi, immer Kembang Melattie sein. Eine duftende Blume, genannt nach deiner Großmutter. Sie trank das Glas leer. Ihre Hände zitterten.

Phyllis hörte Yasmins Magen knurren. Sie sollte bald Reis essen, damit sie genügend Kraft zum Stillen hat, dachte sie. Wann kommt die Hebamme wieder? Sie fühlte sich hilflos. Nur eine echte Hebamme war in der Lage, die Geburt für Mutter und Kind abzuschließen. Wer sonst konnte einem Neugeborenen den Weg zum Menschen ermöglichen? Phyllis glaubte nicht daran, dass diese Franziska Schmidhausen dafür ausgebildet war. Als Phyllis nämlich ein Stück der Nabelschnur verlangt hatte, hatte die Hebamme sie angesehen, als ob sie von allen guten Geistern verlassen worden wäre. Aber ob verrückt oder nicht, Phyllis hatte sich durchgesetzt. Nun holte sie aus der Kommode den Nabelschnurrest und steckte ihn unter die Matratze, zum Schutz für Mutter und Kind.

Verrückt, dachte Phyllis, im wahrsten Sinn des Wortes verrückt. Sie brachte die Welt, aus der sie kam, und die, in der sie lebte, nicht auf einen Nenner. Sie war ver-rückt. Oder wurde es verschoben genannt? Nein. Wenn schon, dann bin ich verrückt. Phyllis lachte.

Sie ging ins Badezimmer. Im Sommer duschte sie so häufig, wie sie es aus der indonesischen Welt gewohnt war. Sie fühlte sich sonst nicht frisch. Heute, am Tag der Geburt ihrer Enkeltochter, reinigte sie sich, so oft sie nur konnte. Ihr Schmutz sollte weder mit dem Kind noch mit ihrer Tochter in Berührung kommen. Aber so oft sie auch duschte, sie fühlte sich nicht sauber. Dreimal am Tag baden, drei warme Mahlzeiten und dreimal pro Tag die Kleidung wechseln. So gehörte es sich. Einmal täglich duschen, das konnte doch niemals reichen.

»Mam!«, rief Yasmin. »Ich möchte das kleine Wasser wegwerfen.«

Phyllis zog sich an und eilte zu ihr. Sie half ihrer Tochter, die sehr wacklig auf den Beinen war, ins Bad.

Sie hat zu viel Blut verloren, dachte Phyllis. Die Kräuter und das Ei haben noch nicht gewirkt. Sie stellte sich neben die Toilette, falls Yasmin wegsacken würde.

Dabei stieß sie die Wasserflasche um, die dort immer stand. Nach einem Geschäft ihren Hintern nur mit Papier zu säubern, fand sie widerwärtig. Phyllis zog ihrer Tochter das Nachthemd aus, wusch und massierte sie.

»Mam, wir klebten nicht wie Klebreis«, sagte Yasmin. Sie hatte noch nie erzählt, wie Kiwi entstanden war. »Wir saßen zusammen und redeten über das Leben. Ja, gut, wir küssten uns, aber wir haben weder das Kreuz noch die Füße massiert.«

Yasmins Augen flehten. Sie hoffte so sehr, dass ihre Mutter ihr glauben würde.

Was sollte Phyllis darauf sagen? Ihre Tochter war doch nicht die jungfräuliche Kuh Ägyptens, die den Stier Apis durch einen Mondstrahl empfangen hatte. Oder etwa doch, in einem früheren Leben vielleicht?

»Kein Schritt ohne Folgen. Das ist, als wenn du ohne eine Kuh zum Tierarzt gehst«, gab Phyllis zur Antwort. Ihre Augen funkelten. Ein wenig Humor nutzte meist mehr als eine Erklärung. Leider ging ihre Taktik nicht auf.

Yasmin fand den Versuch nicht tröstend und ballte die Fäuste. Sie war wütend auf den, der sie geschwängert hatte. Aber sie hatte ihrer Mutter noch nicht einmal seinen Namen genannt. Sie wollte einfach gar nichts mehr mit ihm zu tun haben, hatte ihn verstoßen und verflucht.

Erst als ihr Bauch nicht mehr zu übersehen gewesen war, nahm Yasmin ihre Schwangerschaft wahr. Manche Dinge brauchten Zeit. In sexuellen Dingen war sie ahnungslos und glaubte, der Kuss hätte das Kind verursacht. Der Schmerz da unten konnte es ja wohl nicht gewesen sein. Schmerz und Sex passten in ihrem Weltbild einfach nicht zusammen. Yasmin räusperte sich.

»Ich habe einen Fehler gemacht.«

Was? Einen Fehler nannte sie dieses süße Baby? Phyllis holte tief Luft. Das durfte doch nicht wahr sein! Nur weil Yasmin die Werkzeuge der Liebe falsch einsetzte, was Phyllis nicht wunderte in dieser Welt, konnte die kleine Kiwi doch nicht als Fehler gelten. Das Neugeborene ist ein Schatz, befand sie, auch wenn ich dafür keinen Reis eintauschen kann. Ich gebe sie sowieso nicht mehr her. Wir werden die Kleine schon durchbringen. Wenn wir vier Platz haben, wird er auch für fünf reichen. Sonst lassen wir uns einen Buddha schenken. Dann kommt das Glück von selbst ins Haus.

»Gute Menschen machen auch Fehler«, sagte Phyllis, die sich endlich sicherer fühlte.

Ihre Tochter sah sie nachdenklich an. »Aber manche Fehler zerstören eine Familie und nicht nur den Einzelnen. Das hast du doch selbst gesagt«, sagte sie und wischte sich den Schweiß von der Stirn.

Phyllis seufzte. Dieser Satz hatte ihrer eigenen Entscheidung gegolten, in Deutschland zu bleiben. Nun bezog Yasmin ihn auf sich. Anscheinend hatte der Babyblues sie erwischt. Kam der nicht normalerweise erst später? Oder galt auch das nur für Indonesien?

»Schließ deine Augen«, befahl Phyllis. »Was siehst du?«

»Nichts!«, sagte Yasmin und öffnete ihre Augen wieder.

»Deine Schuldgefühle verändern also eindeutig gar nichts. Lass sie einfach bleiben.«

»Verdammt! Verdammte Scheiße! Verdammt noch mal!« Yasmin wurde laut.

»Sag noch ein paar Mal verdammt, dann geht es

dir verdammt noch mal viel besser«, sagte Phyllis, aber auch diesmal konnte sie ihrer Tochter kein Lächeln in die Mandelaugen locken.

»Kurz bevor er ins Krankenhaus ging, hat Papa noch gesagt, mach Phyllis keinen Ärger«, sagte Yasmin traurig.

Ihre Mutter reichte ihr die Wasserflasche. Sie versuchte weiter, ihre Tochter aufzumuntern. »Wenn du mich noch einmal Phyllis nennst, dann bekommst du Stubenarrest.«

Yasmins Miene verdüsterte sich. Phyllis gab auf. Es hatte keinen Sinn, einen Berg mit Eiern zu bewerfen, wenn die Felswand nicht lachen wollte. Trotzdem musste Phyllis etwas sagen, ihre Tochter erwartete eine Antwort.

»Ich werde dir schon sagen, wenn du mir Ärger machst. Da brauchst du keine Sorgen zu haben. Gut, wir können nicht mehr heim in die Welt der Mütter. Die gibt es nicht mehr für uns. Diese Phase ist zu Ende und auf die neue stellen wir uns eben ein. Wir passen uns an. Das schaffen wir. Gemeinsam.«

Yasmin nickte, obwohl die Worte sie nicht mehr erreichten. Sie war zu erschöpft. Ich schweige jetzt, aber ich bin nicht taub, mein Kind, dachte Phyllis.

Sie fasste den Ellenbogen ihrer Tochter und führte sie in ihr eigenes Schlafzimmer, wo sie ihr ins Bett half.

»Dein Zimmer tapezieren wir heute noch«, versprach sie. Es war ihr zu gefährlich, ihre Lieblinge in dem Chaos übernachten zu lassen. Sie holte die Wiege aus dem Nebenzimmer und stellte sie ans Bett. Kiwi wimmerte, bis sie in Yasmins Arm lag.

»Ich hätte trotzdem die Finger von ihm lassen sollen«, sagte Yasmin traurig. »Leidenschaft schafft wirklich Leiden. Sogar hier.«

Phyllis mochte nicht in die Traurigkeit einstimmen. Ihr Herz war schwer genug.

»Ich schicke dir deine Schwester. Sie soll dir beim Essen helfen, sonst kommst du mir noch um. Und ich ertrage es nicht, wenn noch ein Mensch geht und nicht mehr wiederkommt. Hörst du, Tochter Yasmin?«

Auch mit Kiwi im Arm sah die junge Mutter aus wie ein zu groß geratenes Kind. Am liebsten hätte Phyllis sie zurück in ihre eigene Gebärmutter geschoben, damit Yasmin fertig reifen konnte. Stattdessen kniff sie ihr in den Zeh.

Yasmin flüsterte: »Sag mir, Mam. Warum soll ich bleiben?«

»Weil es einfach richtig ist«, antwortete Phyllis. Sie machte sich große Sorgen um ihr Kind. Sie war keine Hebamme und kannte sich zu wenig aus, wie das weiße Band der Geister zerschnitten werden konnte. Durfte es überhaupt zertrennt werden? Sie erinnerte sich nicht mehr daran.

»Wann kommt die Hebamme?«, fragte sie und strich ihrer Tochter eine schweißnasse Strähne aus der Stirn.

»Heute Abend noch«, sagte Yasmin. »Frau Schmidhausen ist sehr zufrieden mit dem Verlauf. Ich hab kein Fieber. Der Kleinen geht es auch prima.«

Phyllis fiel ein Stein vom Herzen. Es war ihr also doch gelungen, sich an die Regeln, die es für eine Schwangerschaft gab, zu erinnern. All die Gebote, die Verbote, die Verhaltensregeln, mit denen die Geister besänftigt und abgelenkt werden sollten. Beide Kinder waren gesund geblieben. Selbst wenn sie etwas vergessen haben sollte, ihr guter Wille hatte diesmal doch gereicht.

Sie strich über ihren Bauch und dachte: Ach, die Geister. Nur die essen eine Speisekarte und nicht die Gerichte. Ihr Magen knurrte, als sie die Treppe hinabging.

Im Wohnzimmer setzte sie sich auf das Sofa. Sie saß anders als die Frauen hier in Deutschland. Phyllis thronte, aufrecht wie eine Königin. Ihr Kleid spannte. So sollte es sein: Wer dick war, war reich. Seit es ihr schwerer fiel, dicker zu werden, kaufte sie zu kleine Größen, um einen fülligeren Eindruck zu hinterlassen.

Jola reichte ihr das Abendessen, obwohl es Grittas Aufgabe gewesen wäre. Die saß auf dem Sessel gegenüber und starrte zur Decke. Phyllis schnupperte. Das Gericht roch nicht nur so, wie es sich gehörte, sondern sah auch so aus. Obwohl es sich beim Chinesen auch immer richtig anfühlte, ohne dass es richtig schmeckte. Mit den Fingern der rechten Hand formte sie etwas Safranreis und ein Stück Fleisch zu einem kleinen Turm, den sie in die Orangensoße tupfte.

»Lecker«, sagte sie. »Lecker, aber es könnte schärfer sein.«

Obwohl Gritta nur eine Armlänge vom Sambal Trasi entfernt saß, rührte sie sich nicht. Jola stand seufzend auf und reichte ihn ihrer Mutter. »Guten Appetit, Mam«, sagte sie und setzte sich wieder auf den Sessel neben den Kamin.

Sie beobachtete ihre Mutter beim Essen. Gerne hätte sie sich mit ihr unterhalten, den Klang ihrer

Stimme gehört. Aber Jola fiel nichts ein, wonach sie hätte fragen können. Wie sehr wünschte sie sich, dass ihre Mutter das Wort an sie gerichtet hätte. Aber Phyllis war mit Essen beschäftigt.

Schließlich lagen nur noch ein paar Reiskörner auf dem Teller. Phyllis sah Gritta an, aber die reagierte wieder nicht. Ihre starre Miene irritierte Phyllis genauso wie diese Wohnzimmermöbel aus dem Trödelladen.

Jola seufzte. Die kleine Schwester wurde immer respektloser. Sie selbst wusste immerhin, was sich gehörte.

»Möchtest du noch etwas essen, Mam?«, fragte sie.

»Noch ein wenig Bananenblütensalat mit Frühlingsrollen wäre fein.« Phyllis strich sich über ihr Kinn, das nach diesen vier Jahren noch wunderschön doppelt war.

Phyllis staunte immer wieder über ihre Nachbarinnen, die sich gackernd wie Hühner über die neuesten Diäten austauschten. Wie kann eine nur ihren Wert mindern wollen, dachte sie. Sie haben einfach keine Lust auf das Schlaraffenland. Stattdessen betreiben sie Nordic Walking und fuchteln mit Skistöcken durch den Sommer. So ein Unfug! Kinder brauchen Bewegung. Erwachsene schützen sich davor, wenn sie wissen, was gut und richtig ist.

»Noch einen Kaffee Toebroek?«, fragte Jola.

»Ja, gern, meine Tochter.« Phyllis gelüstete es nach dem bitteren Geschmack von ungefiltertem Kaffee und einer Zigarette. Tief zog sie den Rauch ein.

Gritta hustete. »Du wolltest doch aufhören. Wenn du deine Versprechen nicht hältst, warum machst du sie dann?« Sie hatte in der Schule von der Schädlichkeit des Rauchens gehört und Bilder gesehen, die ihr immer noch Angst machten.

»Ich tue es, weil ich damit meine anderen schlechten Eigenschaften vergesse«, erwiderte Phyllis spöttisch. Gritta duckte sich.

War der Ton schärfer gewesen, als ich wollte? Hätte ich mich beherrschen müssen? Phyllis spürte die Wand zwischen ihnen. Sie konnte sich den Wandel ihrer Tochter nicht erklären. Als sie noch in der Heimat gelebt hatten, war sie anständig gewesen und hatte aufs Wort gehorcht. Auch wenn Gritta Heimweh hatte, musste sie doch nicht so wütend sein? Sie hatte doch noch ihre Schwestern, aber von denen entfernte sie sich auch.

»Himmeldonnerwetter noch mal! Warum fragst du immer?« Phyllis wurde laut. Sie drückte die Zigarette aus, um sich gleich eine neue anzuzünden.

Gritta war es nicht gewohnt, ihre Mutter schreien zu hören. »Ich habe dich gefragt, um dir wehzutun.«

Die Wohnzimmertür knallte. Phyllis kribbelte es in den Händen. Am liebsten hätte sie zum Schlag ausgeholt. Sie war enttäuscht. Gritta war nach ihrer Erkrankung sehr verwöhnt worden, mehr als ihre Schwestern, noch mehr als es bei Kindern in Indonesien schon üblich war.

Phyllis hielt ihr Versprechen. Immer noch. Noch heute bekam Gritta alles, was sie sich wünschte. Dabei war es nicht selbstverständlich, ein Ehrenwort zu halten, auch wenn das schlecht fürs Karma war. Wie viele Menschen lebten in halb fertigen Häusern, weil sie sich vor dem Einlösen ihres Versprechens drückten. Himmeldonnerwetter.

Sie drückte die nur halb gerauchte Zigarette aus. Sie hätte sich doch beherrschen müssen, ihrem Kind ein gutes Vorbild sein. Himmeldonnerwetter! Wie gern wäre ich wie die Reklame-Mutti im Fernsehen. Die lächelt milde, wenn ihr Kind nach Schokolade verlangt oder fragt, warum der Himmel blau ist.

Nein, so konnte sie nicht sein. Sie regte sich über diese ständige Fragerei auf. Dass ihr Nesthäkchen das Wort »nein« kannte, trieb sie zur Weißglut. Manchmal verschlug es ihr sogar den Appetit. Sie konnte nicht immer lächeln und gelassen bleiben wie die Kinderfrauen, die die Kleinen versorgten. Sie schaffte es einfach nicht. Es war kalt geworden ohne ihre Baboe. Phyllis wusste nicht mehr, wohin mit all ihren Sorgen. Die Wellen der Emotionen fegten über sie hinweg und vergifteten das Zusammenleben. Die Gesundheit ihrer Familie war in ernster Gefahr. Phyllis fröstelte.

Das Wohnzimmer wirkte fremd. Kein Platz, um auf dem Boden zu sitzen. Keine Matten. Stille. Zugleich war alles wie gewohnt: Sessel, Sofa, Tisch, Lampe, Kamin. Und ihre Älteste, die sie beobachtete. Sie ignorierte den Blick und trank einen Schluck Kaffee. Dabei kleckerte sie. Jola sprang auf.

»Es ist schon gut, Tochter«, sagte Phyllis. »Der Fleck sieht aus wie eine Schar Ameisen.«

Am Fenster klopfte es. Pater Pauls dunkles Haar glitzerte im Abendlicht. Er trug eine Soutane, die seine Größe um ein Vielfaches unterstrich. Jola öffnete ihm die Tür und trat ehrfürchtig einen Schritt zurück. Im Wohnzimmer breitete er die Arme aus und zögerte dann. Er kam als Geistlicher und nicht als Mann. »Slamat, njonja. Seid gegrüßt, Großmutter.« Er reichte ihr die Hand. Dann fuhr er mit der traditionellen indonesischen Gratulation fort. »Ich habe gehört, es ist ein wunderschönes Kind.«

Er ließ ihre Hand nicht los. Phyllis blickte ihn kurz an und schämte sich für ihr fleckiges Kleid. Als Pater Paul ihre Hand endlich losließ, fing sie sich wieder und fragte: »Haben Sie schon gegessen?«

Sie wollte nicht unhöflich wirken. Daher schaute sie ihm in die Augen, denn hier war es üblich, Menschen direkt anzusehen. Auch wenn eine anständige Frau so etwas nicht tat. Sie erwartete eine typische indonesische Antwort: »Ach, nur Spiegeleier mit Speck. Und Fleisch, Gemüse und Kartoffeln. Also, noch nichts Richtiges.«

Er schüttelte den Kopf und lächelte. »Ich komme zur Babyschau«, strahlte er. »Der Magen kann warten.«

Er überreichte ihr eine Blechdose, die leise klapperte. Zum Slamatan gehörten Geldgeschenke, damit das Fest vom Gastgeber auch bezahlt werden konnte. Er hat den Brauch nicht vergessen, freute sich Phyllis.

Pater Paul drehte sich um und gab Jola an der Tür ein Zeichen. Die läutete das Glöckchen und dann stimmten die Frauen ein Lied an. Obwohl sie selbst auch zum Kirchenchor gehörte, hatte Phyllis nicht gemerkt, dass ihre Sangesschwestern etwas eingeübt hatten. Dabei war es ihr so wichtig dazuzugehören. Damit stieg ihr Ansehen im Dorf.

»Selemat datang. Willkommen, kleines Kind. Sei unser Gast. Das Böse gehe zugrunde vor der Tür.« Phyllis schluckte. Sie richtete sich auf und fragte gerührt: »Haben Sie schon gegessen?«

Die Frauen schwärmten ins Haus. Die einen gratulierten ihr. Andere herzten die frisch gebackene Tante Jola. Schließlich packten sie Töpfe, Schüsseln und Kuchenplatten aus ihren Körben. Auch daran hatte Pater Paul gedacht. Zu einem Slamantan brachte man Selbstzubereitetes mit. Er flüsterte: »Das war die deutsche Fassung eines Gamelans aus Stimmen.« Er lachte tief und warm.

Im Wohnzimmer und nebenan in der Küche herrschte geschäftiges Treiben wie in einem Ameisenstaat. Oder sagte man hier Bienenstock? Geschirr klapperte.

Frau Baumann legte die mitgebrachten Servietten auf den Wohnzimmertisch. Dann nahm sie Phyllis am Arm, die verloren im Raum stand.

»Haben Sie wirklich geglaubt, ich würde nit zu Ihnen zum Essen kommen?« Sie lachte und verschwand in die Küche.

Pater Paul hakte Phyllis ein. Obwohl er als Mann der Kirche nicht als Gatte in Betracht kam, versteifte sich ihr Körper. Leise flüsternd dankte sie ihm.

Sie war hingerissen von den schwatzenden Frauen, die ihr Wohnzimmer aus allen Nähten platzen ließen. Jede Ecke des Raumes war gefüllt mit guten Geistern. Sie genoss das Treiben. Heute vermisste sie nicht einmal die Bambusmatten. Die Besucherinnen saßen auf den Sesseln rings um das Sofa mit ihr und Pater Paul.

So gehörte es sich. Die Jüngeren hatten Klappstühle. Jola und Gritta strahlten um die Wette und reichten Teller herum. Ihre Mutter sah ihnen an, dass sie eingeweiht gewesen waren. Sogar Gritta schien glücklich über ihre Rolle als Gastgeberin. Phyllis entspannte sich. Ihr Gesicht verzauberte sich zu einem Lächeln.

Die Besucherinnen zeigten ihre Geschenke, die sie für Kiwi ausgesucht hatten: Strampler, Mützchen, Söckchen und Hemdchen.

Phyllis war sehr erleichtert. Yasmin hatte sich während der gesamten Schwangerschaft geweigert, mehr als eine Packung Windeln, eine Nabelbinde und ein Wickeltuch zu besorgen. Sie wolle das Unglück nicht herausfordern, hatte sie gesagt. Ihre Mutter hatte sich über die Befürchtungen gewundert. Sie hatte noch nie gehört, dass Babykleidung ein schlechtes Omen sein sollte.

»Der Strampler is ja süß! So winzisch«, sagte Erna Baumann und hatte auf einmal Lust, wieder schwanger zu werden. Eine andere Frau steckte ihre Hand in eine Jeanshose, was ihr gerade eben gelang. Es herrschte ein Treiben wie auf dem Markt. Der Kleiderhaufen auf dem Tisch wurde immer größer.

Phyllis lehnte sich zurück. Sie schloss ihre Lider, glitt in einen Tagtraum. Sie roch frisches Gemüse, überreife Mangos und Papayas. Eine Eisverkäuferin schrie: »Ijscendol! Ijs enak, ijs enak«, ließ die Deckel scheppern und schabte Eis vom Block. Schließlich goss sie noch buntes Sirup über den Becher. Phyllis leckte sich die Lippen.

»Sind Sie in die Ferien gefahren?«, flüsterte Pater Paul. Auch er genoss das Klappern des Geschirrs, das

Lachen und Schwatzen der Frauen. Seitdem er diese Pfarrei übernommen hatte, fühlte er sich eingesperrt. Die Enge im Dorf machte ihn zu einem Getriebenen. Er sprang auf und zündete Räucherstäbchen an. Der süße Duft zog durch den Raum und legte sich über das Stimmengewirr. Mit leisem Bedauern kam Phyllis in die Gegenwart zurück.

»Wie lange hat es bei Ihnen gedauert, älterer Bruder?« Sie nannte ihn immer so, wenn niemand ihnen zuhörte. Es war eine Frage des Anstandes.

»Von mir aus ewig.« Pater Paul lachte. »Ich erinnere mich so gern an meine Zeit als Missionar. Da konnte ich noch etwas über mich selbst sagen und denken.« Er erschrak über sich. Wenn er mit Phyllis sprach, sagte er immer mehr, als er wollte. Sie sah ihn nicht nur als Priester. Sie reichte seiner Unbeholfenheit und Befangenheit gegenüber anderen die Hand. Wie gerne ergriff er sie, er, der sich im Grunde vor Menschen fürchtete. »Hätte ich keine Malaria bekommen, wäre ich immer noch im Land der tausend Inseln. Dort, wohin Sie gerade entschwunden waren.«

Phyllis sah ihn an. Wie schwer ihr das fiel! Fast so sehr, wie ihn nicht »älterer Bruder« zu nennen. Ihre Töchter hatten es leichter, sie gewöhnten sich viel schneller an die neuen Sitten. Dabei war sie es gewohnt, sich anzupassen. Ihr Mann und auch ihr Vater waren sehr unruhige Geister gewesen. Jedes Jahr zogen sie auf eine neue Insel, um auf den Plantagen nach dem Rechten zu sehen. Die Unruhe lag ihnen im Blut. Phyllis war froh, dass sich das nur auf der männlichen Linie vererbt hatte.

»Je länger ich hier daheim bin, desto größer wird meine Sehnsucht, nach Hause zurückzukehren«, sagte sie.

Der Zwiespalt in ihr weitete sich wie eine Schere. Sie hörte das kreischende Gelächter ihrer Besucherinnen. Ein hässliches Geräusch. Doch beendete genau dies ihre innere Zerrissenheit.

»So ging es mir anfänglich in der Tengger-Gesellschaft«, sagte Pater Paul. »Meine innere Stimme war wie ein Schrei. Dann wurde sie leiser, bis sie schließlich flüsterte und eines Tages verstummte.« Er hielt ihre Hand, als ob er verhindern wollte, dass sie wie eine Taube davonflog.

»Ich kenne die Tenggeresen. Mein Mann ließ es sich nicht nehmen, alle Jahre dort Kaffee einzukaufen«, erklärte sie.

»Ich wusste gar nicht, dass er auch Einkäufer war«, sagte Pater Paul überrascht.

»Er tat es für meinen Vater. So schmeichelte er sich ein. Mein Vater hatte nämlich einen anderen Mann für mich vorgesehen.« Phyllis kicherte.

»Der Kaffee macht den kleinen Mann arm, die Großen reich«, sagte Pater Paul. »Es ist Zeit, glaube ich.« Er stand auf und zog eine bestickte Stola aus der Tasche.

Als ob sie es abgesprochen hätten, reichte ihm Jola einen Teller mit fünf Häufchen Reis. Jedes stand für eins der Elemente, aus denen sich das Herzblut zusammensetzte. Pater Paul ging zu Yasmin nach oben. Nach wenigen Minuten zog Weihrauch durch den Duft der Räucherkerzen.

Erna Baumann fragte: »Wann wird et Baby denn getauft?«

»Die Kleine wird Kiwi heißen«, erwiderte Phyllis, ohne die eigentliche Frage zu beantworten.

Der Nachbarin fielen auf der Stelle hundert gemeine Möglichkeiten ein, wie Kiwi im Kindergarten und in der Schule unter ihrem Namen leiden würde. Früchtchen war dabei die netteste Form, die ihr in den Sinn kam.

»Ihre Augen haben die Farben der Frucht.« Phyllis fragte sich, ob ihre Tochter wirklich den richtigen Namen gewählt hatte. Ich werde sie nicht mehr darauf ansprechen. Sie muss es selber wissen, dachte sie entschlossen. »Wenn Pater Paul nichts dagegen hat, würde ich die Kleine gern am 44. Tag nach ihrer Geburt taufen lassen«, sagte sie. »Möchten Sie noch etwas essen?«

Frau Baumann fürchtete zu platzen. Sie hatte den Teller mit allerletzter Kraft geleert. Kein Körnchen Reis war übrig geblieben. Aber nun ging beim besten Willen nichts mehr. Sie öffnete unter ihrer Bluse den Knopf ihrer Hose und hoffte, dass es niemandem auffiel.

»Kaffee?«

»Ja gern, Kaffee Toebroek? So heißt der doch, den Sie am liebsten trinken, der mit dem Kaffeesatz.«

Phyllis nickte. An Filterkaffee konnte sie sich einfach nicht gewöhnen.

Lange nach Mitternacht verabschiedete sich Pater Paul als Letzter. »Ein schönes Fest war das«, schwärmte er. »Mutter und Kind sind gesegnet.«

Phyllis schwieg. Pater Paul war irritiert, aber sensibel für die Sprache des Schweigens. Dann fiel es ihm ein. »Für die Ehemänner brauchen Sie kein Fest zu geben. Das würde die Frauen nur eifersüchtig machen. Vergessen Sie nicht, Sie sind eine reizende Witwe!« Er zwinkerte und drückte ihre Hand. »Sie müssen nicht gleich morgen aufs Pfarramt. Papier ist geduldig und wird nächste Woche auch noch auf Sie warten. Ihre Familie braucht Sie mehr als ich.«

Sanft strich sich Phyllis über ihren Handrücken. Hinter der geschlossenen Haustür lauschte sie Pater Pauls Schritten, die in der Dunkelheit verklangen.

Am nächsten Morgen trat Phyllis noch vor Sonnenaufgang aus dem Haus, lange ehe das Dorf sich räkelte und sein rechtes Bein aus dem Bett warf. Mit dem linken stand niemand gern auf. Im Sommer waren die Tage zu lang, um sie schlecht gelaunt zu beginnen.

Phyllis mochte die frühen Morgenstunden, in denen Vogelgezwitscher ihr einziger Begleiter war. Schon seit ihrer Kindheit war sie gewohnt, bei Tagesanbruch aufzustehen, unabhängig davon, ob der Abend sich in die Nacht hineingezogen hatte. Damals spazierte sie mit ihrer Mutter dem Licht entgegen. Während die Sonne die Nacht verdrängte, baten sie um Glück für den Tag. Rings um sie erwachte Jakarta, die Millionenstadt.

Aus allen Himmelsrichtungen waren die Leute vom Hinterland in die Stadt geströmt. Auf ihren Rücken trugen sie ihre schlafenden Kinder. Bäuerinnen beugten sich tief unter ihren Schulterjochen, mit denen sie überquellende Körbe voller Früchte und Gemüse zum

Markt schleppten. Männer karrten Wagen um Wagen voller Tee, Mais, Maniok und Reissäcke heran. Insekten aller Art summten um ihre Köpfe, große, kleine, träge oder schnelle, flogen ihnen ins Gesicht und in die Haare. Fahrräder schepperten, die Motoren der überladenen Motorräder heulten und die Busse kamen mit quietschenden Bremsen in einer großen Wolke von Dieselruß zum Stehen.

Phyllis hustete in der frischen Morgenluft. Gedankenverloren nahm sie ihren Weg zwischen den Häusern. Sie erinnerte sich, was sie alles von den Menschen hinter diesen Mauern wusste. Wer seine Arbeit verloren hatte. Wer in Trauer war oder in die Ferien ging. Sie überlegte, wer heute Geburtstag feierte oder wen sie im Krankenhaus zu besuchen hatte. Sie war gerne ehrenamtlich tätig. Gemeinnützige Arbeit gab gutes Karma. Leider war die Liste gerade leer.

Auch Pater Paul brauchte sie heute nicht. Zum Arzt zu gehen, hatte sie keine Lust. Dann eben Staubsaugen. War noch genügend Reis im Haus? Am besten fing sie gleich nachher an mit dem Kochen. Danach konnte sie sich ganz ihrer Yasmin und ihrer Enkeltochter widmen.

Phyllis genoss die kühle Luft. Endlich drückte die Hitze nicht mehr so wie gestern bei Kiwis Geburt. In der Nacht war der Himmel entzweigerissen. Er hatte geweint. Eiskügelchen schossen aus den Wolken. Ihre Kinder hatten sich noch nicht an den Hagelschlag gewöhnt. Als sie nach ihnen schaute, fand sie Gritta bei Jola und Kiwi in Yasmins Armen. Nur sie zitterte allein unter der Bettdecke.

Vor dem Friedhof lag die hundertjährige Linde im Schlamm. Starke Böen mussten an dem alten Symbol der dörflichen Gemeinschaft gerüttelt haben. Einen Meter über dem Boden war der Stamm schließlich gebrochen. Er war nicht mehr in der Lage gewesen, sich dem Hin und Her von Trockenheit, Niederschlägen und Sturm entgegenzustemmen. Schon Hildegard von Bingen hat es gewusst, dachte Phyllis. Der Lindenbaum ist das Sinnbild der Gebrechlichkeit. Sie beschloss, die Linde nicht weiter zum Vorbild zu nehmen, auch wenn sie wirklich eine Quelle prophetischer Visionen sein sollte. »Dein hohes Alter hat dir nichts genützt«, bedauerte Phyllis den gestürzten Baum. »Vielleicht war es gerade das. In deiner Jugend hast du doch viele Stürme ausgestanden. Ich hätte dich fragen sollen, wie du es geschafft hast, so alt zu werden. Aber hättest du mit so einem Jungspund wie mir gesprochen? Keine vierzig Jahresringe, hätte ich dich überhaupt verstehen können?«

Phyllis fühlte sich allein gelassen. Wütend trat sie gegen einen Zweig. Er flog im hohen Bogen auf die Straße. Sekunden später überrollte ihn ein Laster. Sie weigerte sich, den Gedanken zuzulassen, das Überfahren des Astes sei ein schlechtes Omen. Manchmal war ein Stück Holz einfach nur ein Stück Holz. Selbst, wenn es auf einer alten Linde mitten im Dorf gewachsen war.

Die Straßenreinigung würde den Zweig bald vom Asphalt fegen. Es fiel Phyllis schwer, sich nicht selbst zu bücken oder gleich nach dem Besen zu greifen. Sie hätte gern geholfen, das Dorf sauber zu halten. Es war Bürgerpflicht, den bösen Geistern keine Chance zu geben, sich in Dreck und Müll ihren Salon einzurichten. Nie sollte man dies Fremden überlassen. Nicht einmal den Nachbarn von der anderen Straßenseite. Das war schließlich die falsche. Oder lebte sie selbst dort? Phyllis wusste es nicht mehr. Nur bei Sonnenuntergang war sie sich sicher. Dann war die falsche Seite die, auf dem die Mülltonnen zum Abholen bereit standen.

Ein organisierter Reinigungs- und Abfalldienst hatte aber auch etwas. So blieb ihr genügend Zeit, ihrem Mann Geschenke auf den Friedhof zu bringen. Und doch hätte sie ihre Nachbarn beim Straßenfegen viel öfter sehen können. Ihr fehlte der Kontakt. Man erfuhr viel mehr über den Kummer und die Sorgen der anderen, wenn man zusammen arbeitete. Und so hätte sie sich großzügig zeigen können, auch ohne Geld.

Sie griff nach einem Zweig voller grüner Blätter, kehrte der Linde den Rücken und betrat den Friedhof. Um das Grab ihres Mannes zu erreichen, musste sie zuerst bei Schultes vorbei, dann nach Müller und Niehoff weiter zu Altmann, Mäder und Schmetz. Ottilie Glatz hätte nächste Woche Geburtstag gehabt. Weiter, rechts am Brunnen vorbei, den Urnengräbern entlang. Wieder um die Ecke, im hintersten Winkel, lag Robert von Brücks Grab unter den Ästen einer Birke.

Phyllis kniete nieder und schob Regenwürmer und Nacktschnecken auf die Seite. Sie pflegte das Grab ihres Mannes immer ohne Handschuhe oder eine Hacke. Es lagen genügend Tote hier. Kein Tier sollte wegen ihr das Leben lassen. Schließlich legte sie den Lindenzweig auf das Grab und entzündete Weihrauch. In dem kräuselnden Duft drehte ihr Herz eine Pirouette.

Sie ließ die Bilder der vergangenen Stunden wie einen Film durch ihren Kopf ziehen. Ihr Mann sollte jede Kleinigkeit erfahren. Er konnte ja nicht überall sein. Vorsichtshalber erzählte sie ihm alles, was sich seit ihrem letzten Besuch entwickelt hatte.

»Yasmin hat die Geburt gut überstanden. Obwohl die Hebamme ganz jung war. Deine Enkeltochter heißt Kiwi. Hübsch ist sie. Und ich musste ihr gleich die Haare schneiden. Sie soll möglichst bald zum Babyschwimmen. Yasmin will das so. Sie kann ja selbst nicht schwimmen und hat Angst, dass sie ihr Kind einmal nicht retten könnte. Warum lernt sie es dann eigentlich nicht? Das Wasser ist doch viel zu kalt für unsere kleine Indo!« Wut quoll aus ihr wie Dampf aus einem Bügeleisen. Sie konnte nicht anders, obwohl sie ihren Zorn nicht guthieß.

»Warum hast du gegen die kosmische Ordnung verstoßen, Robert von Brück? Auch wenn es vielleicht unwissentlich war. Du kanntest doch die Lehre vom richtigen Verhalten!«

Sie erwartete keine Antwort. Wenn es überhaupt eine geben sollte, konnte nur sie selbst diese finden. Doch was nutzte die Erkenntnis? Wo sollte sie suchen, wen fragen? Die Linde war tot.

Ihre Wut übermannte sie wieder. »Du warst in der Gewalt von Krankheitsdämonen. Trotzdem bist du nach Europa gereist. Auch wenn hier die Ärzte besser sein sollten, sie arbeiten ohne Heiler. Und nur die kennen die kosmische Ordnung. Wie konntest du uns nur deinen schlechten Tod antun?«

Schon erkannte Phyllis, wie sinnlos ihm die Frage

erscheinen musste. Sie wünschte sich, sie wäre taktvoller gewesen. Sie atmete tief.

»An Dämonen zu glauben ist wie den Weihnachtsmann für real zu halten.« Das hatte er einmal gesagt. Ein einziges Mal. Kaum ausgesprochen, hatte er sich sofort gereinigt, aus Furcht vor möglichen Folgen.

Die kühle Luft betäubte den Schmerz. Ihre Wut zog sich zurück. Aber sie lebte noch. Schon brach es aus ihr heraus: »Dann noch dieses Erdgrab. Das ist wirklich das Allerletzte.«

Sie wandte sich ab und suchte das Grab der fremden Frau auf. Es wurde schon lange nicht mehr gepflegt, der Stein war verwittert und unlesbar. Pater Paul hatte ihr die Geschichte erzählt. Die Töchter hatten geheiratet und waren mit ihren Männern fortgezogen, weit weg in ein anderes Land. Hier fühlte sich niemand für das Grab verantwortlich. Seine Ahnen zu vernachlässigen, das konnte doch nicht in Ordnung sein. Wie sollte die Seele in solch einem Chaos Frieden finden?

Mit jedem Ast, den sie vom Grab der unbekannten Frau entfernte, wurde Phyllis ruhiger. Sie fühlte sich mit der Fremden verbunden, die so viel von ihr wusste, von der sie jedoch nicht einmal den Namen kannte. Natürlich hätte sie ihn nicht ausgesprochen. Tote streiften alles Irdische ab. Eigentlich erst mit ihrer Verbrennung. Aber die Feuerbestattung war hier nicht üblich. Die meisten auf diesem Friedhof hatten ein Erdgrab. Und doch fühlte sich keine Familie schuldig. Vielleicht war also doch nichts Falsches daran. Vielleicht.

»Auch wenn eine Erdbestattung die kosmische

Ordnung nicht zu stören scheint, der Erdboden steht für die Unterwelt. Wolltest du nicht von deinen Leiden erlöst werden? Im Himmel alles Irdische vergessen?« Sie schimpfte. »Du Individualistin, du. So kann das doch nichts werden!« Phyllis spürte, wie ihre Wut es genoss, dass es ihr nicht gelang, zur heiteren Gelassenheit zu finden. War sie für immer verloren?

Phyllis entzündete auch hier Weihrauch und verabschiedete sich.

Auf dem Weg am Brunnen vorbei fiel ihr Blick auf das Pfarrhaus. In der Morgendämmerung glaubte sie, hinter den Gardinen eine hagere Gestalt vor einem Monitor am Schreibtisch zu sehen. Sie hatte Pater Paul oft beim Studium der Heiligen Texte beobachtet. Wenn er seine Brille zurechtrückte, spürte sie die tiefe Befriedigung, die ihm die Lehre schenkte. Er vergaß darüber sogar zu essen. Außer sie brachte ihm ilkan kembung pepesan.

Der Zander im Bananenblatt versetzte ihn erst auf die Inseln und holte ihn dann zurück in seine alte Schreibstube, mit Tintenfingern und wirrem Haar. Eine Strähne fiel ihm in die Stirn. Sie ließ ihn jungenhaft aussehen. Phyllis hätte sie gerne wieder an ihren Platz gestrichen. Ohne diese Locke stand ihm die Weisheit ins Gesicht geschrieben. Nach ein paar Augenblicken, wenn sie ihn eindringlich genug angesehen hatte, schob er die Tastatur beiseite und nahm den Teller. Am liebsten aß er am Schreibtisch, allein. Er wollte nicht, dass Phyllis sah, wie ungeschickt er mit der Hand aß. Dabei störte sie sich nicht daran. Sie mochte auch kein Besteck. Der Metallgeschmack verdarb ihr jede Mahlzeit.

Wenn ihr Enkelkind getauft war, würde er für zwei Monate nach Rom gehen. Sie vermisste ihn jetzt schon und hoffte, dass er wieder zurück sein würde, wenn das Abschneiden von Kiwis erster Haarlocke gefeiert wurde.

»Lass ihn wiederkommen«, betete sie. Sie befürchtete, Pater Paul an Rom zu verlieren. Oder an die Einsiedelei in den Wäldern, weil er keine Frau haben durfte. »Noch einen Bruder aufgeben, das kann ich nicht.« Sie fühlte sich egoistisch. Sie gönnte ihm doch die Gemeinschaft seiner Brüder und auch, sein Wissen hinter sich zu lassen, um zur Weisheit zu gelangen. Aber erst nach der Familienzeit. Nein, sie war keine Egoistin. Ach, wenn sie doch nur die Pflichten hier wüsste! Dann würde sie ihre Rechte schon einfordern.

Als ihr Mann noch gelebt hatte, kannte sie ihre Aufgabe. Wie jedes Mädchen aus gutem Hause war sie von ihrer Mutter vorbereitet worden. Musizieren, tanzen, malen und anmutig Verse vortragen war längst ihre zweite Haut. Ihr Mut, sich dem Lampenfieber auszuliefern, wurde geachtet und bewundert. Sie hatte sich immer angemessen verhalten. Sie machte keine Fehler, die ihr Ansehen verletzten oder ihr Gesicht in ernstliche Gefahr gebracht hätten. Nie traf sie der erbarmungslose Spott der Leute. Sich der Verantwortung zu stellen, fiel leicht im Kreis ihrer Großfamilie, die ihr immer geholfen hatte, die Bürde zu tragen. Nun stand ihr allein Pater Paul bei, der sich ihrer angenommen hatte. Er wusste, aus welcher hohen

Gesellschaftsschicht sie stammte und was das für ihr Verhalten bedeutete. Ihre Eltern waren in Java besonders gegenüber seiner Kirche für ihre Großzügigkeit bekannt. Noch heute. Und noch mehr, seit ihr Vater sie verstoßen hatte. Nach alter Tradition besänftigte er die Geister mit Opfergeldgaben und bat so Gott um gute Schuhe für seine verloren gegangene Tochter. Und das wusste auch Pater Paul.

Wann stand er wohl auf? Er würde wissen, was der Brief bedeuten sollte, den Gritta gestern aus der Schule mitgebracht hatte.

Phyllis fragte sich, ob die Klassenlehrerin ohne die Unterschrift der Direktorin so ein Schreiben überhaupt verschicken durfte. Die Briefe, die Yasmins Schwangerschaft betrafen, waren immer von der Schulleitung unterzeichnet worden.

Ist Gritta ihnen weniger wert als Yasmin, fragte sie sich. In der Einladung aus der Schule stand kein Grund, warum ihre Anwesenheit erwünscht war. Ihre Töchter würden nie gegen die Regeln verstoßen. Als sie wissen wollte, was geschehen war, hatte Gritta geschwiegen. Phyllis brachte kein Wort aus ihr heraus. Sie saß da, stolz, ohne irgendwelche Reue. Sie war zu keiner Erklärung bereit und auch Yasmin konnte nicht zur Aufklärung beitragen. Sie war ja noch im Mutterschaftsurlaub und würde erst nächsten Monat wieder in die Schule gehen. Vielleicht. Wer wusste schon, was im Kopf einer Tochter vorging, wenn diese den Pfad der Ehre verließ.

Ein Straßenkehrer fegte an der Bushaltestelle Zigarettenstummel aus dem Rinnstein. »Guten Morgen«, grüßte Phyllis ihn. Scheinbar hörte er sie nicht, nickte noch nicht einmal. Vielleicht hätte sie erst auf seinen Gruß warten sollen? Sie merkte, dass es ihr darauf ankam, einen guten Eindruck auf den Mann zu machen. Sie ärgerte sich darüber.

Seit Monaten versuchte sie herauszufinden, wann es sich geziemte zu grüßen. Sie war unsicher, da sie nicht immer zurückgegrüßt wurde. Pater Paul sagte, grüßen sei immer angebracht. Er war ihr Lehrer, seit sie hier wohnten, und erklärte ihr die Eigenheiten im Dorf.

Phyllis hob eine PET-Flasche auf und warf sie in den Abfalleimer unter dem Busfahrplan. Der Straßenkehrer sah sie an, ganz neutral, seine Augen sprachen weder kühl noch freundlich. »Wissen Sie es immer noch nicht? Das gehört da nicht rein«, blaffte er sie an. Dann lächelte er. Phyllis war entsetzt. Es war ein spöttisches Lächeln. Der Vorwurf selbst tat nicht weh. Er traf ja zu. Der Straßenreiniger zog die Flasche aus dem Abfalleimer und gab sie ihr.

Sie ließ die Flasche fallen. Die rollte vom Bürgersteig in den Straßengraben. Phyllis wollte weitergehen, aber der Mann in der orangefarbenen Jacke packte sie am Ellenbogen. »Wir sind doch hier nicht im Urwald! Heb das sofort auf!«

Phyllis hatte den Eindruck, dass er seine Worte mit Bedacht wählte. Sie kannte den Mann. Er war ihr zwar noch nicht vorgestellt worden, aber seine Frau, die Frau Schröder, sprach gut über ihn, wenn der Kirchenchor Pause machte. Phyllis steckte die Flasche zum Weihrauch in ihre Einkaufstasche und sagte: »Auf Wiedersehen«. Jedes weitere Wort hätte sie in eine noch peinlichere Lage gebracht. Sie wusste nicht, ob es sich schickte, ihn auch zu duzen. Oder mit Nachnamen anzusprechen. Sie wollte das feine Band der Höflichkeit zwischen ihnen nicht zerreißen. Phyllis drehte sich auf dem Absatz um und ließ einen verblüfften Straßenkehrer zurück, dessen Tag sie gründlich verdorben hatte.

Zu Hause fand sie Yasmin völlig außer sich. Ihre Augen waren geschwollen und das lange Haar hing wirr. »Kiwi stirbt«, flüsterte sie. Sie fühlte sich überfordert, wenn sie mit dem Baby allein war. Allein sein lag ihr nicht im Blut.

»Das kann nicht sein«, beruhigte Phyllis ihre Tochter. »Du stillst. Da kann nichts passieren.«

»Meinst du wirklich?« Wie gerne hätte Yasmin ihr geglaubt. Sie rieb sich die Augen. »Ich weiß nicht. Ich bin zu jung für ein Kind«, sagte sie.

»So ein Quatsch.« Phyllis setzte sich auf das Sofa. »Wer hat dir denn das eingeredet? Lernst du solchen Unsinn von der Hebamme?« Sie zog Yasmin zu sich auf Sofa. »In deinem Alter war ich schon längst verheiratet. Und deine Schwester zahnte.«

Yasmin wollte ihre Mutter nicht beleidigen. Die hatte zwar drei Töchter geboren, aber keine selber gewickelt. Gestern hatte sie Kiwi eine Einmalwindel anziehen wollen. Dabei benutzte sie eine Sicherheitsnadel und stach sich prompt in die Finger.

»Sprich es nicht aus, meine Tochter«, forderte Phyllis und riss das Pflaster ab.

Yasmin presste die blassen Lippen aufeinander.

»Und denke es auch nicht«, bat ihre Mutter.

In die Stille klang das Ticken der Küchenuhr bis ins Wohnzimmer. »Zu spät«, flüsterte Yasmin.

Ihre Finger umklammerten den Handschmeichler, ein Geschenk ihrer älteren Schwester. Der Stein würde ihr Kraft geben, hatte Jola gesagt. Yasmins Knöchel schimmerten weiß.

Phyllis nahm ihr den Schmeichler aus der Hand. »Du bist immer zu jung, wenn du ein Kind bekommst. Es spielt überhaupt keine Rolle, wie alt du bist. Du weißt nie, was du machen sollst. Niemand ist darauf vorbereitet, Autonomie und Egoismus aufzugeben. Punkt.«

Phyllis half Yasmin ins Kinderzimmer. Mit Jola und Gritta hatte sie es noch am späten Abend fertig tapeziert. Pater Paul und drei Damen vom Chor hatten fleißig mitgeholfen.

Kiwi sabberte in ihre Wiege. Die Kleine bekam genügend Luft. Ihre Stirn fühlte sich kühl an. Phyllis richtete sich wieder auf.

»Und du sagst, sie stirbt?«

Yasmin war die Angst deutlich anzusehen. Aufgeregt antwortete sie: »Mam, sie ist blind! Ich sehe es genau!«

»Ich sehe nur, dass ihre Augen verklebt sind.« Phyllis legte den Arm um ihre Tochter. »Mit ein wenig Muttermilch kannst du sie leicht säubern.«

Yasmin grinste verlegen, als sie ihren Stillbüstenhalter öffnete. »Ist mir das peinlich«, sagte sie. Mit ein wenig Milch wischte sie über die Lider und löste die verklebten Wimpern. Kiwi schlug die Augen auf. Die waren immer noch blau.

»Du kannst kleine Dinge beeinflussen«, sagte sie. Ihre Tochter beendete den Satz: »Und der Rest liegt nicht in meiner Macht.«

»So wird alles gut. Also mach dir keine Sorgen.«

Yasmin nahm ihre Tochter aus der Wiege. »Ich mache mir immer Sorgen. Wie du dir. Um uns.«

Geborgen im Arm ihrer Mutter sah Kiwi wie ein Kind aus, das alle Herzen der Welt in seinem eigenen verwahrte. Phyllis lächelte.

»Die Hebamme hat gesagt, ich soll täglich zur gleichen Zeit stillen.«

»Was sagst du da?« Phyllis verstand die Welt nicht mehr. Ein Kind meldete sich, wenn es Hunger hatte. Nicht vorher und nicht nachher. Feste Uhrzeiten?

»Ja. Möglichst zur vollen Stunde. Damit die Kleine sich an einen festen Rhythmus gewöhnt.« Yasmin wurde schwindlig. Immer wieder packten sie Ängste und hielten sie im Griff. Sie fürchtete, Kiwi fallen zu lassen. Fest presste sie ihr Kind an sich.

»Volle Stunde? Dann hast du noch zehn Minuten Zeit », sagte Phyllis.

Yasmin legte sich ins Bett und schaute ihre Mutter an.

»Mam. Wie machst du das nur ohne Uhr?«

Die Kleine begann zu quengeln. »Jeden Tag um die gleiche Zeit ist dieselbe Zeit.« Sie hatte das einfach im Gefühl. Die Zeit richtete sich nach der Sonne. Und die wusste eben, wann sie wieder am Firmament zu erscheinen hatte. Wie es ihr gelang, sich auf die wechselnden Jahreszeiten einzustellen, wusste Phyllis nicht. Es war eben so.

»Mit der Zeit wirst du das auch können. Trotz Sommer- und Winterumstellung. Das lässt sich einstellen.«

Während Yasmin stillte, überlegte sie, ob sie nicht ihre langen schwarzen Haare abschneiden sollte. So sah sie einfach naiv aus. Wie ein Kind. Selbst wenn ich es bin, muss ich nicht auch noch so aussehen, dachte sie. Seit gestern nicht mehr.

»Kiwi wird sich an die volle Stunde gewöhnen. Sie ist eine Indo«, sagte Phyllis und dachte, auch an uns wird sie sich anpassen. Und wir werden lernen, was ihr Weinen bedeutet.

Phyllis staunte, wie schnell ihre Tochter sich von der Geburt erholt hatte. Dabei hatte die Hebamme nichts von all dem getan, was für eine Wöchnerin nötig war. Oder hatte sie es vielleicht nur nicht gesehen oder gehört? Sie war ja auch nicht in der Frühe dabei gewesen, als die Geburtshelferin nach ihrer Tochter und dem Kind geschaut hatte.

Die Hebamme, dachte Phyllis, hat doch letzte Woche auf dem Marktplatz ein Geldstück aufgehoben. Und dann dreimal darauf gespuckt, bevor sie es einsteckte. Das minderte für Phyllis die Zweifel an deren Heilkunst. Diesen Vertrauensvorschuss wollte sie gerne auf das ganze hiesige Gesundheitswesen übertragen. Sie entschied sich, den Termin zur Vorsorgeuntersuchung doch wahrzunehmen.

Phyllis zog ihre Jacke an. Sie sollte sich beeilen. Ihr Arzt wartete. Vielleicht. Jedenfalls wünschte er sie zu sehen. Dabei fühlte sie sich gar nicht krank. Seine Einstellung verwunderte sie. Wie konnte man eine Krankheit haben, ohne sie zu fühlen? Wie kam er nur auf die Idee, dass er besser wusste als sie, wie es ihr ging?

Sie hatte von Frauen gehört, die gut gelaunt ihre Gynäkologin besuchten und völlig krank die Praxis verließen, weil die Ärztin einen Knoten entdeckt hatte. Schon begann der Wahnsinn. Innerhalb von Sekunden wurde aus einer Frau, die sich kerngesund fühlte, eine Kranke. Das konnte nicht gesund sein. Die Seele brauchte Gleichgewicht.

Sie wollte gerade die Haustür hinter sich schließen, als sie Erna Baumann sagen hörte: »Zeit für ene Kaffee Toebroek, Frau Nachbarin?«

Phyllis warf ihre Jacke über den Garderobenhaken. »Gerne! Kommen Sie herein, ich muss nur noch schnell telefonieren!« Sie rief in der Praxis an: »Guten Tag, Frau Hoffmann. Leider kann ich doch nicht kommen. Ich habe Besuch.«

Durch die Leitung kam ein Seufzen. Dann schimpfte Frau Hoffmann. »Haben Sie das nicht schon früher gewusst? Sie wissen doch, dass sie spätestens einen Tag vorher abzusagen haben!«

Phyllis wunderte sich, dass ein Besuch anscheinend kein Grund war, den Termin zu verschieben. Sie war doch gesund! Es konnte doch nichts Wichtigeres geben als ada tamu, die Aufnahme eines Gastes. Wer würde es wagen, Kaffee und Reis zu verweigern? Wer könnte so beleidigend sein? Sie legte den Hörer auf und nahm sich vor, Frau Hoffmann niemals einen Besuch abzustatten.

»Guten Morgen, Frau Nachbarin. Wie geht es den Kindern? Mutter und Kleines sind wohlauf?« Erna Baumann hielt zwei dampfende Becher in der Hand. »Ich dachte, wir trinken noch schnell einen Kaffee, und dann kann der Tach losgehen. Ich habe ihn gleich mitgebracht, damit wir mehr Zeit haben.«

»Alles bestens. Haben Sie schon gegessen?«, fragte Phyllis. Sie konnte sich die Frage einfach nicht abgewöhnen.

»Ach, danke, nein«, sagte Frau Baumann. »Ich mach doch ene Diät.« Ihr Magen knurrte so laut, dass Phyllis ihn hörte. Wortlos stand sie auf und holte den Reis aus dem Vorratsschrank. »Das könnt ich einfach nit«, sagte Frau Baumann. »Es ist doch noch viel zu früh für Mittagessen. Aber vielen Dank.«

Phyllis war es gewohnt, dreimal täglich warm zu essen. Ihr Tag ging prompt daneben, wenn sie ihn mit einem süßen Frühstück begann. Die Marmelade klebte ihr am Gaumen und das Brot machte nicht satt. Trotzdem versuchte Phyllis immer wieder, sich die Frühstücksgewohnheiten ihres neuen Heimatlandes einzuverleiben. Irgendetwas musste ja dran sein, wenn hier alle so etwas aßen.

»Dann wenigstens eine Reiswaffel.» Sie strich sich über ihren Bauch. Das Kleid spannte.

»Für Kekse isset auch noch zu früh», sagte Erna Baumann. Sie stellte ihren Kaffee auf den Tisch, ohne daran genippt zu haben.

»Darf ich Sie etwas fragen?» Erna Baumann knispelte am Henkel des Bechers.

»Wenn es egal ist, wie die Antwort ausfällt?« Phyllis

war nicht wohl in ihrer Haut. Fragen noch vor dem Reis, das war sie einfach nicht gewohnt.

»Also, wenn Sie mir egal wären, dann würde ich doch gar nicht fragen.« Die Nachbarin wurde rot. »Eigentlich wollte ich Sie nur fragen, also, nun ja, wann sagen Sie endlich Erna für mich?«

»Ach, Frau Baumann, ich weiß gar nicht, was ich sagen soll.« Unruhig nestelte Phyllis an ihrem Kleid. Heute trug sie das mit den Sonnenblumen am Saum. Sie liebte bunte, großgemusterte Stoffe, bei denen man den Blumenduft fast riechen konnte.

»Einfach Erna. Wenn Sie nit in ernste Schwierigkeiten kommen wollen«, drohte die Nachbarin scherzhaft.

»Wenn das so ist, werde ich es selbstverständlich tun«, erwiderte Phyllis ernst. Wenn sie sich nicht auf die Zunge gebissen hätte, wäre ihr »Frau Baumann« herausgerutscht. Es war eine Frage der Höflichkeit. Das Freundschaftsangebot ihrer Nachbarin freute sie, aber dann gleich mit Vornamen? Phyllis hatte sich bereits die respektvolle Anrede für Nachbarn abgewöhnt. Hier sprach man sich nicht als Verwandte an. Aber eine Anrede musste sein. Phyllis rutschte auf dem Sofa hin und her. Die Nachbarin beobachtete sie über den Rand ihres Kaffeebechers.

Sie wirkt wie ein dickes Wörterbuch, dachte sie. Ich könnte stundenlang in ihr blättern und gewissenhaft studieren. Und ich tät se doch nit wirklich verstehen. Meine Nachbarin kommt aus einer alten Kultur mit tausendjähriger Geschichte. Auf jeder Insel, aus allen Ecken treffen Fremde aufeinander und müssen sich arrangieren. Und irgendwo bebt es immer. Da hat sie es hier bei uns doch viel einfacher. Frau Baumann nahm einen Schluck Filterkaffee.

»Also gut. Erna.«

Frau Baumann strahlte und prostete Phyllis mit dem Kaffeebecher zu.

»Werden Sie eigentlich hier bleiben«, fragte sie. Die Frage lag ihr schon lange auf der Zunge. Sie hatte Angst davor, eines Morgens aufzuwachen und ihre Nachbarin war fort. Ohne sich zu verabschieden.

Im Dorf erzählte man sich, dass türkische Mädchen in einem gewissen Alter plötzlich verschwanden – wie von Zauberhand. Über Nacht. Man sah sie nie wieder. Wer sagte denn, dass Phyllis mit ihren Töchtern nicht genau so schnell wieder verschwand, wie sie eines Tages aufgetaucht war?

Das Nachbarhaus hatte viele Jahre leer gestanden. Nicht einmal der Bürgermeister konnte es für seinen Sohn erwerben. Eines Tages waren Handwerker gekommen. Sie wurden großzügig entlohnt, ohne dass sie ihren Auftraggeber kannten. Umso mehr wussten sie über seine Wünsche zu berichten. Der Installateur erzählte, dass er die Badewanne durch einen Bottich hatte ersetzen müssen. Der Gärtner lästerte, dass er ausgerechnet Reis anpflanzen sollte. Niemand glaubte ihm, weil er nicht einmal den Versuch unternahm, eine Reisterrasse zu bauen, sondern gleich Kartoffeln setzte. Aber merkwürdig blieb die Sache schon. Endlich waren die Arbeiter verschwunden und das Haus stand immer noch leer.

Und dann war es so weit. Ohne Umzugswagen. Keine Möbel für das leere Haus. Ganz in Weiß zogen sie ein, obwohl sie direkt von einer Beerdigung kamen. Eine Witwe, vollschlank, mit drei Töchtern. Schwer mit Schmuck behangen und jede trug einen teuren Koffer. Mehr hatten sie nicht. Außer einem kleinen Vogelbauer mit Tauben. Beim Bäcker verdrehte man die Augen und im Metzgerladen schwirrten die Vermutungen nur so. Asiatische Frauen mit einem ständigen Lächeln auf dem Gesicht, die christlich erzogen waren und akzentfrei hochdeutsch sprachen, das gab es doch nicht. Und dann noch Pelzmäntel! Im Hochsommer! Also, wirklich.

»Zurück in unser Mutterland? Unser Vaterland verlassen?«

Phyllis begriff die Frage nicht. »Den Vater meiner Kinder allein zurücklassen?« Sie schüttelte den Kopf. Ihr Vater wie auch sein Vater hatten nie die indonesische Staatsbürgerschaft beantragt. Warum auch? Ihre Familie war seit Generationen deutsch. Die Rückkehr wurde einfach nur immer wieder hinausgeschoben.

Nach der Enteignung ihrer Kaffee- und Gummifabriken durch den Staat wäre es beinahe schon so weit gewesen. Eigentlich bereits nach dem Zweiten Weltkrieg, als auch ihre Familie wieder bei Null anfangen musste. Doch bisher waren der Reissack und die Kaffeedose immer voll gewesen. Da war es leicht, von vorn zu beginnen.

»Ach, Sie sin Deutsche? Wusste ich ja gar nit. Ich hab gedacht, Sie wären Ausländer«, meinte Erna Baumann. Sie war verblüfft. Obwohl sie in Deutschland geboren war und einen deutschen Pass besaß, hatte ihre Mutter nie ihren britischen Ausweis abgegeben.

Streng genommen war sie also weniger deutsch als Phyllis. Dabei han isch doch jar keine Schlitzaugen, dachte sie.

»Wie meine Enkeltochter sind wir Deutsche. Genauer, Indos mit deutscher Staatsbürgerschaft. Jeder, der in Indonesien gewohnt, gelebt und gearbeitet hat, wird Indo oder indischer Mensch genannt. Auch mein Mann, seine Eltern, Groß- und Urgroßeltern und so weiter. Sie hatten alle europäisches Blut. Und sie stammten hier aus der Gegend. Vom Niederrhein.«

Phyllis verglich ihren Unterarm mit dem ihrer Nachbarin. Sie war um einiges dunkler. Der Unterschied hatte ihr noch nie so ins Auge gestochen. Ihre Großmutter war eine indonesische Frau gewesen. Deren Blut bestimmte die Farbe auch ihrer Haut und ihren Charakter mit.

Phyllis hatte die Hautfarbe nicht gewechselt. Nur das Land. Als Kind war sie im Vergleich zu den Nachbarskindern dunkelweiß. Ob sie täglich in Milch badete, spöttelten die. »Ihr seid eben Christen«, sagte ihre Baboe. »Und die haben nun einmal weiße Haut.« Hier sah man sie nicht als Europäerin, sondern nahm nur ihr asiatisches Blut wahr. Sie galt als hellbraune Exotin. Und das, obwohl sich ihre Hautfarbe nicht verändert hatte. Auch nach vier Jahren blieb Phyllis irritiert.

»Von hier? Aber et jibt doch keine Gräber auf dem Friedhof, also, von Ihrer Familie«, wunderte sich Erna Baumann. »Och, stimmt, ich erinnere mich. Dat Haus hat einer us der Stadt gekauft, wo dann doch plötzlich ins Ausland musste. Hat mir meine Schwiegermutter erzählt. Ja, so war dat.« Nun griff die Nachbarin doch nach einer Reiswaffel und tunkte sie in den Kaffeebecher.

»Hm, lecker. Kannten Sie eijentlich die Gegend, bevor Sie hergekommen sind? Sind Sie schon addens in Deutschland jewesen, also früher, mein ich?«

Phyllis schluckte. Sie war es nicht gewohnt, über sich zu reden. Aber tapfer gab sie weiter Auskunft.

»Wir sind zum allerersten Mal hier. Unser Vaterland kannten wir nur durch Erzählungen oder aus Büchern. Und dann natürlich den Nachrichten und von Kalendern. Wir dachten, wir wären gut vorbereitet, und ahnten nicht, wie es werden würde. Eine Landkarte ist eben nicht das Land. Eine Speisekarte nicht das Menü.«

Phyllis konnte Erna Baumann die Fragerei nicht vorwerfen. Je länger ihre Familie hier lebte, desto mehr interessierte sie selbst ihre asiatische Abstammung. Erst jetzt wurde sie stolz darauf. Wie glücklich war sie gewesen, als sie auf dem Po ihrer Enkeltochter den Mongolenfleck entdeckt hatte – das sichtbare Zeichen dafür, dass indisches Blut durch Kiwis Adern floss. Bei ihren eigenen Töchtern hatte sie es noch gleichmütig hingenommen.

»Sind Sie glücklich hier?« Die Nachbarin ließ nicht locker. Wer glücklich war, hatte keinen Grund, sie zu verlassen. Sie leerte ihren Kaffeebecher. Phyllis war ihr nahe gekommen, sie wusste mehr über Erna Baumann als deren Mann oder die Mutter.

So musste sich eine Mango vorkommen, wenn sie zu Saft gepresst wurde, dachte Phyllis. »Ist Glück ein brauner Fleck auf weißem Papier?«, wich sie aus. Erna Baumanns Aufmerksamkeit war ihr unangenehm. Sie fühlte sich wie das Buch ganz unten in einer Kiste. Phyllis strich sich über den Bauch.

»Sind Sie denn glücklich«, fragte sie, »Erna?« Sie hatte das in einem Fernsehkrimi gelernt. Während einer Vernehmung hatte der Verdächtige immer mit einer Gegenfrage geantwortet. Er war schuldig und trotzdem musste man ihn freilassen. Zwar nicht für lange, aber immerhin. Das hatte sie sich gemerkt.

»Ich han gute und schlechte Tage.« Erna dachte nach. »Wissen Se, Phyllis, wenn die schlechten zu viel werden, dann gang ich. Dorthin, wohin mich meine Sehnsucht zieht. Aber solange meine Tochter mich noch brauchen tut, und mein Mann, natürlich, träume ich nur davon, nach Indonesien zu fahren.«

»Was gefällt Ihnen denn an meinem Mutterland, Erna?« Phyllis rieb sich ihre Nase.

»Dat ist en Land für Frauen.«

»Das Problem in Deutschland ist, dass hier das Haus nicht mehr von Frauen regiert wird. Und keine kämpft darum », sagte Phyllis.

Erna hatte keine Lust auf eine Diskussion, die sie nur verlieren konnte. »Kinder, Küche, Kirche. Da han ich keine Lust mehr drauf. Ich will mir die Welt ansehen.«

»Die fängt doch an der Dorfgrenze an«, schmunzelte Phyllis, die genug vom Kofferpacken hatte.

»Eigentlich im Fernseher«, sagte Erna Baumann und lachte. Sie stand auf und ging durch den Garten davon. Sie trat nur dann durch die Haustür, wenn sie eingeladen wurde. Da das selten geschah, kam sie in der Regel durch den Hintereingang und sah den

Sprung über den Zaun als sportliche Übung. Schließlich war sie auf Diät.

Am späten Vormittag überquerte Phyllis den Marktplatz des Dorfes. Auf den lang gezogenen Ständen fehlte die Ware bereits. Es herrschte emsiges Treiben und ein heilloses Durcheinander. Die Fahrzeuge der Händler standen sich gegenseitig auf den Zehen. Eine Politesse versuchte zu vermitteln und dirigierte. Es half nichts. Die Fahrer stiegen aus und redeten auf sie ein. Ihre Wagen mussten doch zu den Ständen. Das konnte man doch nicht alles quer über den Markt tragen! Sie würden sich den Rücken brechen, jammerten sie. Und ihre Plattfüße brachten sie um.

Mehr denn je fühlte sich Phyllis hin- und hergerissen zwischen dem, was sie erlebte, und den Bildern, die in ihr aufstiegen. Sie setzte sich auf eine Parkbank. Ihr war schwindelig. Dieser Markt wäre nur ein unbedeutendes Eckchen auf dem von Menschen wimmelnden Markt in Jakarta. Die Millionenstadt wucherte ins Unendliche. Ohne Politessen war man im Labyrinth der Alleen, Straßen und Gassen sofort verloren. Wie in einem riesigen Bienenstock. Hektisch war es. Laut. Das Sprachengewirr wuchs ständig, aus allen Ecken dröhnten Radios und Fernsehapparate. Aus den Bussen quollen schreiende Menschen. Unverdrossen priesen fliegende Händler ihre Waren an. Die Straßenköche trugen ihr Restaurant auf den Schultern. An dem einen Ende der Bambusstange hing der Grill, am anderen ein Kasten mit sämtlichen Zutaten. Man wählte Fisch oder Fleisch und wartete, bis alles auf dem Reis arrangiert war. Phyllis bekam Hunger.

Damals hatte sie beim Essen die Rikschas beobachtet. Die dreirädrigen Fahrraddroschken suchten sich einen Weg durch das Gewühl und fuhren beinahe die Touristen um. Diese Fremden in ihren stets durchgeschwitzten Kleidern rieben sich ständig den Modergeruch der Stadt aus der Nase und ignorierten den Duft von Passionsblüten, Bananen, Gewürzen, Kaffee, Fleischspießchen und Kretek, den Nelkenzigaretten.

In Los Pasar, der großen Markthalle aus der Kolonialzeit, verloren sie zwischen Kiosken und den überdachten Podesten endgültig die Orientierung. Die stickige Luft überwältigte sie wie das überquellende Angebot aus Reis, Süßigkeiten, Batikstoffen, Medikamenten, Futtermitteln und Eisenwaren. Auch billige Einfuhrartikel europäischer und japanischer Herkunft wurden verkauft. Es gab alles, von Fertigkleidern über Designerhandtaschen, Plastiksandalen, Schreibwaren, Batterien und Streichhölzern bis hin zu aktuellsten CDs, Gamelan-Kassetten und Instant-Nudeln. Sogar orangefarbige Festtompoezen waren im Angebot, ein Nachgeschmack der einstigen Kolonialmacht Niederlande.

Die Ausländer kannten die Prinzipien des Marktes nicht. Ohne es zu bemerken, verloren sie ihr Gesicht vor den Marktfrauen. Sie weigerten sich, ihren Familienstand preiszugeben, verschwiegen Zahl und Alter der Kinder oder wie es ihrer Mutter ging. Sie benahmen sich so schlecht, dass sie für ein Hemd mehr als nötig bezahlen mussten.

Der Markt, der Ort des Austauschs und der Täuschung, auf dem selbst Krähen als Hühner verkauft werden konnten, war auch ein Platz für Handwerker und Dienstleister. Sie flochten Matten und Körbe aus Bambus, nähten, schnitten Haare, reparierten Uhren und Schuhe oder schrieben Briefe an Eltern und Behörden.

Und alle suchten Kontakt zu den Fremden, weil sie sich für sie als Menschen interessierten. Wenn dabei ein Geschäft heraussprang, war es auch gut.

Phyllis vermisste den Kaffee mit Palmzucker, der sie so lange begleitet hatte. Sie schnupperte nach dem Duft der Nelkenzigaretten, aber in der Luft lag nur der Geruch von Currywurst mit Fritten. Phyllis fühlte sich verloren auf diesem Markt, der von Los Pasar verschlungen worden wäre. Sie suchte nach der Politesse. Wünschte sich ein wenig Halt von der Polizei, dem Freund und Helfer. Aber sie kannte nicht einmal den Namen der Frau, die jede Woche den Verkehr auf dem Markt regelte und Phyllis in ruhigen Minuten grüßte.

An der Straßenecke bei Foto Viktor sah Phyllis Gritta. Die drückte sich an der Hauswand entlang und schien sich in den Mauerritzen verkriechen zu wollen, den Kopf tief zwischen den Schultern.

Meine Tochter hat ihren Stolz verloren, dachte Phyllis unangenehm berührt. Zum ersten Mal fiel ihr auf, wie klapperdürr ihre Jüngste geworden war, wie geduckt, steif und staksig sie sich auf der Straße bewegte. Wenn sie nur zu Hause stark sein kann, dann wird aus ihr allenfalls eine Hausfrau mit einem Dutzend Katzen und Kindern. Eine Auftragskillerin vielleicht? Oder eine Leichenbeschauerin. Dann soll sie sich lieber zur Auftragskillerin ausbilden lassen, die verdienen wenigstens gut.

Phyllis stand auf und zupfte ihr Kleid zurecht. Gritta hatte ihre Mutter schon entdeckt, versuchte sie aber zu täuschen, indem sie einen Punkt am Himmel fixierte.

»Wenn du weiter so starrst, bekommen deinen Augen noch einen Krampf«, sagte Phyllis. »Hast du auf mich gewartet?«

Gritta nickte. Zur Feier von Kiwis Geburt hatte sie die Schule geschwänzt. Sie hatte keine Lust auf die hinterhältigen und feigen Sticheleien. Ihre Klassenkameradinnen schaffte sie ja noch, aber die aus den höheren Stufen waren ein anderes Kaliber. Diese Schule war nicht die beste für Menschen, die ohne Vater aufwuchsen und die eine Schwester im Mutterschutz hatten. So musste sie sich fügen. Wenn sie mit einem blauen Auge nach Hause gekommen wäre, hätte sie sich rechtfertigen müssen.

»Komm, lass hören, was deine Lehrerin zu sagen hat. Oder weißt du es noch nicht?«, fragte Phyllis.

Gritta zuckte mit den Schultern.

»Ich sehe dir an, dass du mir etwas verschweigst.« Das war nicht schwer zu erraten, nach der Einladung von der Schule.

»Wenn ich petze, bin ich endgültig erledigt«, sagte Gritta und trat einen Zigarettenstummel in den Gully.

Phyllis schwieg. Sie wäre gern Pater Paul, dem Gritta alles hätte beichten können. Aber das Kind behielt seine Sorgen für sich. Das war nicht gesund.

Schweigend machten sie sich auf. Der Schmerz

ihrer Tochter war zum Greifen nah, doch als Phyllis ihre Hand nehmen wollte, entzog sich Gritta. Wortlos gingen sie über den Marktplatz, zwischen Bäcker und Metzger Martin hindurch, am Kindergarten vorbei zum Schultor.

Die Direktorin wartete schon und bat sie in ihr Büro. Petra Vorboodt-Rabenhorst verschwand fast hinter ihrem imposanten Schreibtisch. Ihr Vorgänger muss noch größer gewesen sein als sie, dachte Phyllis. Dabei überragt sie mich schon um drei Köpfe. Das ist allerdings nicht schwer. Ich brauche ja schon einen Schemel, um einer Ameise auf die Fühler zu spucken. Phyllis lächelte. Gut, dass sie nicht sieht, wie klein ich mich fühle. Sie soll nur mein freundliches Gesicht sehen. Eine meiner leichtesten Übungen. Einmal gelernt und nie mehr vergessen. Sie richtete sich so gerade auf, dass sie wie eine Riesin wirkte und den Bürostuhl samt Schreibtisch in ihrer Handfläche verschwinden lassen konnte.

»Schön, dass Sie sich endlich Zeit genommen haben«, sagte Frau Vorboodt-Rabenhorst höflich, ohne dass es freundlich gemeint war. »Ich wollte Ihnen gerade eine Ermahnung schreiben.« Phyllis reagierte nicht und so fuhr sie fort: »Nachdem Sie unseren Termin vor über einer Stunde nicht wahrgenommen hatten.« Ihr Ton wurde schärfer, ohne Erfolg. Phyllis hatte immer noch kein schlechtes Gewissen. Sie staunte nur. Konnte die genaue Uhrzeit für die Lehrerin wirklich so wichtig sein? Wer verließ schon eine Parkbank, bevor es Zeit war? Phyllis zupfte an ihrem Kleid.

»Sie können von Glück reden, dass ich gerade eine Freistunde habe und Zeit für Sie.«

Ihre klassische Schönheit steht im Kontrast zu ihrer gespannten Haut, dachte Phyllis und wusste, dass sie besser an etwas anderes denken sollte. Sie hatte schon gehört, dass die Schule ungeheuren Einfluss besaß und beispielsweise bestimmte, wann eine Familie in Ferien gehen durfte. Diese Beamtin kümmerte sich mehr um den Ablauf ihres Betriebes als um die Not ihrer Gritta. Früher, als alles noch anders war, hätte Phyllis ihre Töchter umgehend von der Schule genommen. Privatlehrer hätten sie unterrichtet und erzogen, bis die Mädchen fähig waren, sich in die Gemeinschaft einzufügen.

Petra Vorboodt-Rabenhorst warf ihre blonde Mähne zurück. Eine Strähne flog ihr über die Augen. Das blonde Haar verleitete sie dazu, sich selbst für einen Engel zu halten.

»Ihre Tochter schwänzt die Schule«, versuchte die Direktorin Phyllis zuzusetzen. »Sie raucht. Auf dem Schulhof. Sie hat Ihre Unterschrift gefälscht. Und nach der Schule lauert sie den Kindern auf und verprügelt sie. Gehört sich das? Für ein Mädchen?« Frau Vorboodt-Rabenhorst blieb empört. Hoffentlich wurde Frau von Brück endlich einsichtig und merkte, wie sie als Mutter versagte.

Phyllis hatte nicht den Eindruck, dass diese Frau wirklich um ihre Tochter besorgt war, und der Ton, den sie anschlug, schien ihr nicht angemessen. Neben ihr versank Gritta im Stuhl. Dabei blieb ihr Rücken gerade. Auch wenn sie ihrer Mutter nicht in die Augen sah. Ihre Tochter schämte sich, hatte aber kein schlechtes Gewissen. Wenn dem so war, dann sollte diese Vorboodt-Rabenhorst sie kennenlernen.

»Wenn meine Tochter getan hat, was Sie ihr vorwerfen, Frau Direktor, dann wird sie ihre Gründe haben.«

In Grittas Augen blitzte seit langer Zeit wieder so etwas wie Vertrauen in ihre Mutter auf. Das wollte Phyllis auf gar keinen Fall verlieren.

»Liebe Frau Vorboodt-Rabenhorst, zeigen Sie mir bitte die so genannten Fälschungen.« Sie starrte auf das grüne Kostüm hinter dem Schreibtisch, das die Augenfarbe noch unterstrich.

Grün wie Gift, dachte Phyllis. Diese Frau hat den bösen Blick und ist auch noch stolz auf seine Wirkung.

Die Direktorin schob ihr die Akte hin. Phyllis blätterte in dem Ordner. »Ich habe alles unterschrieben. Entschuldigen Sie, bitte, ich bin Analphabetin. Darum unterschreibe ich so unterschiedlich.«

»Das glaube ich Ihnen nicht«, sagte Petra Vorboodt-Rabenhorst kalt. »Sie lügen mich an.«

Sie sollte sich unbedingt die Haare färben, damit sie nicht mehr mit Feen oder anderen freundlichen Wesen verwechselt werden kann, dachte Phyllis.

»Sollte Gritta das nächste Mal krank werden, dann erwarte ich ein ärztliches Attest«, sagte die Direktorin scharf. »In der Dritten Welt scheint man Bildung nicht so wichtig zu nehmen, aber hier haben wir Schulpflicht. Haben Sie verstanden, Frau von Brück?« Sie ärgerte sich, was die Falten rings um ihren Mund verstärkte.

»Das ist in Ordnung, Frau Direktor«, sagte Phyllis. Sie hatte keine Lust, ihre Tochter weiterhin diesem Zwist auszusetzen. Es war nicht in Ordnung, einen Streit vor einem Kind auszutragen.

Phyllis stand auf und nahm ihre Tochter bei der Hand.

»Frau Vorboodt-Rabenhorst, morgen wird Gritta wieder zur Schule kommen. Heute nicht. Unser Baby ist angekommen. Wünschen Sie ein Attest?«

Die Direktorin schüttelte verblüfft den Kopf. Sie kam sich vor wie ein Fisch, der auf dem Trockenen nach Luft schnappte. Sie war es nicht gewohnt, ins Leere zu laufen. Bei so viel Gleichgültigkeit ihrer Mutter musste das Mädchen doch auf die schiefe Bahn geraten! Sollte sie das Jugendamt informieren? Sie schwor sich, alles in ihrer Macht Stehende zu tun, um Gritta zu retten. Vor sich selbst. Und vor dieser Mutter.

»Danke, Mam«, sagte Gritta, als sie über den Schulhof gingen. Das Dankesagen hatte sie sich in Deutschland angewöhnt. Ihr selbst gab es nicht viel, aber hier reagierten die Menschen mit einem Lächeln. Das war gutes Karma. Sie begann die Kraft dieses Wortes für sich zu nutzen. Auch wenn es bei ihrer Mutter anscheinend noch nicht half.

»Du hasst Rauchen und bist mit Zigaretten erwischt worden?« Phyllis staunte.

»Wir waren zu fünft, Mam. Ich habe ihnen die Zigaretten abgenommen. Als die Aufsicht dazukam, hatte ich sie gerade in der Hand.«

Mitten auf dem Schulhof stand eine massige Skulptur. Sie sollte Ehrfurcht verbreiten. Allerdings war das Werk allgemein unter dem Namen »Der Klumpfuß« bekannt. Phyllis entdeckte auf dem Sockel den Rest einer Dönerportion.

»Mussten die anderen auch zur Direktorin?«

Gritta verneinte.

»Haben die Mädchen sich wenigstens für dich eingesetzt?«

Gritta standen Tränen in den Augen. Sie fühlte sich wie in dem Film, in dem jeder der Beteiligten die gleiche Geschichte völlig anders erzählte. Sie schluckte.

»Ich weiß genug«, sagte Phyllis. »Nächste Woche geht Yasmin wieder mit in die Schule.«

»Nein, sie kann noch nicht. Sie stillt. Kiwi braucht sie. Mehr als ich.« Gritta putzte sich die Nase. »Ich schaffe das, Mam. Und wenn ich sie alle, eine nach der anderen, windelweich hauen muss.«

Phyllis war stolz. Da war sie wieder, ihre große Kleine. Viel zu dünn, aber sonst war alles in Ordnung.

»Ich melde dich zum Judo an, Tochter. Und wenn genügend Eis im Kühlschrank ist und wir Beifuß anpflanzen, werden die blauen Flecken nicht so schlimm werden.« Sie lächelte. Mädchen prügelten sich. So war das eben.

Einen Moment lang fühlte sich Gritta getröstet, doch dann platzte ihr der Kragen. Obwohl sie flüsterte, schrie sie ihren Schmerz heraus. »Ich bin vierzehn Jahre alt. Sieh, was aus mir geworden ist, Mam. Bei jeder Ritze auf dem Bürgersteig habe ich Angst hineinzufallen und zu verschwinden. Dabei sitze ich hier fest. Kein Freund, kein Verwandter zieht mich aus dieser Falle. Du, meine Schwestern und meine Nichte sind die einzigen Freunde, die mir geblieben sind. Und ich weiß nicht einmal, ob ihr mich mögt.«

Phyllis hielt die Hand ihrer Tochter fest und ließ

sich nicht ablenken.

»Wissen deine Schwestern, warum du die Schule schwänzt?«

»Dann gäbe es eine Riesenrauferei unterm Klumpfuß. Aber ich habe es ihnen nicht gesagt. Sie dürfen sich doch nicht mehr prügeln. Beide sind aus dem Alter raus. Nur ich darf noch körperlich kommunizieren.«

Körperlich kommunizieren? Phyllis war verblüfft. Lernte man solche Ausdrücke in dieser Schule? Sie wich einer Gruppe von Jugendlichen aus, die in die Eisdiele drängten.

»Wenn deine Schwestern wüssten, worum es geht, dann würden sie wieder vierzehn. Nicht wahr? Sie würden sich einen nach dem anderen vorknöpfen, ohne Mitleid. Ohne Gnade. Stimmt's?«

Gritta nickte, sagte aber: »Nein, so ist es nicht.« Sie wich vor dieser Lüge zurück und wäre fast von der Bordsteinkante vor ein Auto gefallen.

Phyllis zog sie zurück. »Doch«, widersprach sie. »So ist es. Deine Schwestern müssen dich nicht lieben. Aber sie haben für dich da zu sein.«

Gritta schloss sekundenlang die Augen. Ihr Herz klopfte wild. Nicht nur wegen des Autos. Sie hätte gerne etwas gesagt, wusste aber nicht, wo anfangen. Sie presste die Lider fest aufeinander und ließ sich von ihrer Mutter wie eine Blinde durch die Straßen nach Hause führen.

Phyllis zog den Schlüssel heraus, um die Haustür aufzuschließen. Sie merkte nicht, dass sie bereits einen

Spalt offen stand, und stolperte über die Schwelle. Fast wäre sie über den Rucksack voller Bücher gefallen, der mitten im Flur stand.

»Jola, kannst du nicht dein Zeug aufräumen!« Sie hätte sich alle Knochen brechen können.

»Wer braucht mich?« Jola kam mit Kiwi auf dem Arm angelaufen. Sie warf einen Blick auf ihre Schwester und die aufgesetzte gute Laune verging ihr. Gritta brauchte Hilfe, das stand klar in ihrem Gesicht geschrieben. Und das sofort. Aber welche? Es war kein Zuckerschlecken, die älteste Schwester zu sein. Sie reichte Kiwi ihrer Mam.

Jola war bereit, ihr Leben für Gritta zu geben. Sie wollte um sie kämpfen wie eine Löwin und dachte nicht daran, dass ein Floh viel mehr plagen konnte.

»Oder störe ich, Mam? Streiten sich gerade Mutter und Tochter? Dann ziehe ich mich selbstverständlich zurück.«

Das war ungezogen, dachte Gritta peinlich berührt. Seit ihre Schwester Tante war, schien sie ihr Fingerspitzengefühl verloren zu haben.

»Es gibt Ärger«, sagte Phyllis.

»Mam, kriegen wir Ärger oder Gritta?« Jola rollte die Ärmel hoch. Sie schien vergessen zu haben, dass sich eine frisch gebackene Tante anders verhielt. Würdevoller. Oder wenigstens reifer.

»Wer bekommt Ärger?« Yasmin schwankte aus dem Wohnzimmer und stellte sich mit blassem Gesicht zu ihren Schwestern.

»Gritta schwänzt die Schule und hat die Entschuldigung gefälscht. Sie ist mit Zigaretten auf dem Schulhof erwischt worden. Und sie kriegt Prügel«, fasste Phyllis das Gespräch mit der Direktorin zusammen. Die Stimmung, die dabei geherrscht hatte, ließ sie aus. Die war nichts für Kiwis kleine Ohren.

»Oh, das stinkt gewaltig, kleine Schwester«, seufzte Jola. Sie hatte als Älteste die Aufgaben eines älteren Bruders übernommen.

Gritta hielt es nicht mehr aus. Sie wollte nicht reden und suchte ihr Heil in der Flucht nach vorn. »Ist die Sitzung jetzt zu Ende? Wer kommt als Nächste dran?«

Kiwi schlief auf dem Arm ihrer Großmutter. Jola lächelte Yasmin zu. Gritta holte tief Luft und eilte davon. Auf dem Weg in ihr Zimmer nahm sie aus der großen Dose im Flur eine Handvoll Schokoladenkekse mit. Ihr Abendessen.

Sie hörte ihre Schwestern lachen. Wer aß schon Kekse, wenn es Reis gab! Kein Wunder, dass sie so dünn ist, dachte Phyllis.

»Mam, ab nächster Woche gehe ich wieder in die Schule«, sagte Yasmin.

Phyllis fand die Entscheidung richtig. Sogar mehr als richtig. Auch wenn sie ein ungutes Gefühl im Magen hatte. Trotzdem widersprach sie nicht. Wenn etwas richtig war, sollte man sich nicht dagegen stemmen. Vielleicht hatte sie ja auch einfach nur Hunger.

Yasmin rief umgehend die Hebamme an. Die musste doch die nächste Amme kennen.

»Franziska, ich meine, Frau Schmidhausen bringt heute Abend eine Saugpumpe mit«, sagte sie und legte den Hörer auf. »Sie sagt, sie kennt keine Amme. Komisch. Und dann hat sie noch behauptet, wer nicht von der Mutter gestillt worden ist, wird kümmerlich und leidet an unterdrückter Wut. So isset, hat sie gesagt. So isset janz jenau.« Yasmin lachte.

Phyllis zuckte die Achseln. »Mich hat meine Baboe gestillt. Seht mich an. Ich werde nie wütend.«

Jola und Yasmin sahen sich an. Dann prusteten sie los.

»Ihr wieder. Aber wenigstens bin ich prächtig gediehen.« Phyllis reichte Yasmin ihre Kiwi. Dann zog sie ihre Jacke aus und drehte sich vor dem Garderobenspiegel. Ihr Kleid spannte.

»Jetzt wird gefeiert, meine Töchter«, sagte sie. »Drei Tage lang. Ich gehe mich umziehen.« Phyllis genoss ihren Kleiderschrank, in dem Blumenkleider der Größe 48 leuchteten.

Im nächsten Jahr schrumpfte die Blütenpracht. Nach und nach musste Phyllis sich Kleider in zunehmend kleineren Größen kaufen. Die Sorgen nagten an ihr. Gritta zog die Stürme wie magisch an. Und Yasmin? Das kleinste Lüftchen konnte sie davontragen. Phyllis spürte, wie sich ihre Hände verkrampften. Ich kann dich nicht halten, meine Tochter, dachte sie. Du wirst mir davongewirbelt, unaufhaltsam, wie ein Blatt, weit fort bis in die blaue Ferne. Ob der Reisgöttin das Opfer am Tellerrand zu klein ist? Aber was können wir sonst noch geben? Immer wenn ich glaube, dem Geldsumpf entkommen zu sein, verzocken die Geister den Spargroschen.

2

In Gedanken breitete Jola ihr Haar schützend über Kiwi aus. Ihre Nichte krabbelte auf dem Boden, vorbei an den Möbeln, die zu jung waren, um als Antiquitäten zu gelten, und zu alt, ihnen den Zusammenbruch nicht zuzutrauen. Das Kleinkind plapperte pausenlos vor sich hin. Jola suchte das Wohnzimmer wieder einmal nach möglichen Gefahren ab. Es war schon einfacher mit unserer kleinen Maus, als sie noch in der Wiege lag, dachte sie. Seit letztem Sommer hat sie doch so manches Pflaster gebraucht.

»Kiwi, komm mal zu Tante JoJo und lass uns zählen, wer die meisten Sommersprossen im Gesicht hat. Was meinst du, du oder ich? Na, kleine Maus?«

Kiwi sah sie an und lachte breit über ihre Pausbacken. Dann zog sie sich weiter am niedrigen Tisch hoch und biss in die Tischkante. Jola schüttelte eine Rassel. »Komm, KiKi. Komm her zu Tante JoJo«, lockte sie. »Komm, kleine Maus!«

Kiwi blieb kurz am Tisch stehen und plumpste schließlich auf ihr Windelpaket. Sie lachte und zog sich wieder hoch.

»Du hast nur Angst davor, dass ich viel mehr Sterne im Gesicht habe als du«, sagte Jola.

Aber Kiwi war beschäftigt. Hochziehen, stehen bleiben, fallen. Es schien nichts Wichtigeres für sie zu geben als das Spiel Stehauf-Mädchen.

Jola im Sommersprossenwettstreit zu übertreffen, war ohnehin schwierig. Obwohl sie täglich ihr Gesicht mit Buttermilch pflegte, war es voller Sonnenküsse. Ein Hexenjäger hätte mit der Nadelprobe viel zu tun gehabt und wäre nicht so gescheitert wie ihr letzter Freund. Der hatte sich eines Abends vorgenommen, sie zu zählen. Erst strich er ihr das Haar aus der Stirn, dann sagte er: »Du bist schön.«

»Du meinst exotisch.« Jola wusste, wie sie auf Männer wirkte. Sie bekam genügend Komplimente. Allerdings begriff sie nicht, was an ihr schön sein sollte. War sie nicht so ganz anders als die anderen Frauen hier? Außerdem wies ihr Charakter einige Mängel auf und war noch viel zu schwach ausgebildet.

Hier schienen schwarze lange Haare, feurige Mandelaugen, bronzefarbene Haut, ein kleiner Busen und die Größe von 165 Zentimetern zu genügen. Und dann ihre Sommersprossen. Ihr As im Ärmel. Ihre tausend Asse, denen mit Buttermilch nicht beizukommen war.

Lange vor der tausendsten Sommersprosse war ihr Liebhaber eingeschlafen. Vielleicht hatte ihre Mutter recht? Die sagte: Wer keine Erwartungen an einen Menschen stellt, wird herrlich überrascht und reich beschenkt. Trotzdem. Einen Mann zum Gefährten zu nehmen, der einschlief, während er Sommersprossen zählte, das schien ihr die falsche Wahl. Aber erledigte bei Eheleuten nicht die Frau das Finanzielle und der Mann erhielt von ihr sein Taschengeld? Wenn er das nachzählte und ihm dabei die Augen zufielen, konnte ihr das egal sein.

Jola wollte diesen Gedanken nicht weiterverfolgen und dadurch das Schicksal herausfordern. Zu leicht konnte sich eine Zukunftsskizze zu einem Albtraum entwickeln. Sie gab ihm den Laufpass. Woran erkenne ich nur einen Gefährten? Meinen Gefährten? »Das Herz weiß es«, hatte Pater Paul erklärt.

Blödsinn, hatte sie gedacht und geantwortet: »Das Herz sprechen zu lassen ist unangebracht. Es kann nicht denken und Fakten kennt es auch nicht.«

»Keine Sorge, mit den Jahren wirst du darin Übung bekommen«, hatte er lächelnd gesagt und sich auf dem Sofa zurückgelehnt.

Ausgerechnet er, der sich der Haushaltsgründung verweigerte! Was wusste Pater Paul schon, wie die richtige Wahl aussah? Es gab Millionen Möglichkeiten. Milliarden. Immerhin hatte Großvater seiner Tochter eine Vorauswahl geboten. Und der, den sie haben wollte, war dabei gewesen. Selbstverständlich. Ihre Mutter hatte nichts anderes erwartet. Es war der Nachbarsjunge. Der, der bei ihrer Babyschau in die Wiege sah und verkündet hatte: »Kembang Mellatie, dich werde ich heiraten.«

Der Großvater war sehr rot im Gesicht geworden, ging die Familienanekdote weiter, und er hatte losgepoltert: »Du getrockneter Maisstängel, du, du …« Bevor sein europäisches Temperament so richtig durchbrechen konnte, hatte ihn seine Frau zurückgehalten. Sie wollte nicht, dass ihn der Zorn gegen die kosmische Ordnung verstoßen ließ.

Jola lächelte. Dann verbannte sie eine der Lieblingsgeschichten ihrer Familie aus den Gedanken und schaute nach Kiwi. Die nagte wieder an der Tischkante.

»Hast du Hunger, kleine Maus?«

Du hast hier zu wenig Verwandte, die sich um gefüllte Reissäcke kümmern können, meine Kleine, dachte sie. Wir alle tun unser Bestes. Aber ob das reichen kann?

Kiwi plumpste wieder auf den Boden und lachte.

Jola seufzte. Seit sie als älteste Schwester die Aufgabe als älterer Bruder zusätzlich übernommen hatte, trug sie eine noch größere Verantwortung für das Wohl ihrer Nichte. Aber immerhin war sie schon neunzehn, sogar ein paar Monate älter. Sie war alt genug, auch diese Last zu tragen.

Seit sie hier waren, half Jola, die Haushaltskasse zu füllen. Anfangs verkaufte sie Kekse und Selbstgemachtes. Zitronenlimonade im Sommer und Ingwertee im Winter. Als schließlich Pater Paul im Dorf bestätigt hatte, dass sie ein zuverlässiges Mädchen war, durfte sie nach der Schule babysitten.

Kiwi lachte wieder und Jola unterdrückte ein Gähnen. Seit sie studierte, war sie andauernd müde. Vielleicht sollte sie Yasmins Vorschlag annehmen, ihren Job im Stadtcafé aufgeben und sich ganz auf ihre Ausbildung zur Dolmetscherin konzentrieren. Dieses Studium war eine Idee ihrer Mutter gewesen. Die half Pater Paul beim Übersetzen von altjavanischen Anleitungen zu Meditationen, Ritualen und Zeremonien ins Deutsche.

Jola war wie ihre Mutter mehrsprachig aufgewachsen. Bei den Familienfesten wucherte ein Sprachenmischwald aus deutschen, englischen, holländischen, indonesischen und portugiesischen Satzkernen. Nur beim gemeinsamen Gebet erklang die Nationalsprache Bahasa Indonesia.

Jola massierte ihren Nacken. Sie fühlte sich wie ein Insekt, das platt an der Fliegenklatsche klebte. Vorlesungen, Übungen, kellnern und ihre Schwestern vor den Verehrern schützen beschäftigte sie fast rund um die Uhr. Und Kiwi zog die Menschen an wie frisches Fleisch die Fliegen. Alle, die in den Kinderwagen sahen, blieben stehen und waren zu einem Schwatz aufgelegt. Ganz gleich, wohin sie unterwegs war. »Dieses Haar«, schwelgten die Leute und Tante Jola sagte stolz: »Wie ein Wasserfall, der über Felsen springt.«

Wenn sie schließlich bei ihrem Termin eintraf, war man enttäuscht über ihre Unpünktlichkeit. Sie besaß einfach nicht die innere Uhr ihrer Mutter. Da Jola die Menschen nicht unglücklich sehen wollte, ließ sie Kiwi schließlich zu Hause. Ihre Mutter war nicht gerade begeistert.

»Das arme Kind.« Phyllis deutete auf ihre Enkelin, die sich an der Tischkante hochgezogen hatte. »Sie steht da wie der Burung Bangau, auf einem Bein. Aber sie ist nun einmal kein Storch, sie kann doch nicht fliegen! Wie soll Kiwi deine Welt kennenlernen, wenn du sie zu Hause lässt? Jetzt bleibt nur noch Gritta übrig. Und ich will nicht, dass Kiwi in Prügeleien gerät. Du musst es selbst wissen.«

Auch Yasmin konnte Kiwi nicht ihre Welt zeigen. Hinter vorgehaltener Hand galt sie als Hure, als eine, die leicht zu haben war. Jederzeit, überall. Dabei sprang sie seit ihrer Schwangerschaft auf den nächsten Baum, wenn sie nur den Verdacht hatte, ein männliches

Wesen käme um die Ecke. Es war ihr gleichgültig, ob es ein Mann oder ein Geist war.

So schnell wie irgend möglich legte sie morgens den Weg ins Reisebüro zurück. Dort hatte sie nach ihrem Schulabschluss eine Lehrstelle gefunden. Hier fühlte sie sich sicher, auch wenn sie den Dorfjungen hilflos ausgeliefert blieb. Der Umsatz stieg und ihr Arbeitgeber sackte hohe Stornierungsgebühren ein. Ihr Chef war sehr zufrieden. Yasmin schämte sich. Sie hätte sich lieber in einem Baumhaus verkrochen. Oder in einer Einsiedelei. Noch lieber hätte sie aber studiert. Da sie nicht wusste, welches Fach, nahm sie das Ausbildungsangebot von Gruber Reisen auf dem Marktplatz an. Dann arbeitete sie eben bei Anton Gruber. Und Gritta machte das Abitur. Aber die hatte überhaupt keine Lust dazu. Auf ein Studium schon gar nicht. Immerhin hatte sie sich einigermaßen wieder gefangen. Auch das mit dem Prügeln war Vergangenheit. Meistens. Wenn auch nicht die Wut. Was für eine Energie, dachte Jola und gähnte. Schwestern haben, das ist schwer, Schwester sein ist's noch viel mehr.

An der Haustür läutete es. Jola schwang Kiwi auf ihre Hüfte. Die Kleine begann prompt zu jammern.

»Ist ja schon gut, kleine Maus.« Sie wollte ihrer Nichte keine Chance zum Weinen geben. Das war schlecht für die Gesundheit. Sie setzte Kiwi in den Laufstall, worauf die Kleine auch keine Lust hatte. »Tata JoJo«, maulte sie.

»Dann kommst du eben mit«, sagte Jola lachend und hob sie wieder heraus. Kiwi schmiegte sich fest an sie.

Auf den letzten Metern zur Haustür ließ Jola ihre Nichte an der Hand laufen. Kiwi kicherte, während sie ihre unsicheren Schritte machte.

»Guten Tag«, grüßte der Paketbote. Er hatte ein Allerweltsgesicht. Jola hatte Schwierigkeiten, die Leute hier auseinanderzuhalten. Sie sahen für sie alle gleich aus. Deutsche und Niederländer schor sie mit Engländern, Türken, Dänen, Italienern und Russen über einen Kamm. Um sie auseinanderzuhalten, suchte sie nach einem bestimmten Merkmal wie großen Ohrläppchen, ungleichen Augen, Lippenwulsten oder einem Grübchen. Manchmal half auch ein Muttermal, ein Gesicht wiederzuerkennen. Leider nur aus der Nähe. Auf größere Entfernung grüßte sie jeden, um niemanden zu übergehen. Nichts hätte sie unhöflicher gefunden.

Kiwi plumpste zwischen den Beinen ihrer Tante auf den Hosenboden. Sie griff nach dem Saum des Jeansrocks und steckte ihn in den Mund. Der Bote lächelte und reichte Jola ein Päckchen. Die wunderte sich. Sie kannte weder den Mann noch erwartete sie Post.

»Bitteschön«, sagte der Mann höflich. Seine Uniform erkannte sie auch nicht. Dafür war er glatt rasiert und trug einen gepflegten Haarschnitt. Vielleicht war das Paket für Yasmin. Seitdem sie arbeitete, kaufte sie viel im Internet. »Drei, zwei, eins. Für meine kleine Maus«, war ihr neues Motto. Als berufstätige Mutter, die kaum Zeit hatte, sich die Zähne zu putzen, kam sie nicht dazu, durch die Geschäfte zu gehen. »Dann lass das Zähneputzen. Und nimm Kaugummi. Ist effizienter«, pflegte Jola kopfschüttelnd zu entgegnen. Ihr fiel es immer schwerer, ihre kleine Schwester wirklich ernst zu nehmen.

»Danke. Ist Ihr Kollege in Urlaub?«, fragte sie, weil sie sich immer noch nicht an dieses Gesicht erinnerte. Und diese Uniform hatte sie wirklich noch nie gesehen. »Kommen Sie aus der Stadt?«

Der Fremde nickte und zog einen Stift hinter dem Ohr hervor.

»Leider ist nicht ausreichend frankiert«, sagte er. »Ich bekomme noch ein Euro sechzig.«

Kiwi krabbelte davon. Jola eilte hinterher. Sie bekam die Kleine gerade noch zu fassen, bevor ihr ein Regenschirm von der Garderobe auf den Kopf fiel. Kiwi klammerte sich an ihr Bein. Mit einer Hand packte sie ihre Nichte, mit der anderen fischte Jola die Börse ihrer Mutter aus deren Mantel. An der Tür kramte sie nach den Münzen.

»Würden Sie bitte mit Kreditkarte zahlen«, unterbrach sie der Postbote.

»Warum?«, fragte sie und hoffte, nicht mit »darum« abgespeist zu werden.

»Wir dürfen kein Bargeld mehr annehmen. Wissen Sie, seitdem werden wir nicht mehr überfallen.«

Die Kreditkarte steckte im Seitenfach. Kiwi quengelte. Jola wurde nervös.

»Was für ein süßes Kind. Und diese Haare!« Der Paketbote lächelte. Er hielt ihr einen kleinen Kasten entgegen.

Jola seufzte und steckte die Kreditkarte in den Schlitz des Apparats. Das Kartenlesegerät sah genauso aus wie das im Stadtcafé, in dem sie kellnerte. Allerdings schien es leichter. Der Postbote konnte es auf zwei Fingern balancieren. Jola tippte den Pincode ein.

»Dankeschön«, sagte der Postbote.

Er zog die Karte heraus und wollte sie ihr reichen. Dabei fiel sie auf den Boden. Kiwi grapschte danach, aber der Postbote war schneller. »Entschuldigen Sie bitte«, sagte er, als er ihr lächelnd die Karte gab. Dann ging er pfeifend davon.

Jola legte das Päckchen auf den Tisch. Es war tatsächlich für Yasmin. Die kam gerade mit Gritta durch den Garten zum Haus. Ihre Jacke stand offen. Der Wind spielte mit dem Saum. Der Stoff umschmeichelte ihre schlanke Figur. Sie hatte nach der Stillzeit so viel abgenommen, wie Gritta zugenommen hatte. Trotzdem konnte Jola sie auch aus der Ferne gut unterscheiden. Yasmin stand Grün sehr gut, was sie gern mit Gelb kombinierte, und Gritta liebte den Schwarz-Weiß-Mix, den Yasmin für schlechtes Karma hielt.

Gritta hatte Yasmin ausnahmsweise von der Arbeit abgeholt. Seitdem ihre Schwester einmal vor Angst auf einen Baum geklettert war, von dem die Feuerwehr sie wie eine Katze hatte herunterholen müssen, was sie wochenlang zur Witzfigur im Dorf gemacht hatte, schämte Gritta sich, mit ihr gesehen zu werden.

Meistens wurde Yasmin von ihrer Mutter abgeholt. Die arbeitete heute aber mit Pater Paul, der wieder einmal aus Rom zurückgekehrt war. Wie immer mit Koffern voll Arbeit und völlig erschöpft. Er hatte tiefe Augenringe. Aber er war wieder da, rechtzeitig vor Totensonntag.

Yasmin hatte ihre Mütze tief in die Stirn gezogen. Sie sah aus wie eine Bankräuberin auf der Flucht in die Berge. Zwar fielen die Blätter von den Bäumen und die Winde zogen Hand in Hand durch die Straßen. Dennoch war es zu warm für eine Mütze. Ob die neu war? Jola schmunzelte. Also doch Zeit zum Zähneputzen und Einkaufen. Aber rot war eine Farbe, die ihre Schwester verachtete. Zu blutrünstig, hatte sie immer gesagt. Also warum eine rote Mütze? Jola verstand ihre Schwester immer weniger.

Yasmins Schritt war betont selbstbewusst. Oder eher trotzig? Gritta dagegen machte ein Gesicht, als ob ihr Geist gleich den Geist aufgeben wollte. Hatten die beiden wieder einmal gestritten? Das kam immer öfter vor. Jola nahm Kiwi auf den Arm. »Da kommen Mami und Tante Gritta. Mach winke, winke.«

Sogar als Gritta ihre Nichte sah, verzog sie keine Miene. Sie war der Ansicht, ein Lächeln würde Falten in die Haut ritzen. Falten, auf die sie keine Lust hatte. Noch nicht. Sie war doch erst fünfzehn. Kein Alter, sich ein Charaktergesicht zu leisten, behauptete sie. Und außerdem wollte sie als Jungfrau in die Ehe gehen. Wie ihre Mutter. Wie es sich gehörte. Wer zu viele Prinzen küsst, bekommt einen Frosch im Hals, hatte sie erklärt. Nun ja, dachte Jola. Jede, wie sie mag. Wer keinen küsst, wird heiser vor Sehnsucht.

»Maaf lahir dan batin, älteste Schwester«, sagte Gritta, als sie das Haus betrat.

Jola war verblüfft. So begrüßten sich die Familien am letzten Tag des Fastenmonats. Aber warum bat ihre Schwester um Verzeihung für alle und alles? Und außerdem war es doch November. Der Gruß war also völlig unangebracht.

Ihre Familie hielt sich doch fast nie an den Ramadan. Nicht weil sie Christen waren, das war kein Grund, sondern weil sie beim Fasten zu viel Gewicht verlieren würden. Darum hatte ihre Familie beim Fasten und Beten seit Generationen den Schwerpunkt auf das Beten gelegt.

»Seid gegrüßt. Kleine Maus, hast du schon gegessen?« Yasmin nickte ihrer älteren Schwester zu. Ihre Begrüßung half Jola nicht aus der Verwirrung. Sie kam sich vor wie ein Fakir, der sich beim Nähen in den Finger gepiekst hat.

»Mama, Tatajitta«, brabbelte Kiwi. Ihre vier Zähnchen blitzten. Derzeit war Eichhörnchen ihr Tierkreiszeichen.

»Nee, dazu sind wir noch nicht gekommen«, murmelte Jola und überreichte ihre Nichte.

Yasmin roch an Kiwis Hintern und biss dann in das Windelpaket. Kiwi lachte. Sie mochte grobe Späße. Plötzlich riss die Kleine ihrer Mutter die Mütze vom Kopf.

Jola erstarrte. Eine Igelfrisur. Nein, noch kürzer. Sie fuhr mit der Hand über die dunklen Stoppeln. Ihre Fingerspitzen fühlten das, was sie sah. Keine Haare. Keine Kraft.

»Was ist denn das?«, fragte sie schließlich.

»Ich konnte sie nicht aufhalten.« Gritta verteidigte sich, obwohl sie nicht angegriffen wurde. Seit der Beerdigung ihres Vaters litt sie ständig an schlechtem Gewissen. Sie fühlte sich schuldig an seinem Tod. Wie konnte sie sonst eines Morgens in einem eiskalten See aufwachen, wenn sie doch am Abend zuvor noch in Schokolade gebadet hatte? Irgendetwas hatte sie angestellt. So musste es gewesen sein.

»Yasmin? Was ist passiert? Wo ist dein Haar?«, drängte Jola.

»Verkauft. Hier beim Friseur am Markt«, sagte Gritta und kaute an einer Strähne. »Die Friseuse hat nur geschluckt. Dann flocht sie die Haare zu zwei Zöpfen. Und zückte die Schere. Der Tag war für mich gelaufen.«

Eine Katastrophe konnte nicht kürzer erzählt werden. Yasmin wärmte das Abendessen für ihr Kind. Sie schaltete das Radio ein und summte. Sie fühlte sich in keiner Weise angesprochen. Das Einzige, was sie an der neuen Frisur störte, waren ihre Ohren. Die standen weiter ab, als sie gedacht hatte. Vielleicht war das die Gelegenheit, auf einen Berg zu klettern und sich in den Wind zu stellen? Losfliegen, ganz ohne Flügel. Sie musste nur noch ihren Ohrläppchen das Lenken beibringen. Yasmin hielt die Flasche an die Wange und verbrannte sich prompt.

»Erst aufs Handgelenk tropfen«, raunte Jola. Sie konnte sich nicht entscheiden, ob sich ein Sandsturm anbahnte oder ein Taifun. Erst einmal abwarten. Jola atmete tief.

»Ja, das weiß ich, liebe Schwester. Ich bin genauso lange Mutter wie du Tante«, spöttelte Yasmin.

Sie gab Kiwi die Flasche in die Hand. Die steckte den Sauger in den Mund und sog, als ob sie ausgehungert wäre.

»Hast du ihr keinen Brei gegeben?«, fragte Yasmin. Sie warf den Kopf zurück, als ob sie ihre langen Haare noch hätte.

Jola erkannte ihre Schwester nicht wieder. Ohne ihren Kopfschmuck sah Yasmin jünger aus. Und reifer zugleich. Auf jeden Fall fremd. Sie hasste Änderungen, die sich ohne Vorwarnung vollzogen. Dabei war das doch das Mindeste, was sie vom Schicksal verlangen durfte.

»Warum hast du sie verkauft?«, fragte Jola. Ihre Stimme zitterte.

»Eine ohne Haare gilt seit jeher als ungefährlich«, wich Yasmin aus und streichelte Kiwi.

Die hatte ihre Milch schon halb ausgetrunken. Ihr rundes Bäuchlein lugte unter dem grauen Pullover hervor.

»So ein Quatsch, Schwester. Du bist weder eine Nonne noch leben wir im Mittelalter.« Jolas Nacken wurde noch gespannter. »Du holst dein Haar! Aber sofort!«

Gritta sah die Sturmwolken näher kommen. Gleich würde es hageln. Ganz sicher. Sie duckte sich.

»Sagt wer?« Yasmin spielte mit Kiwis Haarschleife. »Ich bin Mutter. Du hast mir nichts mehr zu sagen.«

»Ich erlaube es mir.« Jola baute sich vor ihrer Schwester auf. Gritta zog den Kopf ein. Der Wolkenamboss ragte schon bis in den Garten.

»Warum?« Yasmin nahm ihrer Tochter die leere Flasche ab. Kiwi brummte. Das Gewitter schlug los.

»Weil du meine Schwester bist!« Jolas Augen blitzten auf.

Gritta hielt den Druck nicht mehr aus. »Komm, Kiwi. Wir gehen Heia machen«, sagte sie und hielt ihr die Ohren zu. »Sie soll das nicht mitbekommen. Wenn sie weint, dann haben wir den Dreck. Kleine Kinder darf man doch nicht zum Heulen bringen, das bringt Unglück. Wollt ihr schuld an dem Verlust ihrer Seele sein?« Sie nahm ihre Nichte und ging mit ihr die Gute-Nacht-Geschichte aussuchen.

»Können wir jetzt reden?«, fragte Jola. Sie hätte ihre Schwester am liebsten an den Haaren gezogen. Aber dann wäre der Hagel aus den Wolken gefallen und hätte unnötig Felder zerstört.

»Hast du schon gegessen?« Yasmin mochte immer noch nicht vor dem Reis diskutieren und schaltete den Fernseher im Wohnzimmer an.

Zurück in der Küche drehte sie das Radio laut auf und nahm sich Reis mit Sambal. Er war lauwarm, wie sie ihn am liebsten aß. Yasmin setzte sich mit angezogenen Beinen auf das Sofa, so wie ihre Mutter immer saß. Sie formte kleine Reistürmchen und aß. Sie kaute übertrieben langsam, weil sie hoffte, dass sich das Gewitter von selbst verziehen würde.

»Also. Warum?« Jola war bis zum Zerreißen gespannt.

»Was regst du dich auf, JoJo?« Yasmin aß. Nichts schien ihr wichtiger. »Was willst du dagegen tun, wenn der Reis schon verkocht ist? Dann hilft auch kein Warum mehr.« Sie fühlte sich so allein.

»Lieber verkochten Reis als gar keinen. Also warum?« Jola ließ nicht locker. »Ich habe keine Lust auf Vermutungen, die mir den Schlaf rauben. Sag es mir ins Gesicht, wenn du dich traust. Und hör bitte auf, mich mit dem halb gekauten Schwein abzulenken, das sich in deiner Futterluke hin- und herwälzt.«

»Erstens ist es nur Reis und kein Schwein. Und zweitens, darf ich offen reden, Schwester?«

»Los, sag, was du zu sagen hast, Yasmin. Ich halte es schon aus.«

»Bei allem Respekt, Schwester Jola. Deine Augenringe werden immer dunkler.«

»Ich wusste doch, warum ich kein Fan der offenen Worte bin«, knurrte Jola.

»Du hast bald Prüfungen, Schwester.« Yasmin fasste sich ein Herz. »Wir haben nun genügend Geld, damit du dir zum Lernen freinehmen kannst.« Ihre Zunge fischte nach einem Reiskorn auf der Lippe.

»Ich bin der ältere Bruder. Ich sorge für dich und deine Schwester. Das ist meine Aufgabe. Meine.« Jola schwankte zwischen Rührung und Wut.

»Wieso?«, fragte Yasmin. »Wieso musst du es tun? Allein?«

»Weil ich es kann«, sagte Jola.

So etwas tat man als älterer Bruder. Das war eben so. Schon damals, als sie noch barfuß auf die Palmen kletterten und Kokosnüsse vor Grittas Füße warfen. Eines Tages trafen sie daneben. Genau auf den Kopf des Kükens. Das hatte prompt nichts Besseres zu tun gehabt, als heulend zu den Eltern zu laufen. Aber niemand traf immer ins Schwarze. Jede verfehlte auch einmal ihr Ziel.

Trotzdem waren sie beide hart bestraft worden. Der Vater fuhr sie zum Waringinbaum, der im Garten einer Tante stand. Im riesigen Opferbaum waren viele Tiere zu Hause. Unter seinen mächtigen Luftwurzeln konnte man hindurchlaufen.

Ihr Vater setzte seine Töchter vor jeweils eine der Luftwurzeln, so weit auseinander, dass sie sich nicht sahen und auch nicht miteinander reden konnten. Dann erzählte er ihnen von der Pontianac, die in diesem Baum wohnte. Eine Dämonin, die kleine Mädchen stahl. Das lange Haar verbarg ein dunkles Loch in ihrem Rücken. Dort stopfte sie die Kinder hinein, um sie zur Mitternacht aufzufressen.

Jola erinnerte sich, wie flehentlich sie dem Geist versprochen hatte, nie wieder Gritta zu ärgern. Wenn nur Yasmin verschont werden würde. Und vielleicht auch sie. Es war ihr Fehler gewesen. Eine ältere Schwester hatte Pflichten. Sie brachte die Jüngere nicht in Schwierigkeiten. Das tat sie einfach nicht. So war das eben.

Yasmin sagte mit gesenktem Kopf: »Wenn ich mir eine Schwester wünschte, dann müsste sie so sein wie du.« Jolas Zorn verrauchte.

»YasYas, das war das Netteste, was du mir je gesagt hast.« Bevor der Groll sie erneut überrollte, schob sie hinterher: »Ich verschwinde in die Stadt. In die Bibliothek. Wann unsere Mutter heimkommt, weiß ich nicht. Pass auf Gritta auf.« Sie ging hinaus. In der Tür drehte sie sich noch einmal um. »Und was deine Haare betrifft, ist das letzte Wort noch nicht gesprochen.«

Ihre Schwester rülpste, wie es sich nach dem Essen gehörte, und rief ihr kichernd nach: »Willst du noch ein Hühnchen mit mir rupfen? Oder mir so richtig den Kopf waschen?«

Yasmin fuhr sich mit der Hand über ihre Stoppeln. Es kribbelte.

Sie hatte ihr Haar gegeben – es geopfert, um sich selbst zu finden. Aber dies musste sie ja ihrer Schwester nicht auf die Nase binden.

Die blaue Ferne hatte sie immer noch im Griff. Yasmin verlor sich tiefer und tiefer in ihr. In der Weite fand sie immer seltener den Weg nach Hause. »Und liest in deinen Spuren«, murmelte sie. »Er streift umher in schönen Landen über Berge und Täler und manchmal hält er plötzlich an und liest dort in deinen Spuren«, hatte Hartojo Andangdjaja, der Dichter, geschrieben. Solange ich Spuren hinterlasse, kann mir nichts passieren, dachte Yasmin.

Unter Jolas Füßen knirschte der Kies. Sie ging dicht am Schuppen entlang und blieb mit dem Ellenbogen an einer Weinranke hängen. Sie liebte Weinberge im Herbst. Bisweilen träumte sie sogar von ihnen, Träume von Fülle und Sinnlichkeit. Als sie ihrer Mutter von ihren Träumen erzählte, hatte diese eigens einen Rebstock für sie gesetzt, auch wenn eine einzelne Ranke noch keinen Weinberg machte. Leider war ihre Mutter nicht mit einem grünen Daumen gesegnet. Der Rebstock ging zwar nicht ein, aber er trug nur kleine, schrumpelige Früchte.

Jola sah zum dunklen Himmel. Wenn sie den Bus noch erwischen wollte, dann musste sie sich beeilen. Sie suchte in ihrem Rucksack nach der Taschenlampe.

Als ihre Finger das Metall fühlten, war sie beruhigt. Die Geister scheuten das Licht.

Seit sie denken konnte, umgaben sie Geister. Ihr Alltag war von Naturgewalten bestimmt. Der Schatten der Vulkane unterrichtete sie in Leben und Tod. Nichts war nur gut oder nur schlecht und alles, was im Leben geschah, blieb unausweichlich. Es hatte keinen Sinn, sich aufzuregen. Nicht einmal über die verlorenen Haare der Yasmin von Brück. Jola seufzte. Die Extensions aus dem Haar meiner Schwester werden gutes Karma bringen, dachte Jola und stieg in den Bus.

Jola mochte die Stadtbibliothek, die in eine alte Fabrik gezogen war. In dem hohen Raum mit seinen Galerien stand Regal an Regal voller Bücher, Kassetten, CDs und Videos.

An manchen Tagen herrschte Betrieb wie auf einem Marktplatz. Jugendliche saßen an den Tischen oder lümmelten auf dem Boden und erledigten ihre Hausaufgaben. Sie surften im Internet oder fragten nach einem Buch, mit dem sie ganz schnell rechnen oder hexen lernen konnten. Nie ohne Kichern und Zappeln und nie ohne Kaugummipapier oder Lollistiele zu hinterlassen, was die Rentner hinter ihren Lexikonbänden regelmäßig empörte.

Am Eingang saß die Bibliothekarin. Unermüdlich stellte sie Anträge für ein paar Quadratmeter mehr Platz, zusätzliche Regale und einen höheren Etat zur Anschaffung der Bücher. Sie träumte von Lesermassen, die durch ihre Bibliothek strömten. Britta Reinhold war älter als die meisten Bände hier und sie nahm die ausgeliehenen Werke entgegen, als wäre sie mit jedem einzelnen von ihnen verheiratet. Und sie brauchte sie alle, denn nur gemeinsam sagten und beschrieben sie, was für das Leben nötig war, wichtig, wissens- und denkenswert.

Ihre Bibliothek war ein Ort, an dem der Geist singen konnte, die Stimme hingegen schweigen musste. Jola nickte der Herrin der Bücher zu und stieg die Wendeltreppe zur Galerie hinauf. Ihre Fingerspitzen fuhren über den Rauputz. Es waren ebenso viele Herzen wie beim letzten Mal eingeritzt. Es gefiel ihr nicht, wie Vandalen die Wände mit ihren Liebessprüchen verschandelten. Dennoch wünschte sie sich jemanden, der bereit war, so ein Risiko einzugehen, um ihr seine Liebe zu gestehen.

In den Regalen suchte sie nach einer Übungsgrammatik. Obwohl sie die deutsche Sprache sehr gut beherrschte, hatte sie ihre Bildwelt nicht mit der Muttermilch aufgesogen. Würde sie es je schaffen, ohne diese Feinheiten die Wahrheit aus dem Mund der Menschen zu erkennen, wenn die ihr nicht schmerzhaft in den Hintern biss? Bei dem Gedanken zog sich ihr Magen zusammen.

»Hier ein Beispiel, wie eine nicht-muttersprachliche Person ins Deutsche überträgt«, hatte ihr Dozent gesagt und ihre Übersetzung aus dem Portugiesischen dem Seminar vorgelesen. Das »ausreichend« hatte ihre tief sitzenden Zweifel an ihren Fähigkeiten noch genährt. Die Scham, niemals auch nur annähernd so gut zu werden wie ihre deutschen Kommilitoninnen, saß ihr in den Knochen. Wie sollte sie ihrer Mutter erklären, einen Beruf zu erlernen, den sie im Grunde genommen nie ausüben konnte? Wie ihrer Schwester sagen, wie unnötig ihr Opfer gewesen war?

Eine Dolmetscherin ohne Muttersprache, dachte sie und stellte die Übungsgrammatik für Fortgeschrittene wieder ins Regal. Was für eine köstliche Komödie, hätte ihr Vater gespottet. Er war nie einer Herausforderung aus dem Weg gegangen und hatte sogar einmal zwei Polizisten verprügelt. Sie waren größer und stärker gewesen als er. Die beiden Männer waren im Krankenhaus gelandet und Robert von Brück im Gefängnis. Er hatte über sich hinauswachsen können. Jola hatte auch sein Blut. Und seinen Mut.

Sie konnte ja die Übungsgrammatik in der Bibliothek durcharbeiten und musste ihre Familie nicht auf die Scham stoßen, die sie in ihren Träumen auffraß. Die Geschichte wurde von Gewinnern geschrieben und sie würde alles geben für einen harmonischen Text, schriftlich wie mündlich.

Dann ging sie zur Abteilung Biologie und suchte nach dem Regal für Ornithologie. Sie hatte einen Artikel über Vögel aus dem Englischen ins Deutsche zu übersetzen.

Bird by bird, dachte sie, Schritt für Schritt. »Amsel, Drossel, Fink und Meise, und die ganze Vogel…«, summte sie leise. So viele Menschen litten unter einer Meise, dass sich Jola wunderte, warum man den Star so viel wichtiger nahm.

»Darf ich vorbei?«, bat Jola leise.

Die junge Frau, nicht viel älter als sie selbst, wich zurück. Sie duftete nach Pfingstrosen. Zu schwer für ihr Alter und zu früh für den Abend. Und außerdem war doch schon Herbst.

»Oh, tut mir leid«, entschuldigte sich die junge Frau. Ihr fiel ein Krimi aus der Hand und knallte auf den Boden. Der letzte aufregende Fall von Val McDermid. Eine englische Originalausgabe. In der Stille des Raumes hörte der Knall sich an wie ein Rülpser in der Kirche.

»Pst«, regte sich eine der Studentinnen unten am Computer auf. Mit wutrotem Gesicht schaute sie hoch zur Galerie und bohrte zielgenau ihren Blick ins Herz der Übeltäterin. Anstatt tot umzufallen, hob sie ohne Anzeichen eines schlechten Gewissens das Buch einfach wieder auf. Ihre Augen blitzten wie Glühwürmchen in der Nacht.

»Warum starren Sie mich so an?« Jola wisperte verlegen. Ihr Gesicht leuchtete wie ein Sonnenuntergang. »Zählen Sie etwa meine Sommersprossen?«

»Nein«, flüsterte die Tollkühne. Der Spitzensaum ihres Büstenhalters leuchtete Jola aus dem Dekolleté entgegen. »Ich bin nur noch nie einer so schönen Frau wie Ihnen begegnet.«

Jola fühlte sich geschmeichelt. Und beschämt. »Sie sind von einer erstaunlichen Unverschämtheit«, sagte sie. Sie mochte es nicht, die Aufmerksamkeit auf sich zu ziehen wie eine Jackfrucht die Fledermäuse.

»Ich finde Sie interessant. Sehr interessant«, schnurrte die Fremde. »Haben Sie eventuell einen großen Bruder?«

Jola schaute verwirrt. Das freche Weib fuhr fort: »Wäre er noch zu haben? Damit ich bei Ihnen einheiraten kann?«

»Zwei Schwestern habe ich, aber mit einem Bruder kann ich nicht aufwarten«, antwortete Jola. »Einen Vater habe ich auch nicht mehr.« Sie wunderte sich, wie bereitwillig sie Auskunft gab. Höflich und korrekt. Und viel zu viel.

»Mein Beileid. Für Ihren Herrn Vater.« Die Fremde zog eine Visitenkarte aus ihrer Jeans. Der Stoff saß wie angegossen. Wer eigene Karten drucken ließ, musste schon etwas erreicht haben im Leben. Sie schien reifer zu sein, als Jola sie eingeschätzt hatte.

»Dann habe ich ja nichts zu befürchten.« Die Frau mit dem Pfingstrosenduft lächelte.

»Was sollten Sie befürchten?«, fragte Jola verblüfft.

»Ich glaube, ich habe Ihre Schwester mit einem Kopftuch gesehen.«

»Ach ja? Ich habe auch immer eins dabei.« Sie zog ein zerknülltes Stück Stoff hervor und wedelte damit wie mit einer Friedensfahne. »Ein wenig Wind und schon besucht mich der Geist der Ohrentzündung.«

Die Fremde lächelte wieder und ließ ihre makellosen Zähne blitzen. »Bitte rufen Sie mich an. Ich bin Fotografin und würde Sie gern ...«

Von unten kam wieder ein scharfes »Pst!«

Jola polierte mit ihrem Blick die Schuhspitzen. Neben dem Klackern ihrer Notebooktastatur schien die Studentin alles andere als Lärm wahrzunehmen. Sogar ein Flüstern von der Galerie. Sie sollte eine Pause einschalten, bevor ihr Geist ausschaltet, fand Jola.

Als sie wieder aufblickte, war die Fremde fort. Jola bedauerte das und hoffte auf ein Wiedersehen. Ja, neue Fotos. Das wäre etwas. Die brauche ich sogar.

Ich habe mich schon lange nicht mehr auf einem Bild gesehen. Ihre Kinderfotos lagen wahrscheinlich in einer Kiste im Haus der Großeltern auf Java. Es sei denn, ihr Großvater hätte seine Wut von der Tochter auf seine Enkelkinder übertragen und die Alben verbrannt. Man wusste nie, wie er reagieren würde. Den Großvater zu verärgern, war ein Tanz auf dem Seil. Zwischen zwei Waranen.

Mit voll gepacktem Rucksack kam Jola aus der Bibliothek. Zum Glück war die Haltestelle nicht weit, direkt vor dem Stadtcafé, in dem sie kellnerte. Und da kam auch schon der Bus. Mit dem schweren Gepäck war das Einsteigen mühsam. Aber Jola mochte keine Hörbücher. Da fehlte ihr das Umblättern, was sie sehr erotisch fand. Nur wenn ihr Rucksack so schwer war wie heute, dass er ihr beinahe der Rücken brach, versprach sie ihrer Wirbelsäule, beim nächsten Mal wenigstens einen Blick in die Audioabteilung zu werfen.

Der Bus war fast leer und sie wagte sich auf den Viererplatz. Mit schlechtem Gewissen wie im Restaurant, wenn sie mit ihrer Schwester einen Vierertisch belegte, weil sie alle Speisen zur selben Zeit serviert haben wollten. Vor-, Haupt- und Nachspeisen. Wie es sich gehörte.

»Nur was man unterlässt, sollte man bereuen. Und nie, was man unternimmt«, hatte ihr Vater immer gesagt. Ich kann immer noch den Platz wechseln, wenn es voller wird, dachte sie. Sie stellte den Rucksack neben sich und streckte die Beine aus.

Jola träumte. Sie schwebte zwischen den Welten.

Im Halbschlaf zählte sie die Stationen. Immer wieder schrak sie hoch, wenn ihr schlafender Kopf gegen die Seitenscheibe stieß. Sie durfte auf keinen Fall einschlafen, sonst verpasste sie ihre Haltestelle.

Im Traum fuhr sie die gewohnte Strecke entlang. Erst ging es durch den Wald, den die Hauptstraße zerschnitt. Die dunklen Baumreihen strahlten Mord und Totschlag aus. Nie würde sie hier aussteigen. Nicht am Tag. Und schon gar nicht zur Geisterstunde in der Dämmerung. Weiter ging der Weg, durch Nachbardörfer hindurch. Ihr Geist war schneller als der Bus und schon brachte er ihre Erinnerung über die Gärten ins Vaterhaus.

Wie schon so oft, stieg in ihr die erste Nacht ihres neuen Zuhauses auf. Vor fünf Jahren. Ohne ihn. Müde waren sie eingezogen, ohne Möbel und mit leerem Kühlschrank. Der Hunger war ihnen vergangen. Sie hatten nur wenig dabei. Wenn sie vorher geahnt hätten, dass sie Respekt gegen Liebe, Geister gegen Geist und Mutterland gegen Vaterland eintauschen würden, hätten sie ihre Koffer anders gepackt.

Als sie aus Indonesien abreisten, ahnte niemand, dass es für immer war. Ein Abschied von all den Menschen, die sie warm gehalten hatten.

Dann kam der Chirurg aus dem Operationssaal. Er sagte ihnen, dass ihr Vater mit vierundfünfzig Jahren vom Tag in die Nacht eingetreten war. Sein Lebenslicht erloschen. Seine Seele beim Vater im Himmel. Dort wachte er über sie, sagte der Mann mit dem weißen Kittel. Jolas Atem stockte. Ihr Herz blieb stehen. Die Kindheit war vorbei. Mit vierzehn Jahren bin ich doch noch viel zu jung, eine Halbwaise zu sein. Niemand sollte so etwas sein, ganz gleich, wie ergraut er ist. Die Beerdigung war schrecklich. Und dann ging es in dieses leere, kalte Haus.

Es wurde Zeit auszuruhen. Der Tag war lang gewesen. Länger noch als all die vielen durchwachten Nächte zwischen Hoffnung und Zweifel. Ihre Mutter nahm das kleinste Zimmer und breitete ihren Pelzmantel aus. Fünfundzwanzig Grad. Sie alle froren. Die vier schmiegten sich wie Ameisen aneinander und suchten Wärme. Der einzig angenehme Ort wäre die Hölle gewesen. Aber aus der kamen sie gerade, steckten noch mitten in ihr und wussten nicht, ob sie ihr je entrinnen würden.

Während Yasmin sich zu den anderen auf den Mantel legte, murmelte sie: »Gestern war alles perfekt und heute ist davon nichts mehr übrig.«

Es war nicht die Zeit für Worte und die Kraft zum Weinen fehlte ihnen. Die war auf der Strecke geblieben, irgendwo zwischen dem Friedhof und diesem Haus ohne Betten.

In die Stille hinein zitierte ihre Mutter Taufig Ismael. »Wir sind die Millionen, die in Angst leben, Überschwemmungen, Erdbeben und Seuchen ausgeliefert und sich im Stillen fragen: Ist dies die Freiheit?«

Die Stimme ihrer Mutter klang in Jolas Ohren nach. Sie hörte an ihrem Ton, dass sie sich selbst Mut zusprach.

Wir haben keine Wahl. Wir müssen voran. So endet die letzte Strophe des Gedichtes »Dies ist unser Land«, erinnerte sich Jola. Sie zweifelte, ob sie den Titel auf ihr

Vaterland übertragen konnte, auf dieses Land, das heute noch von sich glaubte zu dichten und zu denken.

Mit einem Ruck hielt der Bus wieder an. Jola schreckte hoch. Ein paar junge Männer mit kurzen Haaren stiegen grölend ein. Jola war zu müde, ihre Augen zu öffnen. Sie roch den Bierdunst, der immer näher kam.

»Ey«, sagte eine der Stimmen. Eine Wolke von Biergeruch umgab Jola. Sie öffnete die Augen. »Ja, du. Ey.« Er zerrte an Jolas Rucksack.

Sie zeigte auf sich. »Du meinst mich?«

»Du nix hier sitzen«, zischte der Bursche. Seine Pickel glühten.

»Du da, da hin«, wies er Jola auf einen anderen Sitz weiter hinten.

Der Bus fuhr an. Das Pickelgesicht schwankte. Jola stand auf, packte ihren Rucksack und schob sich an der Bierfahne vorbei.

Eine Kopfwehtablette hilft nur, wenn man keine Kopfschmerzen hat, dachte sie. Wenn ich euch morgen auf der Straße sehe, werde ich euch aus dem Weg gehen. Das kenne ich doch. Wenn ich einen Kater habe, bin ich auch unerträglich.

Die jungen Männer, sauber gescheitelt und in schwarzen Hemden, ließen sich auf die Sitze fallen. Dann prosteten sie einander zu. »Ex«, kommandierte einer und sie leerten die Büchsen in einem Zug. Sie ähneln Fröschen, dachte Jola. Die greifen auch alles an, von dem sie glauben, dass sie es überwältigen können. Insekten, Schnecken, sogar Mäuse und kleine Eidechsen. Zuweilen auch die anderen Frösche im Teich.

Jola ging zum Ausgang. Die nächste Haltestelle war ihre. Ihr fielen die vielen freien Plätze auf und sie wunderte sich, dass die vier sich nicht dort hingesetzt hatten. Wahrscheinlich haben sie die übersehen, dachte sie. Sie sind einfach zu besoffen.

Die wenigen Leute im Bus schauten demonstrativ auf die Straße. Jola sah, wie die Blicke sich im Fenster spiegelten und sie beobachteten. Sie fühlte sich, als wäre sie durch die Hundeschule gefallen.

Sie versuchen, hinter das zu sehen, was ich anhabe und wie ich aussehe, dachte sie. Was ich bin, wird sich nie ändern. Nur wer ich bin. So ist das eben. Sie zuckte die Achseln. Vielleicht bin ich einfach nur zu müde, um in ihren Gesichtern zu lesen. Sie drückte auf den Halteknopf.

Die Jungs grölten: »Sooo ein Taaag ...« und warfen ihre Dosen in den Gang. Es schepperte. Eine der Büchsen rollte vor Jolas Füße. Sie hob sie auf und warf sie in den Abfallkorb.

Der Busfahrer hielt an und sagte durchs Mikrofon: »Solange der Dreck im Gang liegt, fahre ich nicht weiter.« Er lehnte sich zurück und holte ein Butterbrot heraus. Im Bus wurde es still. Die Luft war zum Schneiden dick.

Ausgerechnet der Du-nix-hier-sitzen-Pickel hob die Dosen auf und sagte in perfektem Deutsch: »Immer schön locker bleiben, Chef. Wir machen nur Party.«

»Nicht in meinem Bus, du pubertärer Tiefflieger!«

Warum gießt er Öl ins Feuer?, fragte sich Jola. Der Blick des Busfahrers traf sie. Jola bekam Gänsehaut. Mit dem fahre ich nicht mehr. Der bringt es fertig, mich im Wald auszusetzen.

Endlich fuhr der Bus weiter. Die Menschen sahen wieder durch die Fenster auf die Straße und dachten sich ihren Teil. Die Burschen öffneten das nächste Sixpack. Du-nix-hier-sitzen krähte: »Es ist immer dasselbe: Regeln sind dazu da, dass man sie bricht. Man darf sich bloß nicht dabei erwischen lassen.«

Der Bus erreichte den Friedhof und Jola stieg aus.

Aus dem Stamm der gestürzten Linde hatte die Sparkasse eine Bank bauen lassen. Heute ging Jola daran vorbei und flüsterte in Gedanken ihrem Vater einen Gruß zu. Seit seiner Beerdigung hatte sie ihn nie mehr besucht. Sie vermisste ihn, auch wenn sein Name nicht mehr genannt wurde. Sie hatte ihre Schwestern nie gefragt, ob ihr Vater sie bisweilen besuchte.

Wir haben keine Wahl. Wir müssen voran, dachte sie wieder. Aber wie? Hier lebten alle, als wären sie Maler. Sie wählten die Pinsel, die Farben, ihr Motiv, die Leinwand. Ihr Bild war ihr Leben, das sie selbst gestalteten. Die eigene Zukunft zu entwerfen, war das die Freiheit? Bedeutete diese Freiheit für die eigene Entscheidung die Freiheit von den Geistern? Aber wer lud sich schon freiwillig das Schicksal aufs Joch, wenn die Geister es einem abnehmen konnten?

Der Rucksack lastete schwer auf ihren Schultern. Jola strich sich eine Locke aus der Stirn und ging weiter. Ach, Yasmin, dachte sie, deine schönen Haare. War das wirklich nötig? Wir hätten es doch auch so geschafft. Sicher. Ganz sicher.

Sie erinnerte sich an den Morgen nach der Beerdigung, als sie auf dem Pelzlager vom Gurren der Glückstauben erwacht war. Jola beobachtete ihre Mutter. Mit ihren vierzehn Jahren erschien sie ihr sehr alt. Dabei war sie damals erst knapp über dreißig gewesen. Blass hatte sie ausgesehen, dunkle Augenringe traten unter der Bräune hervor. Ihre Mutter saß auf dem Pelz und spielte mit ihren Juwelen. Sie hatte alles abgenommen. Sie kam Jola nackt vor. Und fremd.

Über die schlafenden Körper ihrer Schwestern hinweg streckte ihre Mutter die leere Hand aus. Jola löste einen Ohrring nach dem anderen und legte sie hinein. Die Halsketten mit den Anhängern folgten, ein Mosaik aus Edelsteinen, dann die schwarzen und die weißen Perlen. Die Armreifen schlugen klappernd aneinander, als sie sie abstreifte. Schließlich die Ringe. Sie fühlte sich leicht. Jola bewegte ihr Handgelenk wie beim Tempeltanz. All die Bewegungen, mit denen sie sonst so viel Mühe gehabt hatte, waren nun möglich. An ihrem Handgelenk blieb es ruhig. Kein Geklimper. Ohne die Ringe schienen ihre Hände wie junge Vögel, die das Nest umflatterten.

Ihre Mutter legte Jolas Juwelen zu den ihren und versank in den Anblick des Glanzes. Sie weinte ohne Tränen, saß starr wie Buddha vor einem Tempel. Auch Yasmin und Gritta legten ihren Schmuck in den mütterlichen Schoß. Mit gesenktem Haupt suchte ihre Mutter nach den Ringen, die den Kern ihrer Familie symbolisierten.

»Platin ist rein, selten und zäh«, hatte ihr Mann gesagt. »Weich und doch kaum zu formen. So wie du.«

Zur Geburt ihrer Töchter ließ er jeweils einen Edelstein in den Ehering einsetzen. Der Tansanit wurde gefasst, als Jola geboren wurde. Der Smaragd stand für Yasmin und der dunkelblaue Rubin für Gritta. Auch die Kinder erhielten Ringe mit ihrem Stein. Sie sahen noch immer wie neu aus, kein Kratzer war zu sehen. Phyllis legte die vier nebeneinander und strich zärtlich über sie. Dann wollte sie Gritta wenigstens den Ring ihres Vaters wieder an den Finger stecken. Die Zehnjährige wehrte ebenso ab wie Yasmin, die damals zwölf war. Jola sagte rasch: »Er wird bald sowieso zu klein sein, Mam. Wir wachsen doch so schnell.«

»Tut nicht so erwachsen.« Phyllis war gerührt und beschämt zugleich.

»Wir pfeifen auf das Erwachsensein, Mam«, sagte Gritta und putzte sich die Nase, als ob sie die Nacht über heimlich geweint hätte. Sie schluckte.

Jola sah auf die hellen Streifen an ihren Fingern. Das Weiß auf ihrer braunen Haut würde sie noch lange daran erinnern, dass es eine Zeit gegeben hatte, in der es ihr an nichts fehlte.

»Euer Vater wollte einen einfachen Kiefernsarg. Das habe ich nicht fertiggebracht. Nicht hier«, sagte ihre Mutter auf Javanisch. Sie schloss die Augen. Auf Deutsch erklärte sie dann: »Geld ist ein Flugzeug. Es kann fliegen und es ist davongeflogen.«

Jola war irritiert. Es war nicht die Art ihrer Mutter, was sie tat zu erläutern. In welcher Sprache auch immer. Sie erklärte oder entschuldigte sich nie. Zum ersten Mal hatte sie vor ihnen das Gesicht verloren. Dann auch noch auf Deutsch. Und seit diesem Morgen sprach ihre Mutter nur noch deutsch mit ihnen.

Schließlich war ihre Mutter aufgestanden. Sie hatte ihr zerknittertes Seidenkleid so gut es ging glatt gestrichen und sich das Haar hochgesteckt. »JoJo, pass auf deine Schwestern auf. Ich gehe den Pfarrer fragen, wie wir Gold in Reis spinnen können.«

Aus ihrer Handtasche zog sie die letzte Schokoladentafel hervor und gab sie Jola. »Frühstückt ihr schon einmal.«

Zu Hause ist, wo Schokolade ist, hatte Jola gedacht und die Tafel gedrittelt. Weiße Trauben-Nuss, noch heute erinnerte sie sich an die Sorte. Sie hatte sie seither nie wieder gegessen. Seit dieser Tafel Schokolade war viel Zeit vergangen. Fünf Jahre war das nun schon her. Die Kirche hatte ihnen geholfen. Die Kirche? Nein. Auch nicht die Gemeinde. Es war Pater Paul gewesen.

Jola bog um die Ecke. Sie hatte Hunger. Aber sollte sie jetzt noch schnell zur Dönerbude gegenüber von der Schule laufen? Zu weit. Die Rucksackriemen schnitten ihr ins Fleisch. Zu spät. Sie war ja schon fast zu Hause.

Plötzlich glaubte sie, Pater Paul am Gartentor zu sehen. Wenn man an den Teufel denkt, dachte Jola und wünschte sich, sie hätte den Gedanken taktvoller formuliert.

Er war es tatsächlich. Und er war nicht allein, sondern er umarmte jemanden. Eine Frau. Jola erstarrte. Angst ergriff sie. Ihre Gefühle schossen wie aus einer Leuchtpistole in die Dunkelheit. Das Paar fuhr auseinander und stahl sich davon. Jeder in seine Richtung.

Die beiden zusammen, da kommt bei mir keine Freude auf, dachte sie. Aber wenn alte Scheunen brennen, dann gibt es wohl kein Löschen mehr. Doch, Mam. Ich wünsche dir alles Glück dieser Welt. Ganz gleich, was du dafür hältst. Du nimmst dir sowieso zu wenig Zeit dafür. Jola lächelte.

Trotzdem wäre ihr für ihre Mutter ein Mann lieber gewesen, der zu seiner Familienzeit als Ehemann und Vater stehen konnte. Der nicht seine sinnlichen Begierden leugnete. Auch für Pater Paul war es noch nicht an der Zeit, sich ohne Frau hinter Kirchenmauern zurückzuziehen. Er war zu jung, einen Ort für Riten zu errichten und die heiligen Gesetze zu lehren. Jola schüttelte sich. Sie sollte ihre Gedanken nicht immer einfach so auf den Weg schicken. Wer wusste denn schon, ob sie sich nicht erfüllten?

Das war nicht meine Mutter, versuchte sie sich einzureden, um die Macht ihrer Gedankenlosigkeit abzuschwächen. Sie blinzelte in die Dunkelheit und hatte zwei Menschen davongehen sehen. Gut, eine gewisse Ähnlichkeit war vorhanden. Aber das musste nichts heißen. Meine Nachtblindheit narrt mich sicher wieder, dachte Jola. Im Herz der Finsternis sah sie zuweilen Menschen in den geparkten Autos. Wenn sie genauer hinschaute, war der Sitz leer und sie hatte sich umsonst geängstigt.

Sie öffnete die Gartenpforte. Die quietschte wie immer. Das gewohnte Geräusch beruhigte sie. Es gab Dinge, die immer gleich blieben. Im Vorbeigehen pflückte sie noch eine Traube von der Ranke. Genauso vertrocknet wie vor Stunden, dachte sie.

»Guten Abend, Mam«, grüßte Jola. Das Gefühl der Düsternis verschwand, als sie Kiwi im Sessel vor dem Kamin schlafen sah, lang ausgestreckt wie eine Katze. Alle viere weit von sich geworfen.

»Guten Abend, meine Tochter.« Ihre Mutter sprach leise, obwohl Küchenradio und Fernseher liefen.

»Hast du schon gegessen?«, fragte sie. »Ich wärme dir etwas auf. Bringst du inzwischen Kiwi ins Bett?«

Auf dem Wohnzimmertisch lag das Telefonbuch aufgeschlagen. Ihre Mutter liebte es, eine ganze Stadt in der Hand zu halten. Mit allen Berufen und Glaubensgemeinschaften von der Altenpflege bis zu den Zeugen Jehovas.

»Ein Telefonbuch ist der Traum der kosmischen Ordnung«, hatte sie einmal gesagt, »handlich, praktisch, übersichtlich.«

Zum Einschlafen las sie ihrer Enkeltochter die Einträge vor. Von der Adresse bis zur Faxnummer. Nichts ließ Kiwi schneller einschlafen. Weiter als Baldauf, Fürchtegott Martin, waren sie seit Kiwis Geburt nie gekommen. Wahrscheinlich weil es kein anderes Buch mit so vielen Personen, aber so wenig Handlung gab.

Jola stellte den Rucksack ab. Sie schlüpfte in die Pantoffeln. Sofort zog sie sie wieder aus. Wenn auch keine Insekten darin nisteten, so konnten dort doch welche hausen, die ihr in den Zeh beißen wollten. Wer wusste schon, was deutschen Insekten so alles einfiel. Auch wenn sie hier noch nicht einmal richtig giftig waren. Sie klopfte die Pantoffeln aus so wie früher.

»Na, kleine Maus«, flüsterte sie, »war es dir mal wieder zu langweilig im Bett?« Kiwi blinzelte, steckte ihren

Daumen in den Mund und schlief gleich wieder ein. Behutsam trug Jola das Kind nach oben. Sie fürchtete immer noch, dass die Seele ihre Nichte verlassen könnte, beleidigt, weil sie sich respektlos behandelt fühlte.

Leise legte sie Kiwi ins Bettchen. Yasmin schlief bereits. Ihre Haarstoppeln leuchteten schwarz auf dem hellen Kissen. Eine Kinderbibel lag auf ihrem Bauch. Jola schmunzelte. Was ihr noch nie gelungen war, schaffte Kiwi regelmäßig. Wieder hatte sie ihre Mutter ins Land der Träume geschickt.

Aber in welches Land, grübelte Jola. Träumt sie in Deutsch oder auf Balinesisch? Hauptsache, sie träumt. Wer träumt, kann etwas Neues erschaffen und trainiert für das Sterben. Der Tod kennt keine Vorurteile, ist in allen Sprachen gleich und er ist auch noch farbenblind.

Jola legte die Bibel beiseite. Sie deckte auch ihre Schwester zu und küsste sie auf den stoppeligen Scheitel. Er fühlte sich an wie das Gesicht eines Mannes nach einer heißen Nacht. Ihre Lippen fingen gleich darauf an zu brennen. Sie vertrug unrasierte Haut einfach nicht.

Als sie die Wohnzimmertür hinter sich schloss, traf sie der Blick ihrer Mutter. Jola schlug das Herz bis zum Hals. Ohne ein Lächeln reichte Phyllis ihr den Teller mit Bami Goreng. Kein Reis? Jola fröstelte. Neben die gebratenen Nudeln hatte ihre Mutter einen Löffel Sambal getupft. Jola liebte scharfes Essen. Sie hatte in ihrem Rucksack immer eine Dose Chili dabei, um jedes Gericht heimlich nachzuwürzen. Sogar Vanillepudding.

Doch nach fünf Jahren in Europa hatten sich ihre Geschmacksnerven verändert. Sie war nur noch eine halbe Feuerschluckerin. Die Schoten, die ihre Mutter zu Sambal verrieb, fand sie unerträglich scharf. Der Brennstoff für Körper und Seele ließ ihren Gaumen in Flammen stehen. Tränen schossen Jola in die Augen. Sie sog Luft durch die Zähne. Es half nichts.

Ihre Mutter thronte in eine Wolldecke gehüllt auf dem Sofa und beobachtete sie verwundert. Früher konnte ihrer Tochter nichts scharf genug sein. Der Westen schwächte sie.

Jola hechelte. Sie sprang auf und suchte nach der Zuckerdose. Sie lutschte einen Würfel, einen zweiten und einen dritten. Als das Brennen endlich nachließ, fiel sie gleich wieder über die rote Paste her. Sie war trotz allem immer noch ein Sambal-Junkie. Chili regte eben den Kreislauf an und die Lebenslust obendrein. Ihre Mutter schwieg. Phyllis wartete, bis Jola gegessen hatte, wartete auf den Ausgang des Kampfes zwischen Gaumen und Gewürz. Schon lange kochte sie nicht mehr so scharf, wie in Indonesien gegessen wurde. Sie erinnerte sich daran, dass die Schärfe in Scoville gemessen wurde, aber wie, das hatte sie vergessen. Sie rauchte eine Kretek, eine der indonesischen Zigaretten, die ihr Pater Paul aus dem Vatikan mitgebracht hatte.

Hinter dem süßlichen Nelkenduft ahnte Jola ein herbes Rasierwasser. Er war also doch hier gewesen. Sie sah ihre Mutter fragend an. In deren Gesicht stritten sich Angst und Ärger. Und eine Spur Hoffnungslosigkeit zeigte sich. Die Wut siegte. »Jola«, eröffnete sie.

Die zuckte zusammen. In ihrer Speiseröhre verklumpte der Zucker. Nur wenn es Ärger gab, so richtig Ärger, betonte ihre Mutter jeden Buchstaben ihres Namens.

»Hast du meine Kreditkarte benutzt, Jola?« Ihre Frage hörte sich an wie eine Feststellung. Ihre Mutter drückte die halb gerauchte Zigarette aus. Dabei zerriss das Papier und Tabak rieselte in den Aschenbecher.

»Ja, Mam.« Jola erzählte zögernd von dem netten Postboten, der ein Päckchen für Yasmin gebracht hatte. Phyllis warf eine Kreditkarte auf den Tisch. Richard Groß. Jola erschrak.

»Unser Konto ist leer geräumt. Komplett. Nichts mehr da. Gar nichts. Nicht einmal das Vergessen wird mir darüber hinweghelfen. Dein netter Postbote war ein Dieb«, zischte ihre Mutter, so leise, dass Jola sie kaum verstehen konnte. Sie wandte ihr Gesicht ab. Behutsam stellte sie den Teller auf den Tisch. Dann kniete sie sich vor ihre Mutter. Sie nahm deren Hand und wusste nichts zu sagen. Sie legte ihren Kopf in den Schoß ihrer Mutter. Phyllis hob Jolas Gesicht und hielt ihr eine schwarze Locke vor die Augen.

»Die Rechnungen werden erst übermorgen abgebucht. Wovon sollen wir sie nun bezahlen? Mit dem Haar deiner Schwester? Wie tief sind wir gefallen?«

Jolas Gedanken rasten. »Ich werde meinem Chef vom Stadtcafé um einen Vorschuss bitten. Und ihm anbieten, auch am Donnerstag zu arbeiten.«

»Und deine Prüfungen?«

»Ich schaffe das«, versicherte Jola. Sie wusste zwar nicht, wie, aber das sollte doch zu packen sein. Sie musste unbedingt ihr Gesicht wahren. Yasmins Opfer hatte ihr gegolten. Ihr Fehler durfte die gute Absicht nicht entehren. Sie würde es schaffen. Sie musste es nur oft genug denken. Gedanken wurden Wirklichkeit. So war das immer.

»Und ich werde Überstunden einlegen«, sagte ihre Mutter und streichelte ihr über das Haar. »Pater Paul hat genug für mich zu tun mit seinen Übersetzungen«, fuhr sie fort.

Früher hatte Phyllis geglaubt, sie könne auf den Reichtum und alles, was damit zusammenhing, gerne verzichten. Nichts zu haben, bedeutete auch keine Lasten. Aber ein Leben ohne Geld hatte sie sich einfacher vorgestellt. Ungefähr so einfach, wie Arme sich das Leben der Reichen dachten. Wie naiv sie doch gewesen war! Heute wünschte sie sich, einen Chinesen zu kennen. Einen gewieften, ehrlichen Geschäftsmann, der ihr per Handschlag Geld lieh. Von Mensch zu Mensch. Ihr Bankkonto zu überziehen, lag ihr nicht. Das war ihr zuwider. Wie sollte sie sich schämen vor einem Geldautomaten?

»Passt du auf deine Schwestern auf? Es kann spät werden«, rief sie und ließ die Tür hinter sich zufallen. Sie verschwand in der Dunkelheit, dorthin, wo Menschen reich waren, die nichts mehr zu verlieren hatten.

Überstunden um Mitternacht. Nennt man das heute so? Jola biss sich auf die Lippen. Aber gedacht war gedacht. Sie holte die Übungsgrammatik aus dem Rucksack und legte sich damit auf das Sofa. Eingemummelt in die Wolldecke, begann sie mit der Passivumschreibung von Modalverben. Lange nach Mitternacht schlief sie über dem Summen des Laptops ein.

»Guten Morgen, Schwesterherz.« Yasmin weckte sie schließlich. »Ist dir dein Bett weggelaufen?«

Jola erschrak immer noch über die Stoppeln. Sie gähnte ausgiebig. »An einem richtigen Tisch wäre mir das nicht passiert. So ein Esstisch hat doch etwas für sich. Yas, wir sollten uns einen zulegen. So einen wie Familie Baumann.« Sie reckte und streckte sich. »Mam hat mir deine Locke gezeigt. Gut, dass du ihr eine verwahrt hast von dem Kahlschlag.«

»Das war doch selbstverständlich, JoJo.«

Jola fuhr sich über die Lippen. Sogar ihr Gaumen schmeckte nach Schlaf. »Machst du mir einen Kaffee, kleine Schwester?«

»Nur wenn du mir versprichst, meinen Laptop erst in Sicherheit zu bringen, bevor du wieder einmal auf dem Sofa einzuschlafen gedenkst. Ich habe nichts dagegen, wenn du ihn benutzt, aber wenn er hin wäre, würde mir das ziemlich die Laune verderben«, sagte Yasmin. Sie wartete die Antwort ihrer Schwester nicht ab, klappte den Rechner zu, stellte ihn auf den Tisch und ging in die Küche. »Es ist so still«, rief sie und stellte das Radio an.

Mit dem Kaffee setzte sie sich zu ihrer Schwester und schlug ein Bein über das andere. Dabei rutschten die Hosenbeine ihres Schlafanzugs hoch und zeigten ihre schlanken braunen Fesseln.

»Ja, heute Morgen ist es sehr ruhig. Kiwi schläft wohl auch noch.« Jola blies in die Kaffeetasse. »Mam ist immer die Erste am Morgen und die Letzte, die ins Bett geht. Normalerweise weckt sie uns mit dem Staubsauger.«

»Wo steckt sie eigentlich?« Yasmin lehnte sich an ihre Schwester, so wie früher, wenn sie auf einer Palme gesessen hatten.

»Sie übersetzt.«

»Ach«, meinte Yasmin.

»Wage nicht zu denken, was du zu denken gedenkst, liebe Schwester!« Jola verbarg ihr Grinsen hinter dem Kaffeebecher.

Yasmin presste ihre Lippen aufeinander. Wenn man nicht ans Küssen denken darf, dann geht es einem nicht mehr aus dem Sinn, dachte sie. Sie schwieg und schmunzelte. Auch sie gönnte ihrer Mutter, was man hier so leichthin Liebe nannte und sie selbst als Beachtung kannte. Trotzdem hoffte sie, dass Pater Paul ihre Mutter doch nicht mit den Augen eines Liebhabers ansah. Er verstand die Liebe nicht und nicht ihre Würde. Stattdessen hatte er Angst vor ihr. Und noch einen Mann sollte ihre Mutter nicht verlieren.

»Sag mal, JoJo, legen die Jesuiten eigentlich ein Keuschheitsgelübde ab?« Yasmin erinnerte sich an die Priester im Land der Inseln und des Feuers. Nach der Einsiedelei erkannten diese keinen Schüler mehr als den ihren an und erhoben auf keinerlei Wissen Anspruch. Wie einst ihre Frau, die Kinder und Verwandten ließen sie nun ihre Schüler und die Lehren hinter sich. Aber dieser Weg vom Wissen zur Weisheit war unmöglich ohne einen Tribut an das Leben. Er begann mit der Familienzeit. Mit Frau und mit Kindern.

Einen Vater zu verlieren, reichte Yasmin. »Ich weiß noch, der Gründer der Jesuiten war Ignatius von Loyola. Oder so. Und sie müssen dem Papst und dem

Orden gehorchen. Und da war noch was mit Armut.« Yasmin zupfte an ihren Ohrläppchen. »Aber an ein Keuschheitsgelübde kann ich mich beim besten Willen nicht erinnern. Sowieso gehört Sex zum Leben wie Wasser und Luft.«

Sie knetete wieder an ihren Ohren. Im Fernsehen hatte sie einmal gesehen, dass das Hunde beruhigte. Was einem Vierbeiner half, konnte einem Zweibeiner nicht schaden.

»Schwimmen und fliegen muss man doch auch erst lernen. Wer ersäuft schon gerne oder schlägt sich freiwillig bei der Landung den Schädel ein«, sagte Jola. Und solange so eine süße Maus wie Kiwi daraus entstand, konnte Sex nicht falsch sein.

»Das wäre ja doof, wenn Pater Paul in so einen menschenverachtenden Orden eingetreten wäre. Man kann ihm viel vorwerfen, aber blöd ist er nicht«, meinte Yasmin. Sie rieb sich immer noch die Ohren.

»Übrigens, was hält unsere Mutter von deiner neuen Frisur?« Jola wollte das Thema wechseln. Sie hatte damals in der Missionsschule besser aufgepasst als ihre Schwester und hoffte, sich falsch an das Zölibat zu erinnern. Sollte Pater Paul tatsächlich ein Keuschheitsgelübde abgelegt haben, um Gott und der Kirche zu dienen? Wenn das stimmte, dann würde ihre Mutter wegen des gebrochenen Eides zerlegt und den Göttern zum Mahl gereicht werden, um das schlechte Karma vom Dorf abzuwehren. Nun gut, das musste sie selbst wissen. Sie war alt genug, ihre Lage einzuschätzen. Aber Jola begriff auch, dass, seit Vater tot war, ihrer Mutter die Schulter zum Anlehen ebenso fehlte wie der Austausch von Alltäglichkeiten und selbst das Zanken um Marotten. Ob der Kirchenchor sie auffing, falls sie abstürzen sollte? Jola zweifelte daran.

»Meine Frisur? Ach so, die Haare. Na, sie hat nur gesagt, das musst du selbst wissen. Du kennst sie doch, JoJo.« Yasmin zuckte mit den Achseln. Sie genoss es, wenn ihre Mutter sie als Erwachsene behandelte. Aber manchmal fühlte sie sich allein gelassen, wenn das Gesicht ihrer Mutter schwieg und sie für sich behielt, welche Abzweigung an einer Kreuzung die beste Wahl wäre. Dabei wusste sie genau, was richtig war. Sie war doch die Ältere.

»Und? Was sagte sie dazu, als du mit dem Geld ankamst?« Jola hoffte aufzuwachen, mit Geld auf dem Konto und einer Schwester, deren langes Haar wie Zitronengras raschelte.

Yasmin trank ihren Kaffee. »Das ist dein Geld, hat sie gesagt. Was du damit machst, musst du selbst wissen. Typisch. Sie ist immer noch eine sehr stolze Frau.«

Sie stand auf, nahm die Becher und kehrte mit frischem Kaffee ins Wohnzimmer zurück. Sie freute sich, dass die Schaumkrone hielt. Wer solche Bläschen auf seinem Kaffee fand, bekam Geld. Und das konnten sie momentan gut gebrauchen.

»So, jetzt zu dir, liebe Schwester.« Sie reichte Jola die Tasse. »Wie erfreut war Mam über das leer geräumte Konto? Hat sie getobt?«

Jola verzog das Gesicht. »Eben nicht. Ich war so beschämt, uns wieder in Schulden zu stürzen«, flüsterte sie. »Aber Mam war so gelassen, auch wenn sie wieder nicht ihr Leben frei von Geldsorgen führen kann. So habe ich sie zum letzten Mal erlebt, als unser Vater starb. Ich habe es lieber, wenn sie tobt. Was sie immer seltener tut. Das kann doch nicht gesund sein.«

»Oh, sie hätte dich am liebsten einem Tiger zum Fraß vorgeworfen. Oder den Waranen«, grinste Yasmin. »Sei mal froh, dass du ihre Tochter bist und sie dich beschützt. Im Magen eines Tigers ist nicht gut wohnen.«

»Glück gehabt.« Jola schluckte. Je gelassener ihre Mutter auf einen Weltuntergang reagierte, desto aufgebrachter war sie innerlich.

»Scharfe Sache, das Ganze«, sagte Yasmin, die sich hüten wollte, das Mitgefühl ihrer Schwester zu verspielen, der nächste Fehler kam bestimmt. Jola konnte ziemlich nachtragend sein, wenn man kein Verständnis für sie aufbrachte und ihrem Leid die Aufmerksamkeit verweigerte.

»Die Glut ihrer Augen hätte fast das Telefonbuch in Brand gesteckt.« Jola zitterte wieder.

»Ich werde einen Teil von dem Geld auf Mamas Konto einzahlen«, sagte Yasmin ernst. »Mit dem Rest gehe ich nach der Arbeit mit ihr einkaufen. Sie gerät uns nur in Panik, wenn der Kühlschrank leer ist. Erinnere dich an die Glückstauben.«

Jola fiel ein Stein vom Herzen, obwohl ihre Schwester den Saldo auf dem Konto um ihrer selbst willen ausglich. Sie bemühte sich wie Jola, die Balance zwischen Glück und Unglück zu wahren. »Jetzt bist du eben unsere Glückstaube, Yasmin. Und dich fressen wir bestimmt nicht auf.«

»Schwestern helfen sich, ältere Schwester.« Yasmin rührte es, wie Jola ihren Namen ausgesprochen hatte, und dieser Respekt stärkte ihr den Rücken. »Schwestern sind füreinander da. Und nicht zum Fressen, nicht wahr? So ist das eben. Hast du schon gegessen, JoJo?«

Jola kuschelte sich in die Wolldecke. So verwöhnt musste sich die Prinzessin auf der Erbse gefühlt haben. »Reis?«

»Zum Kochen habe ich leider keine Zeit. Du musst etwas anderes essen«, sagte Yasmin. »Im Kühlschrank ist noch Reis. Aber der ist für Kiwi. Sie zahnt. Mam will ihr den mit Brühe zum Frühstück geben.«

Die Sprechstundenhilfe beim Arzt würde wieder die Augen verdrehen. Reis und Hühnerfleisch mit einem Stückchen getrockneter Nabelschnur aufgekocht? Das sollte Kiwi beim Zahnen helfen? So etwas hatte sie ja noch nie gehört. Aber woher sollte sie auch wissen, was das Beste für eine kleine Indo war? Sie kannte ja nur Kinder ohne Mongolenfleck.

»Wie wäre es mit einem Butterbrot mit Banane und Sambal?« Yasmin schwankte in die Küche. Seit Kiwis Geburt war sie immer noch aus dem Gleichgewicht.

»Lecker. Du machst mich glücklich, mein Täubchen«, sagte Jola. »Soll ich dir aus der Bibliothek indonesische Märchen holen?«

»Nee«, rief Yasmin in der Küche. Das Messer fiel ihr aus der Hand. Knapp am Fuß vorbei. Glück gehabt. Auf Fleisch hatte sie heute keine Lust. Und schon gar nicht auf ein Stück aus ihrem Fuß.

»Warum nicht?« Eigentlich interessierte Jola die Antwort nicht. Sie war immer noch müde. Ihre Augen fielen ihr zu. Sie wäre den Tag lieber ein paar Stunden später angegangen. Heute hält mich nichts davon ab, früh schlafen zu gehen, versprach sie sich. Sie hoffte, dass ihr Wunsch in Erfüllung ging, und gähnte ausgiebig.

»Unsere Maus soll mit Märchen und Sagen von hier aufwachsen. Mam sagt, die deutschen Geschichten stärken ihr indisches Blut ganz von selbst«, erklärte Yasmin. Sie drückte ihrer Schwester einen Teller in die Hand. »Jetzt muss ich aber los«, sagte sie und eilte nach oben.

Nachdem sie sich gewaschen, angezogen und geschminkt hatte, bat sie Jola: »Sorgst du heute für Kiwi und Gritta?«

»Klar, Yas«, sagte Jola. Sie drehte sich auf die Seite, schloss die Augen und schlief prompt ein.

Yasmin zog ihren Mantel an. In ihren Taschen waren noch genügend Kieselsteine. Sie ging durch die Vordertür hinaus. An den mannshohen Hecken hinter den Gärten ging sie nie allein vorbei. Die Handvoll Tiere, die Katzen, Igel und Würmer, waren ihr zu leise. Sogar wenn das Geraschel im Laub von Kindergeschrei und Musik begleitet wurde, blieb es ihr dort zu ruhig. Ohne die Freudenschreie beim Hahnenkampf, den Lärm der Holzfäller und die Rufe des tropischen Waldes war ein Dorf leblos.

Wenigstens auf der Straße dröhnte es. In den Vorgärten, rund ums Haus, überall dort, wo Bäume und Sträucher der Jahreszeit gehorchend ihren Schmuck verloren, waren sie am Werk. Mit schalldichtem Ohrschutz ausgerüstet, den Motor geschultert, das lange Saugrohr fest in der Hand, jagten die Laubjäger jedem versprengten Blatt unerbittlich nach, saugten es ein und wandten sich mit triumphierendem Grinsen dem nächsten zu. Das goldene Herbstlaub hatte keine Chance. Der akustische Aufwand dabei stand in keinerlei Verhältnis zum Resultat der gnadenlosen Jagd. Obwohl sie die Stille der Gärten kaum ertrug, war Yasmin dieser Krach wiederum zu laut.

Wie leise hingegen waren die großen Reisigbesen gewesen, die man im Kampong schwang! Und doch war ihnen nichts entgangen, weder Blätter noch Staub. Yasmin hatte den Klang noch im Ohr, das rhythmische Schleifen und das Schwatzen der Nachbarn bei der gemeinsamen Arbeit. Hier saugte das Alltagssummen die vertraute Klangkulisse einfach auf. Die Geräusche kamen ihr unnatürlich vor. Völlig fehl am Platz. Yasmin fühlte sich verloren. Sie fand hier nichts, was es für sie auch woanders nicht mehr gab.

Sie irrte durch die Straßen wie eine Frau, die mit leerem Kanister eine Tankstelle suchte, irgendwo auf dem Land um Mitternacht bei Neumond. Hinter jedem Strauch, unter jedem Stein erwartete sie den Herrn der Elemente, der nur auf sie wartete. Er würde sie jagen, zur Strafe, weil sie ihre Sinne nicht mehr beisammen hatte. Er würde sie fressen und die bleichen Knochen ins Dorf werfen.

Yasmin hatte nur eine Chance, wieder heimzufinden. Heimlich streute sie weiße Kieselsteine auf ihren Weg. Genau wie im Märchen. Hänsel und Gretel wussten eben Bescheid. Das war das einzig Richtige. Und sie war nicht allein beim Kieselstreuen. In Tibet ist das Alltag, beruhigte sich Yasmin, die sich beobachtet fühlte zwischen dem Gebläse der Laubjäger.

Ihr kriegt mich nicht, dachte sie. Ich bin vorsichtig. Sehr vorsichtig. Ich nehme nur noch den Zebrastreifen. Und trete da ausschließlich auf die weißen Stellen. Nicht ins Schwarze. Der Asphalt ist es, der mir die innere Kraft aussaugt. Aber ich weiß mein Semangat zu schützen. Ihr kriegt mich nicht. Ihr nicht.

So sehr sie sich auch konzentrierte, Yasmin wusste, dass etwas mit ihr nicht stimmte. Jedes Auto, das sich näherte, sah sie fünffach. Die Zebrastreifen rutschten unter ihren Füßen fort. Nur ihr Semangat, zu einem dünnen Faden geschrumpft, hielt sie, verhinderte, dass sie wie irre geworden vor ein Auto lief. Vielleicht eines, das im Grunde genommen nicht existierte.

Ihre Welt sei nicht die Realität, sagte der Arzt und schrieb ihr ein Rezept. Yasmin legte die Packung gehorsam auf das Kopfkissen und atmete ihre Wirkung im Schlaf ein. Es half, zwar nur im Schneckentempo, doch ihr Zustand veränderte sich wirklich. Das Medikament war ein Champion unter den Rennschnecken. Mittlerweile gelang es ihr sogar manchmal, die sichtbare und unsichtbare Welt in Einklang zu bringen. Sie wollte ihrer Familie nicht schaden und schon gar nicht den vielen Menschen im Dorf. Die Harmonie war wichtig. Ohne sie verhielt sie sich unangemessen und verspielte so die Solidarität der Gemeinschaft. Sie fühlte sich wie ein Blatt im Wind. Es gelang ihr nicht, alle Dinge an den ihnen zugewiesenen Ort der Wirklichkeit einzufügen. Zu sehr dröhnten die Laubsauger.

Vielleicht hilft Fechten, dachte sie. So könnte ich die Macht über meine Sinne zurückgewinnen. Oder?

Aber Fechten ist Fechten. Und nicht Pencak. Es wird mich nur noch mehr verwirren. Die Pencak-Regeln sind klar, aber hier? Fechten ist so unergründlich wie der Geist dieser neuen Heimat, ihre Töne, Farben und Worte. Und wie ihr Lächeln. Dieses Lächeln hier. Ich begreife es nicht. Ich begreife es einfach nicht.

Sie fühlte sich wie ihr Vetter Bambang. Der lebte in Gianyar auf Bali. Mit dreizehn Jahren hatte er sein Heimatdorf verlassen, um in der Stadt bei einem der berühmtesten Tänzer Unterricht in Tabanan zu nehmen. Er konnte sich nicht in die neue Umgebung einleben und geriet völlig aus der Harmonie. Sein Semangat war außer Rand und Band. Das Heimatdorf lag nämlich im Süden und die Stadt im Osten hatte seinen inneren Kompass verstellt. Erst mit der Zeit gewöhnte er sich an die veränderte geografische Ordnung und gewann das Gleichgewicht wieder.

Nein, dachte Yasmin, am Kompass kann es nicht liegen. Ich habe neue Himmelsrichtungen immer ausgezeichnet vertragen. Vater war ein unruhiger Geist und ist mit uns von Insel zu Insel gezogen. Das hat uns nie aus der Bahn geworfen. Es klang überall ähnlich, da war es nicht schwer, sich einzugewöhnen.

Hier war es zwar geräuschvoll, aber auf eine Art, die es ihr schwermachte, sich zu orientieren. Sie musste sich auf die Klänge konzentrieren, um alles einordnen zu können. Aber nur, wenn sie genau auf den Ton achtete, hörte sie überhaupt etwas. Sonst herrschte Schweigen. Und sie fürchtete sich vor Stille wie die Balinesen. Anscheinend kam ihr balinesisches Blut stärker durch als bei ihren Schwestern.

Ich werde Pater Paul fragen, ob ich eine Nacht in seiner Kirche meditieren darf, nahm sie sich vor. Sonst verliere ich noch meinen Geist. Nur eine Dattelpalme kann mit dem Kopf in der brütenden Sonne leben. Mir ist es zu heiß. Ich muss etwas unternehmen. In Indonesien wäre eine Behandlung möglich. Hier bleibt mir nur die Kirche. Wenn ich dort in der Nacht meditiere, stelle ich mich den bösen Mächten aus der Dunkelheit. Und dann wird alles gut.

Yasmin überquerte den Zebrastreifen. Kein Auto in Sicht. Trotzdem rannte sie, als wäre ein Menschenfresser hinter ihr her. Nur weil niemand sah, was sie sehen konnte, hieß das nicht, dass es nicht wirklich war.

»Ruf nicht die Geister, schau nicht zurück. Renn einfach«, befahl sie sich und peilte die Birke vor der Eisdiele an. Erleichtert prallte sie gegen die große Glasscheibe am Eingang. Der Mann in Weiß grinste.

»Jeden Tag dasselbe«, murmelte er und kratzte sich den Bauch, der seinen Kittel spannte. »Die ist noch blöder als ihre Schwestern. Die haben wenigstens gelernt, normal über die Straße zu gehen.«

Er ließ den Blick durch den Laden schweifen. Das war seine Welt, die ihm allein gehörte. Die Stühle, Tische, Auslagen, Eisbecher, Schalen, die Kaffeemaschine, die Sirups und die Soßen, die Streusel und Waffeln und natürlich die bunten Kübel mit dem selbst gemachten Eis. Seine Welt, sein Reich. Er wartete nur darauf, dass Yasmin die Hand auf sein Fenster legte.

»Wenn sie das heute wieder macht, werde ich ihr die Rechnung der Glasreinigung ins Maul stopfen«, ärgerte er sich. »Ich bin ja ein geduldiger Mensch. Ich bin sogar berühmt dafür. Aber irgendwann reißt jedem der Geduldsfaden.«

Er war drauf und dran hinauszulaufen. So ging das doch einfach nicht. Zu spät. Yasmin riss die Hände hoch, als ob sie ihn verhexen wollte. Oder überlegte sich das Weibsbild es doch noch einmal? Der Eismann zuckte zusammen. Ich sollte herausfinden, dachte er, ob sie vielleicht eine Hexe ist. Jeder halbwegs gebildete Mensch hat schon mal was von Voodoo gehört. So was kennen diese Schlitzaugen doch sicher auch. Ich bin ja nicht abergläubisch, aber als Unternehmer trage ich eine gewisse Verantwortung. Und hat da nicht letztens die Sprechstundenhilfe so etwas Fieses mit einer Nabelschnur erzählt? Wie war das noch? Nein, das ist eklig. Aber die sollen auch bei Vollmond nackt im Garten tanzen. Sie nackt zu sehen, könnte ein Augenschmaus sein. Er leckte sich die Lippen.

»Die Tabletten wirken täglich besser«, freute sich Yasmin und wischte sich die schweißnasse Stirn. Diesmal hatte die Fensterscheibe beim Aufprall nicht geächzt. Das war ein gutes Zeichen. Fröhlich winkte sie dem Eismann zu.

Der rief: »Wann gehen Sie mit mir aus?«

Yasmin fragte sich, was diesem verheirateten Mann mit seinem ewig hechelnden Schäferhund, den zwei Söhnen und dem Laden, über dem seine Familie wohnte, die Sicherheit gab, sie um eine Verabredung zu bitten. Es war sicher nicht sein Deo. Das ließ ihn wie gewohnt im Stich. Sein Kittel war unter den Achselhöhlen schon am Morgen nass. Und das bei bewölktem Novemberhimmel.

Sie winkte ihm noch einmal und hetzte weiter zum Reisebüro. Unter ihren Füßen knisterte Laub.

»Guten Morgen, Herr Gruber«, grüßte sie beim Eintreten.

Anton Gruber saß bereits hinter seinem Schreibtisch. Überrascht starrte er sie an. Er liebte langes Haar. Yasmin hatte es immer hochgesteckt getragen. Die Frisur betonte das Sanfte, Weiche und Biegsame ihres Charakters. Und jetzt so etwas!

»Guten Morgen. Wieder zu spät, Yasmin.« Er fuhr durch sein Haar. »Und unsere Sabine ist krank.« Sein Haar war sehr dicht, obwohl er die fünfzig schon längst überschritten hatte. Er liebte das Gefühl, wenn seine Hand über den Kopf strich. »Aber zusammen werden wir das Kind schon schaukeln, nicht wahr?« Er lächelte. Für sein Alter sah er gut aus. Er kannte seine Wirkung auf Frauen, aber an Yasmin prallte sein Charme ab. Sie startete den Computer. Bis der hochgefahren war, würde es eine Weile dauern.

»Hatten Sie schon ihren Kaffee?« Wie grau seine Haare sind, dachte sie. Als ob er schon lebte, als Gott das Wort erfand.

»Ja, danke. Aber nehmen Sie sich doch einen. Er ist noch heiß«, antwortete er.

Yasmin ging in die Teeküche hinter dem Perlenvorhang. Sie beugte sich über die Anrichte, um das Fenster zu öffnen. Ein Reisebüro sollte nicht nach frischem Kaffee riechen, dachte sie. Das geziemt sich nicht. Wir mahlen keine gerösteten Bohnen, sondern verkaufen Reisen.

Ihr Chef beobachtete sie. Die neue Frisur unterstreicht den grazilen Nacken, dachte er und ließ den Blick langsam die Wirbelsäule hinabgleiten. Er schnalzte mit der Zunge und strich über seinen Bauch. Noch einen Monat Lauftraining und meine Schürze nimmt es mit jedem auf. Er lächelte. Selbst mit dem Hochzeitsfoto. Was war ich da noch jung.

Anton Gruber hatte am Wochenende sein Wohnzimmer gestrichen und dazu die alten Familienfotos von der Wand genommen. Vor einem halben Jahr war die Scheidung endgültig geworden. Und mittlerweile sah er jugendlicher aus. Und er fühlte sich auch so. Höchstens Ende zwanzig. Den Sprung über den Gartenzaun machte er mit links. Ob ich ihr mal über den Zaun springe? Wenn es sein muss, kann ich ihre Kleine ja adoptieren. Der Laden wird es schon tragen. Das Geschäft brummt. Und einen Abenteuerurlaub buchen die Leute immer. Wenn sie schon ein Kind mitbringt, ist das auch gut, dachte er.

Anton Gruber hatte vom Arzt erfahren müssen, dass er keine Kinder zeugen könne. Seine Samenflüssigkeit habe zu wenig Spermien, hatte es geheißen, und diese seien zu langsam. Diese Scheißärzte. Die wussten auch nicht immer alles. Aber wir haben es ja immer und immer wieder versucht. Bis der Befund da war und mir so auf die Eier ging, dass gar nichts mehr lief. Aber seitdem die Kleine da ist, steigen die Säfte wieder. Und wie. Erst gestern Nacht bin ich hochgeschossen. Jungejunge. Gut, dass ich die Bettwäsche selbst wechsle. Vor der Baumann wäre mir das peinlich. Sie ist schließlich die Putze. Da gibt es doch Grenzen. Aber wert war es mir schon. Da beziehe ich auch mal das Bett neu.

Yasmin sortierte die neuen Kataloge ein. Silvestertouren nach Oberhof und in die Alpen für die Skifahrer, Städtetouren für die Lehrer und Pauschalangebote nach Fernost. Als sie sich wieder bückte, fühlte sie sich unbehaglich. Sie sah auf und fand sich im Auge ihres Chefs wieder. Er lächelte und sah gleichzeitig nachdenklich aus.

Mama würde diese Augen nicht mögen. Sie stehen zu nahe beieinander. Die Tränenkanäle küssen sich beinahe auf dem Nasenrücken. So muss ein böser Blick aussehen. Heimlich machte sie ein Abwehrzeichen. Ihre Nackenhärchen standen stramm.

Sie fühlte nach dem Amulett, das an ihren Hals hing. Der blaue Glasanhänger war mit einer schwarzen Pupille bemalt. Eine Freundin aus der Berufsschule hatte ihr das Auge gegen den bösen Blick aus der Türkei mitgebracht und gesagt: »Das Auge wird dich beschützen und jedes Weh bezwingen.«

Yasmin drückte das Amulett, als könnte sie so seine Kraft in sich aufnehmen. Dann setzte sie sich an ihren Computer, um Anfragen per E-Mail zu beantworten.

Wenn ich mich mit ihr zeige, dachte Anton Gruber, platzen sie vor Neid. Er rieb sich die Hände. Diese Dorftrottel. Sie zerreißen sich das Maul über sie, weil keiner mehr bei ihr landen kann bis auf das eine Mal. Keiner weiß, wer es war. Und jeder wäre es gerne gewesen. Aber wer hat sie jeden Tag bei sich sitzen? Ja. Gruber buchen und es wird unvergesslich. Das Kind ist mir sowieso wie aus dem Gesicht geschnitten, wenn man ein paar Kleinigkeiten großzügig übersieht. Er rieb sich wieder die Hände. Der Hochzeit steht nichts mehr im Weg, wenn ich es richtig anfange. Und die Finanzen sind gut. Da kann ihre Mutter prüfen, so lange sie will, wenn ich um die Hand anhalte. Und sie wird es tun. Ich kenne mich doch aus. Er zog an seinen Manschetten und lockerte die Krawatte. Vermutlich wird sie einen ganzen Stall Verwandte aus Asien ankarren. Die erwarten alle ein Geschenk. Oder wollten gleich bleiben im gelobten Westen. Wo soll ich die eigentlich alle unterbringen? Also sicher nicht in meinem frisch gestrichenen Wohnzimmer. Er fuhr sich wieder über seine Haare. Wie sich wohl Yasmins Stoppeln anfühlten?

Die Türglocke schepperte. Pater Paul. Einmal Rom, Rückreisetermin ungewiss, vermutete Anton Gruber. Der Priester sah zerzaust aus. Schwer atmend warf er sich auf den Stuhl vor Yasmins Schreibtisch. »Ich brauche ein Flugticket nach Rom«, sprudelte er hervor. Er schien nicht zu wissen, wohin mit seinem Hut, und hängte ihn schließlich über sein Knie.

Gegrüßt hatte er immer noch nicht. Yasmin war peinlich berührt. Sonst bestand er nämlich immer darauf, alle zu grüßen. »Am Gruß erkennt man, wer Freund ist und wer Feind«, pflegte er zu sagen. Wer nicht grüßte, konnte nicht wohlgesinnt sein.

Yasmin suchte ohne Kommentar nach der Flugverbindung, während der Geistliche mit den Fingern auf den Schreibtisch trommelte. Sie wagte nicht einmal, sich zu wundern. Sie hatte Pater Paul noch nie so aufgelöst gesehen. Der Kragen stand offen und die Strickjacke war falsch geknöpft.

»Wann möchten Sie fliegen?« Yasmin rieb ihr Ohrläppchen.

»Heute Abend.« Er rutschte unruhig auf dem Stuhl, als ob eine Ameisenkolonie in seiner Hose überwintern wollte.

»Wäre Ihnen neunzehn Uhr recht, Hochwürden?« Seine Nervosität übertrug sich auf Yasmin, die prompt die Tabelle auf dem Monitor so verschoben sah wie das Bild in einem schlecht eingestellten Fernseher.

»Ja, das passt, YasYas.«

Immerhin nannte er sie nun bei ihrem Namen. Und dann noch so, wie sie es seit Kinderzeit gewohnt war. Er schien sie doch wahrzunehmen.

»Wann soll der Rückflug sein?«

»Einfacher Flug. Ich bin in den Vatikan berufen worden.«

Yasmin schluckte. »Dieser Tisch schreit doch nicht wirklich? Können Möbel überhaupt reden?« Sie hielt sich die Ohren zu.

»Das ist nicht witzig!« Pater Paul, der nichts von ihren Wahrnehmungsstörungen wusste, ärgerte sich.

Dieses »nicht witzig« hallte vielfach in Yasmins Ohren. Als ob Kobolde auf dem Steigbügel schaukelten und den Amboss gegen den Hammer schlügen. In einem fort. Am liebsten hätte sie ein Radio eingeschaltet, um das Getöse vom Gedudel überdecken zu lassen. Sie schaltete ihr Kopfradio ein, aber ihr Gehirn machte nicht mit. So musste sie hören, was sie nicht verstehen wollte. Pater Paul geht, hallte es in ihrem Kopf, er geht! Für immer. Und ich darf ihn nicht fragen, warum. Ich muss doch Respekt zeigen. Was weiß ich denn schon, was in ihm vorgeht. Vielleicht würde er am liebsten schreien. Da kann ich unmöglich fragen.

Sie druckte das elektronische Ticket aus und hoffte vergebens, der Drucker würde streiken. Sie versteckte ihre Hände unter dem Tisch. »Pater Paul, ich habe das Gefühl, im falschen Film zu sitzen«, brachte sie mühsam heraus.

»Dann will ich dich mal ins Bild setzen. Sonntag wird der neue Pfarrer die Gemeinde übernehmen.« Er zog die Plastikkarte aus dem Portemonnaie.

»Das hört sich an wie lange geplant«, sagte Yasmin. Sie fühlte sich betrogen. Er hatte sich Vertrauen erschlichen und dabei schon längst die Koffer gepackt. Das war doch keine feine Lebensart. Wirklich nicht. Aber Reisende sollte man nicht aufhalten.

»Du liegst falsch«, sagte er und drückte den Code ins Kartenlesegerät, als würde er Nägel mit dem bloßen Finger einschlagen.

Yasmin glaubte ihm kein Wort.

»Kardinal Evans, der ist in Rom für Asien zuständig. Und er will die Paulus-Briefe ins Balinesische und Javanische übertragen lassen«, rechtfertigte er sich und steckte sein Ticket ein. »Eine neue Aufgabe für mich. Ich freue mich. Auch wenn sie Jahre dauern wird.«

Yasmins Hände waren eiskalt. Aus dem Dorfkeller in die römische Chefetage, was für ein Aufstieg, dachte sie. Da oben können sie ihn besser kontrollieren. So ist es doch.

»Wir werden Sie vermissen, Hochwürden. Werden Sie sich noch verabschieden, Pater Paul? Von uns?«

Der rieb sich das Kinn, dass die Bartstoppeln knisterten. »Wenn nach dem Rasieren noch Zeit bleibt«, wich er aus, »schaue ich kurz vorbei. Bitte grüße deine Mutter von mir. Es liegt ein Brief für sie auf meinem Schreibtisch. Den Schlüssel zum Pfarrhaus hat sie ja.«

Er setzte seinen Hut auf und zog ihn tief in die Stirn. Er sieht aus wie ein Dieb, dachte Yasmin. Ein feiger Dieb.

»Ihre Worte stellen mich nicht zufrieden«, sagte Yasmin. Diesmal sprach sie ihn nicht mit Namen an. Sie mochte ihm keinen Respekt mehr zollen, ihm, der sich so würdelos aus dem Staub machte. »Ich bin es meinem Gewissen schuldig, es laut zu sagen. Bei allem Respekt, Sie sind ein Meister der leeren Worte.« Yasmin zählte die Packen mit den Reisebroschüren. Am liebsten hätte sie sie ihm vor die Füße geworfen. Sie verachtete ihn, den Mann ohne Gesicht. Er, der Liebe predigte, behandelte ihre Mutter wie einen Hartschalenkoffer. Sie war ihm sogar noch weniger wert. Ein Koffer wurde immerhin für die nächste Reise auf dem Dachboden gelagert. Ihrer Mutter entledigte er sich mit ein paar Zeilen.

»Du bist mit dem Ausdruck deiner Gefühle zu weit gegangen«, sagte Pater Paul, der sich fühlte wie in einem Gefängnis mit offenen Fenstern und Türen. »Weißt du, mein Kind, wie du Gott zum Lachen bringst?« Die Situation war ihm zutiefst unangenehm. Zum Glück schien Anton Gruber mit anderem beschäftigt. Das hätte gerade noch gefehlt. »Nein? Dann, mein Kind, erzähle ihm von deinen Plänen.«

Yasmin bedeckte ihre Augen. Sie hatte sich zu viel erlaubt. Sie hatte kein Recht, sich in die Angelegenheiten anderer Leute zu mischen. Es waren ja nicht die Menschen selbst, sondern die Umstände, die einen auf Trab hielten. Sie kannte noch nicht einmal ihr eigenes Schicksal. Wer wusste schon, ob Pater Paul gehen wollte. Sie presste ihre Handflächen aufeinander, drückte die Hände gegen die Brust und senkte den Kopf.

Er stand auf und segnete sie. »Friede sei mit dir, meine Tochter«, sagte er. Dann reichte er Anton Gruber zum Abschied die Hand. Der klopfte dem Priester auf die Schulter und lächelte schief.

Yasmin sah Pater Paul nach, wie er über den Marktplatz hastete. Die Schöße seines Trenchcoats flatterten wie Segel im Wind. Sollte sich eine Mücke in seinem Windschatten verfangen, würde sie sich im Stoff verhaken und mit nach Rom fliegen. Wie sehr beneidete sie das Insekt, das von seinem Mantel gewärmt würde.

Anton Gruber rief die Frau des Straßenkehrers an. Die Welt schrumpfte zu einer Sprechmuschel. »Frau Schröder, guten Tag. Pater Paul fliegt heute wieder in den Vatikan.« Von da an kam er nicht mehr zu Wort.

Bis zu ihrem Schreibtisch konnte Yasmin das schrille Gezeter hören. Die Schröder beschimpfte den Chef. Yasmin glaubte Worte wie Tratschmaul und indiskret zu hören. Aber Frau Schröder schien von Pater Pauls Versetzung schon gehört zu haben. Kein Wunder, sie war mit seiner Haushälterin, Fräulein Ottinger, befreundet. Enttäuscht legte Anton Gruber den Hörer auf. Es war immer gut, bei Frau Schröder einen Stein im Brett zu haben. Niemand wusste besser als sie, was im Dorf vor sich ging. Für einen Geschäftsmann war es wichtig, immer auf dem Laufenden zu bleiben.

»Wenn Frau Schröder es weiß, läuft das Buschtelefon heiß«, reimte er. »Gehen wir wieder zum Tagesgeschäft über. Haben Sie die Buchungsdoppel schon abgeheftet, Yasmin? Sie sind ja nicht zum Plaudern hier.«

Er war kein Kirchgänger. Das war schon vor der Scheidung so gewesen. Wer in der Marienkirche die Messe las, konnte ihm herzlich gleichgültig sein. Ohne Pater Paul kam er leichter an Yasmin heran. Der hatte sich immer als Beschützer aufgespielt. Auch ein Pfaffe reagiert empfindlich, wenn es um seine Glocken geht, dachte Anton Gruber. Soll ihn doch ein Pferd treten, dahin, wo der Vatikan immer die Blätter malen lässt. Rom teilt auch ganz schön Tritte aus. Und so plötzlich. Anton Gruber fuhr sich durchs Haar.

Nie hatte er es am Beichtvater vorbeigeschafft. Der Pfaffe war immer in Rufweite gewesen. Ohne ihn hätte Yasmins Mutter damals für ihren Schmuck keinen Käufer gefunden. Und Anton Gruber hätte sich ihnen gern als großzügiger Geschäftsmann präsentiert. Als Mann von Welt, der die Ämter kannte. Seit ihrer Ankunft war er von der Exotik dieser Frauen fasziniert. Aber leider war ihm Pater Paul zuvorgekommen. Er hatte die Familie in seine Obhut genommen, sie in die Dorfgemeinschaft eingeführt und in seinem Kirchenchor willkommen geheißen. Yasmins Stimme klang so rein, dass sie Frau Schröders Tochter aus der Starposition verdrängte. Das hatte Frau Schröder auf Monate in eine Glaubenskrise getrieben. Den Bus zum Flughafen, wo ihm die Gemeinde winken wollte, hatte sie trotzdem organisiert. Aber nicht bei Gruber Reisen. Pater Paul biegt um die Ecke. Und heute Abend ist er ganz weg, dachte Anton Gruber. Er hinterlässt mir seine Witwe mit ihren drei wunderschönen Töchtern. Und die sind reif, wie Früchte an einer tropischen Kletterpflanze. Wie hat Pater Paul es angestellt? Egal, ich schlage mir einen eigenen Weg durch den Dschungel.

Wieder griff er zum Telefon. »Hast du Lust auf ein Bier, Peter?« Der Kugelschreiber wirbelte zwischen seinen Fingern.

»Abgemacht. Um sieben in der Traube.« Peter Mülich hatte mit ihm die Schulbank gedrückt. Nun war er Sparkassendirektor. Zwar nur von der kleinen Filiale beim Marktplatz, aber auch hier entschied man über Kredite. Ob Yasmins Mutter einen hatte? Vielleicht ließ sich der Freund überreden, an der Schraube zu drehen. Selbstverständlich ganz legal. Einfach nur ein bisschen Druck. Und dann würde er für die Entspannung schon sorgen.

Anton Gruber beobachtete Yasmin, wie sie einen schlaksigen Lümmel bediente. Ein Flug nach London. Kein Geschäft. Er rümpfte die Nase. Der Metzgersohn kam einmal die Woche und buchte irgendetwas. Hauptsache billig.

Der Junge konnte seine Augen nicht von Yasmin abwenden. Er stotterte und ließ das Ticket beinahe fallen. Sie lächelte, was ihn puterrot werden ließ.

»Vielen Dank für Ihren Besuch«, sagte sie zum Abschied und zwinkerte ihm zu.

Der Bursche stand auf. Erst an der Tür fand er seine Fassung wieder. Er drehte sich um und rief: »Kann ich das Ticket morgen stornieren? Ich möchte Sie wiedersehen.«

Yasmin ließ ihre Zähne blitzen. Er hat immer noch ein paar Tricks auf Lager, dachte sie. Hört das denn nie auf?

»Ich will dasselbe Ticket noch mal buchen.« Er versteckte das Gesicht hinter seinen Händen und blinzelte durch die Finger.

Yasmin überprüfte seine Buchung. Hatte er Name, Adresse oder Alter falsch angegeben? Nein. Alles stimmte. Die Nummer versuchte er nicht zum ersten Mal. Sie zuckte die Achseln.

»Wozu?« Sie eröffnete eine Frage nach dem Grund immer auf gut Glück entweder mit wozu, warum oder weshalb. Jola war doch die Sprachbegabte ihrer Familie.

Er nestelte an seinem Gürtel, der tief auf den Hüften lag, und räusperte sich. »Vielleicht habe ich dann eine neue Chance zu sagen, wie gut Sie mir gefallen.«

So schnell floh er aus dem Reisebüro, dass er weder Yasmins verlegene Röte sehen konnte noch wie Anton Gruber das Blut in die Wangen schoss.

Yasmin schwebte auf dem Stuhl wie eine verzauberte Jungfrau auf der Bühne. Sie fand den Unterhosenbund, der über seiner Jeans zu sehen gewesen war, sehr sexy. Und cool. Natürlich würde sie nicht auf die Idee kommen, an dem Bund zu ziehen. Ob er auf die Haut klatschen würde, wenn sie ihn wieder losließe? Wie das sich anhören konnte, wusste sie ja.

»Dieser Lümmel von Metzgersohn. Nix in der Hose und noch weniger im Kopf«, giftete Anton Gruber. Yasmins Lächeln ließ seine Magensäure steigen.

Yasmin fuhr den Computer runter. Mittagspause.

Der Morgen hatte zwar schlecht angefangen, dafür war er schnell vorbei.

»Was machen Sie?«, fragte Herr Gruber. Er suchte nach seinen Magentabletten.

»Ich gehe zum Mittagessen«, antwortete Yasmin und spülte ihre Kaffeetasse.

»Nichts da.« Das fehlte noch, dass sie sich mit diesem Grünschnabel traf. Er drückte eine Tablette aus der Packung. Yasmin wunderte sich.

»Ich gehe doch immer um diese Zeit.« Nach ihrem Magen konnte man die Küchenuhr stellen. Das wusste er doch.

Anton Gruber warf sich das Medikament in den Rachen. »Mittag ist, wenn ich es sage.«

Yasmin zuckte die Schultern und startete den Computer wieder. Kaum saß sie, sagte ihr Chef: »Okay, du kannst gehen.«

Er hatte sie noch nie geduzt. Sie war verwirrt, konnte nicht einschätzen, ob dies ein Freundschaftsangebot war oder er lediglich ein Recht nutzte, seine Lehrtochter nach sechs Wochen Ausbildungsvertrag zu duzen. Sie strich sich über ihre pieksenden Stoppel. Dann nahm sie ihre Jacke.

»In einer Stunde bin ich wieder zurück«, sagte sie. Unangenehme Gedanken werden besser mit vollem Bauch gedacht, fand sie. Dann sind sie besser zu verdauen. Sie lächelte.

»Du bist zu gefällig«, sagte ihr Chef. »Das ist dein Problem.« Er hatte keine Lust, im Büro allein zu bleiben und sich dabei auszumalen, wo sie hinging. Oder mit wem.

»Ist das ein Problem?«, fragte Yasmin. Die Stoppeln juckten. In einem Monat wuchsen die Haare einen Zentimeter, dann würde sich das hoffentlich legen. »Welches Problem ich haben soll und worunter ich leide, sind zwei verschiedene Dinge.« Sie hätte sich am liebsten ausgiebig gekratzt, aber sie wollte ihren Chef nicht noch mehr aufregen. Der konnte solche Intimitäten, wie er es nannte, nicht ausstehen. Er hat üble Laune, fand sie. Gleich wird er lospoltern. Ich sehe schon, wie er sich aufbläht.

»Bitte verzeihen Sie«, bat sie. »Ich werde über Ihre Kritik nachdenken. Bis später.« Hinter ihr fiel die Tür zu.

Ihre Nachgiebigkeit machte Anton Gruber sprachlos. Er sah ihr hinterher, wie sie den Marktplatz überquerte. Ihr Gang wirkte grazil und sicher. Und doch schien es ihm, als ob sie nicht recht wusste, wohin sie wollte. Ob sie wieder ihren abwesenden Blick hatte? Der gab ihr etwas Geheimnisvolles.

Yasmin knöpfte ihre Jacke zu und stellte den Kragen auf. Es war kühl, kälter als am Morgen. Beim Bäcker standen die Leute in drei Reihen. Dann eben rüber in die Traube, dachte Yasmin. Vor Foto Viktor sah sie Jola stehen. Sie winkte ihr zu, aber ihre Schwester war wie hypnotisiert von einer Frau. Sie standen so nah beieinander, dass zwischen ihnen kein Blatt Platz gefunden hätte.

Yasmin ging auf sie zu. Das Gesicht ihrer Schwester war weich, voller Zärtlichkeit, und sie schien aufgeregt. Dauernd fasste sie sich an.

Eine Frau ist schuld? Eine Frau?, dachte Yasmin. Ein tolles Übungsgelände. Alles kannst du ausprobieren, ohne lebenslang an ein Kind gebunden zu sein. Alles. Und vielleicht noch ein bisschen mehr. Sie fuhr sich nachdenklich über ihre Stoppeln.

»Hallo Schwesterchen«, grüßte sie.

»Pst. Nicht stören, bitte«, sagte die Fremde.

Yasmin erstarrte und beobachtete Jola. Die zählte mit geschlossenen Augen die Finger an der rechten Hand ihres Gegenübers. »Ich habe es!«, rief sie schließlich. »Hallo, Schwesterchen. Bin gleich bei dir.«

»Hast du dir die Wünsche gemerkt?« Die Fremde hatte ein Grübchen am Kinn, sah Yasmin. Dann schaute sie wieder zu ihrer Schwester. Jola nickte.

»Dann öffne die Augen«, sagte die junge Frau und lächelte. Jola strahlte und betrachtete die Hand, deren Finger sie eben noch gezählt hatte. Jasmin sah auch hin und entdeckte eine Wimper auf dem Ringfinger.

»Der vierte Wunsch wird wahr«, freute Jola sich, »darf ich ihn meiner Schwester erzählen?«

Die beiden warfen sich einen langen Blick zu. Einen sehr langen. Yasmin lächelte. Liebe ist doch zu sehen. Es ähnelt dem Moment, wenn der Sambal zu scharf ist. Erst kitzelt es am Gaumen, dann fängt es im Magen an zu glühen, bis der Kopf in Flammen steht. Yasmin knetete ihr Ohr. Schwester, was ist denn mit dir los? Seit wann verliebt man sich im Herbst? Dafür gibt es doch den Frühling.

»Nee. Nichts sagen. Bloß nicht«, sagte die Fremde. »Dann geht er nicht in Erfüllung.«

»Wie bitte? Was hast du gesagt? Ich sehe dich, kann

dich aber nicht hören.« Hat Jola das auch? Yasmin wunderte sich. Sie hatte mit der Schwester nie über ihre Sinnestäuschungen gesprochen.

»Sagst du es bitte noch mal?« Yasmin war verwirrt. Also hatte Jola die Fremde doch gehört. Was war hier eigentlich los?

»Du bist so atemberaubend«, flüsterte Jola und die andere lächelte leise.

Yasmin spürte, wie sie im Boden versank, und hoffte, dass ihr ein paar freundliche Geister möglichst bald die Ohren zuhalten würden. Das hier ging sie einfach nichts an. Überhaupt nichts. Aber sie konnte ihre Augen nicht abwenden. Wo hätte sie auch hinschauen sollen? Über die Straße zum Friseursalon? Bloß nicht. Liebe scheint tatsächlich etwas mehr zu sein als Heißblütigkeit und etwas weniger als Applaus, dachte sie. Wenn mich die Liebe einmal umarmen sollte, wohin dann bloß mit meinen Händen? Wen ich berühre, der verschwindet. Weg ist er, durch einen Luftschacht auf Nimmerwiedersehen. Mam sagt, Gefühle kommen von außen und machen krank. Das weiß ich nicht. Aber auf jeden Fall sind sie gefährlich. Und tun im Herzen weh. Völlig gleichgültig, woher sie kommen.

Endlich konnte sich die Fremde dem Bann von Jolas Augen entziehen. Sie stellte sich als Viktoria vor, die Tochter der Inhaberin des Fotoladens Viktor. »Und entschuldige bitte, dass ich nicht gegrüßt habe.«

Yasmin zuckte die Schultern. Sie empfand die kaum Ältere als zu förmlich. »JoJo, ich weiß sowieso, was du dir wünschst.« Es war ihr neu, dass man sich etwas wünschen konnte, wenn man eine Wimper im Gesicht fand. Das ist doch Aberglaube, so wie die Sache mit der schwarzen Katze. Und genauso albern. Ist doch wahr. Yasmin rümpfte die Nase.

»Was denn, Yasmin?« Jolas Augen flehten. Ihre Schwester sollte Viktoria nett finden. Unbedingt. Yasmin kam nicht in den Sinn, warum das so wichtig zu sein hatte. Sie lächelte. Jetzt hat mich dieser Virus des Warums auch schon gepackt. Dieses Wort, das mehr Fragen als Antworten aufwirft und niemandem nutzt. Es bleibt eine Zeitverschwendung. Und respektlos ist es obendrein. Warum. Warum. Wer das fragt, ist dumm. Es gibt sowieso nur eine Antwort. »Ach, Jola. Ich bin doch deine Schwester.«

Jola verstand. Wenn es dich glücklich macht, sagte ihr Yasmin, werde ich Viktoria mögen. Auch wenn es mich gar nichts angeht. Es ist egal, ob ich sie mag oder nicht. Wenn du es willst, mag ich sie eben. Warum auch nicht, sie hat mir ja nichts getan. Aber wehe, sie tut dir etwas.

»Also? Was hast du dir gewünscht?«, fragte Yasmin. Sie platzte fast vor Neugier. Und sie wusste, dass bei Jola kein Geheimnis gut aufgehoben war.

Die wollte sie gerade einweihen, da legte ihr Viktoria den Finger auf die Lippen. Jola bekam eine Gänsehaut. Ihre Knie zitterten. Sie vergaß ihre Schwester, Foto Viktor, die Straße und selbst den Wunsch. Nichts schien wichtiger als sich an diesen Augen sattzusehen.

Yasmin spürte, wie Jola wegrutschte. Um sie aufzufangen, sagte sie: »Wir sind doch Schwestern und haben keine Geheimnisse voreinander. Also, was hat deinen Wunsch so lange aufgehalten?«

Jola kam wie aus weiter Ferne zurück. Sie nahm Viktorias Hand von ihren Lippen.

»Er hat im Stau gestanden.« Sie lächelte und ließ die Hand nicht los. Warum auch. Wenn sich etwas so gut anfühlt, dann hält man es besser fest, dachte sie und wich Viktorias Augen nicht aus.

Sie ärgerte sich, ihren Wunsch gedacht zu haben. Er wird sich erfüllen, grübelte sie. Das spüre ich. Er ist ganz nah und wird mich finden. Und dann? Dann wird er mich fordern. Er wird eine Wendung nehmen, die ich nicht erwarte. Und die ich nicht bedacht habe. Der Wunsch hat doch auf dem Ringfinger gesessen. Genau an dem Finger, an den man hier den Ring steckt, wenn es um ewige Liebe geht.

Jola hielt nicht viel vom westlichen Konzept der Liebe. Diese Hingabe machte sozial krank. Liebende wandten sich von der Gemeinschaft ab, um sich als Paar nur noch umeinander zu drehen.

Es gefällt mir, unabhängig zu sein. Vielleicht ist Mam deshalb mit uns hier geblieben. Damit wir selbst entscheiden können, wie wir leben wollen. Und ich entscheide mich. Ich werde nie heiraten. Das ist nichts für mich. Höchstens in einem anderen Leben. Wenn überhaupt. Jola spürte, wie ihr Viktoria die Hand drückte. Sie lächelte. In ihr stieg Wärme auf.

Nein, dachte sie. Dieses Herz wird mich nicht kleinkriegen. Auch wenn ich kleiner bin als du, meine Schöne. Klein kriegt mich gar nichts. Schon gar nicht dieses Gefühl. Niemals wird die Liebe den obersten Platz in meinem Leben einnehmen. Das geht gar nicht. So etwas ist gegen das Gesetz. Wo auch immer das steht.

Viktoria war verwirrt. Als Fotografin konnte sie die kleinste Regung von Gesichtern ablesen. Aber Jolas Augen verunsicherten sie.

»Ich muss wieder. Leider«, sagte sie und schmolz in Jolas Lächeln. Sie drehte sich um und stieß gegen die Leiter, die der Fensterputzer am Geschäft angelegt hatte. Statt unter ihr durchzugehen, machte sie lieber einen kleinen Bogen und verschwand durch die Ladentür.

»Die ist aber abergläubisch«, spottete Yasmin. »Glaubt sie tatsächlich, es bringt Unglück, unter einer Leiter durchzugehen?« Sie rümpfte die Nase.

»Ich habe mich schon mehr als einmal gewundert, woran die Menschen hier glauben«, antwortete Jola. »Schwarze Katzen, zerbrochene Spiegel, Freitag, der dreizehnte, Schornsteinfeger, Sternzeichen, Bleigießen, Leitern, all das. Wer soll sich das denn alles merken?« Ich werde auch nie mehr unter einer Leiter durchgehen, nahm sie sich vor. Man soll das Unglück nicht herausfordern. Die Menschen hier kennen sich besser aus in dem, was die Geister dieses Landes fordern.

»Man sollte den Dingen ihren Lauf lassen«, sagte Yasmin. »Selbst, wenn es der Katze in den Sinn kommt, von links den Weg zu überqueren.« Dass sie selbst sich vor allem fürchtete, musste sie Jola nicht sagen. »Aber manchmal hilft eine Abkürzung und schon sind die Geister überlistet. Soll ich dir einen Liebestrank brauen, große Schwester?« Warum nicht beeinflussen, wenn es möglich war? Zu viel geschah aus heiterem Himmel. Yasmins Baboe hatte ihr vorsichtshalber ein Büchlein mit vielen Kräuterrezepten zugesteckt, als sie sich auf dem Flughafen von Jakarta verabschiedeten.

»Nicht immer kann das Schicksal beeinflusst werden. Und manchmal sollte man es sowieso besser lassen«, sagte Jola. Sie ließ ihre Gedanken um die Taille der Fotografin tanzen. »Was soll ich nur tun, Schwester?« Sie seufzte. »Hier fangen die Probleme meist mit einem Lächeln an. Alles kann ich zurücknehmen, nur ein Lächeln nicht.«

Hätte sie nur geahnt, dass in einem freundlichen Gesicht auch ein Nachteil stecken konnte! Stattdessen hatte sie das Lächeln von klein auf geübt.

»Schau dir mal die Soaps im Fernsehen an. Dann weißt du Bescheid, wie das hier läuft«, meinte Yasmin. »Und natürlich die Talkshows. Neue Schuhe sind auch immer gut. Heißt es.«

Hoffentlich fragt sie nicht weiter, dachte Yasmin. Ich habe doch auch keine Ahnung, wie hier Menschen zusammenkommen. Und es ist noch rätselhafter, warum sie zusammenbleiben. Es wird doch fortwährend gestritten. Im Fernsehen wie in der Traube. Sie sind einfach alle völlig respektlos. Und das nennen sie dann Diskussion. Die haben sie aus Amerika importiert, wie den Kaugummi, die Hamburger und die Talkshows. Alles aus den USA. Vielleicht funktioniert es deshalb hier nicht richtig. Oder warum wird hier alle Naselang rechts und links geschieden? Und wozu diese Altersheime? Erst der Respekt macht eine Familie. Aber wenn das hier Sitte ist mit dem Diskutieren und der Liebe und alle davon reden, dann muss doch etwas dran sein. An beidem. Nur was? Vielleicht weiß ja Rosamunde Pilcher Bescheid. Die wird sogar verfilmt. Dann ist es auch wichtig, was sie zu sagen hat.

»Hör bloß nicht auf zu lächeln, JoJo. Erstens gibt das Falten und zweitens brauchst du viel mehr Muskeln beim Ernstschauen. Ist das die Anstrengung wert?«

Yasmin sah, wie ihre Schwester sich verdoppelte, verdreifachte und immer mehr wurde. Rasch fixierte sie Jolas Blick, damit ihr nicht schwindelig wurde.

»Warum schielst du auf einmal, Yasmin?«

»Ich übe mich im intensiven Blick«, behauptete die und konzentrierte sich auf ein einziges dieser vielen verschobenen Augenpaare. »Du darfst in deinem Leben alles verlieren, meine Schwester«, sagte sie langsam. »Dein Geld, dein Herz, aber nicht dein Lächeln. Nicht deine Macht.« Die vielen Jolas tanzten. Ob das wirklich reicht mit der Medizin unter dem Kopfkissen, fragte sich Yasmin. Vielleicht sollte ich es so machen wie die Mexikanerinnen mit der Pille. Einfach ins Shampoo geben. Das verstärkt die Wirkung enorm, sagen die.

»Ich bleibe dabei. Wer lächelt, fängt sich Probleme ein. Erst wenn es dir gelingt, noch ohne Lächeln in Schwierigkeiten zu geraten, bist du ein Genie.«

»Genie? Ach, Schwesterherz. Sag mir, was ich noch nicht weiß über mich«, protzte Yasmin.

Seit sie im Dorf wohnten, stimmte gar nichts mehr. Sie wusste nicht einmal mehr, was freundlich sein bedeutete und wann man es zu sein hatte. Vorsichtshalber lächelte Yasmin immer. Schließlich hatte sie bei einer Fernsehdokumentation erfahren, Asiatinnen würden das so machen. Es war zwar in der Sendung um Thailand gegangen, aber die Leute hier konnten sowieso noch nicht einmal Japaner von Indonesiern unterscheiden. Sie gingen chinesisch essen in der Stadt und glaubten, Asien zu kennen. Gut, an einem Lächeln ist noch niemand gestorben, dachte Yasmin. Aber warum ausgerechnet bei einer Beerdigung nicht gelächelt werden darf, bleibt mir ein Rätsel.

»Hast du schon gegessen, Schwester?«, fragte sie. »Komm doch mit, auf einen Döner.«

Sie entschieden sich für Pommes, mit Cocktailsoße, und Köfte, die kleinen türkischen Frikadellen. Alles wurde schwesterlich geteilt. Nur um den letzten Zwiebelring hatten sie ein bisschen gestritten, aber mehr zum Spaß und weil es so schon Tradition war.

Hätte Jola geahnt, dass es an diesem Mittag im November das letzte Mal war, dass sie mit ihrer Schwester essen ging, wäre der beste Tisch in der Traube gerade gut genug gewesen. Geld hin, Verliebtsein her. Ihre Schwester litt. Das hätte sie fühlen können. Sehen müssen. Trotz der Wimper. Spätestens bei der ersten Rechnung für den Fensterputzer der Eisdiele. Da schon hätte sie reagieren müssen. Aufwachen. Merken, wie gefährlich das Leben für ihre Schwester geworden war. Wie hatte sie über Viktoria ihre Pflichten als älterer Bruder so vernachlässigen können? Jola dachte oft an dieses Mittagessen in der Dönerbude zurück. Und damit sie es nicht vergaß, schrieb sie sein Datum in den neuen Kalender. Am Jahrestag zündete sie in der Kirche eine Kerze an. Sie weinte bitterlich. Wo steckte nur Pater Paul?

3

Phyllis schaltete den Staubsauger an. Dessen lärmiges, aufgeblasenes Gehabe imponierte den Eisblumen überhaupt nicht. Sie hatten sich auf den Fenstern so weit ausgebreitet, dass Phyllis einen Hocker gebraucht hätte, wenn die Winterlandschaft für sie interessant gewesen wäre.

Sie stellte das Geheul wieder ab. Dieser herausfordernde Ton schmerzte in ihren Ohren. Sie brühte sich einen Kaffee auf, so dunkel wie ihre Gedanken. Auf dem Sofa schlug sie ihre Beine unter. Ein Gedanke quälte sie. Vor einem Jahr und zwei Monaten war Pater Paul in den Vatikan berufen worden. Endgültig, so schien es. Warum nur gab es Gefühle, wenn diese so schmerzten und krank machten? Bisher war ihr Rezept gewesen, dem Schmerz nicht auszuweichen, sondern ihn so lange zu steigern, bis er es nicht mehr bei ihr aushielt. Aber diesmal wollte das einfach nicht funktionieren.

»Ich nehme nicht nur ständig ab, ich werde auch alt. Ich denke zu viel an längst Gegessenes«, seufzte sie. Es war kein guter Tag.

Was ist bloß los mit mir? Ich will aufwachen. Sagt man nicht, wer in einem Albtraum steckt, braucht nur aufzuwachen? Also! Sie kniff sich.

Nein. Sie wachte nicht auf. Sie saß auf dem Sofa, um sich herum das Chaos. Nein, sie war nicht wütend.

Dieses Gefühl war für Weiße. Viel zu schwach für eine aus dem Osten. Sie war dem Amok nahe. Aber Raserei war so unsinnig wie ein Tafeln ohne Reis.

Ruckartig stand sie auf. An der Tür stieß sie gegen den neuen Esstisch. Sie konnte sich nicht an das Möbelstück gewöhnen. Dabei hatte es Erna Baumann so gut gemeint. Und Kiwi stieß sich ständig den Kopf, wenn sie unter dem Tisch herlief.

Phyllis humpelte zum Kalender an der Küchentür und strich das Datum des heutigen Tages. Sie schaute aus dem Fenster. Die Morgensonne setzte sich durch, obwohl es heute überhaupt nicht mehr gab. Sie hatte es gestrichen.

Sie stellte den Staubsauger wieder an und saugte sich die Gedanken an Pater Paul aus dem Kopf. Seit zwei Monaten war kein Brief mehr gekommen. Sie küsste ihre Handfläche und legte sie auf das Herz. Phyllis vermisste diese kleinen Lebenszeichen, auch wenn sie die ungeöffnet in einem Schuhkarton auf dem Dachboden aufbewahrte.

Schließlich schob sie das Sofa auf die Seite. Kiwi war im Kletterfieber. Sie gedieh prächtig mit ihren zweieinhalb Jahren. Seit Neuestem eroberte sie alles, was vier Beine hatte und kein Tisch war. Das Erdbeben auf Füßen liebte es, Brotstückchen hinter die Lehne fallen zu lassen, um sie dann unter dem Sofa zu suchen. Prompt blieb sie mit ihrem rundlichen Hintern hängen. Immer wenn es verdächtig still war, steckte Kiwi irgendwo fest. Die Augen weit geöffnet, wartete sie darauf, dass sie aus ihrer Misere befreit wurde. Irgendjemand würde schon kommen. Irgendwann. Und für die Zwischenzeit gab es ja Brotkrumen. Wie bei Gretel.

Aus der Sofapolsterung flatterte ein Notenblatt herab. Mit roten Kopffüßlern aus Wachsmalkreide auf der Rückseite. Seit der Amtseinführung des neuen Pfarrers wurde sie in der Gemeinde von oben herab behandelt. Er warf ihnen vor, sich nicht einfügen zu wollen. Das müsse doch wohl möglich sein, sich anzupassen an das, was hier gelte. Er setze ja auch immer einen Hut auf, wenn er zur Woche der Brüderlichkeit die Synagoge in der Stadt aufsuchte. Er meine es ja nur gut, aber das müsse endlich einmal gesagt werden. Wenn sie das nicht lernen könnten, dann würden sie überall Schwierigkeiten haben. Nicht nur im Chor.

Menschen, die glauben, fühlen sich überall im Recht, dachte sie.

Phyllis knüllte das Blatt zusammen und warf es in Richtung Papierkorb. Daneben. Sie seufzte.

Der neue Pfarrer hatte gesagt, ihr Gesang würde zu wenig mit den anderen harmonieren. Ihre Stimmen wären zu klar, zu rein, im Grunde fremd. Und die Aussprache zu schlecht.

Als er ihr eine zweite Chance gab und sie Faurés »Pie Jesu, Domine, dona eis requiem« sang, blieb ihr zunächst der Ton im Hals stecken. Dann versuchte sie es wieder und sah, wie dem Pfarrer das Grinsen im Gesicht gefror. Aber er hatte seine Entscheidung längst gefällt.

Phyllis fügte sich. Wenn er nur einen Klang zulassen wollte, dann war das eben so. Auf Bali war Musik Allgemeingut. Wenn zum Musizieren gerufen wurde, dann kamen alle, egal wie ihre Stimmen klangen. Ob schräg, schrill, rau, durchdringend, weich oder fremd. Alles fügte sich harmonisch in den Wohlklang ein. Wer sang, diente der Schöpfung und nicht der Kunst. Aber der neue Pfarrer bat Frau Schröders Tochter, wieder die Soli zu übernehmen. Ihre Mutter war überglücklich. Sie hielt sich für einen freien Adler, dabei war sie nur ein alterndes Suppenhuhn.

Sie kochte auch für ihn. Nach ein paar Wochen war sie die unentbehrliche rechte Hand des neuen Pfarrers und jedem, der ihr nicht ausweichen konnte, erzählte sie die neuesten Nachrichten aus dem Pfarrhaus. Jeder im Dorf weiß, wann und warum Hochwürden sich am Heck kratzt, spottete Phyllis.

Nach dem Rausschmiss aus Chor und Gemeinde drehte sie mit stiller Verachtung dem Pfarrhaus ihren Rücken zu. Sie besuchte den Gottesdienst in den Nachbardörfern. Dabei war es ihr gleichgültig, ob es sich um eine evangelische oder katholische Kirche handelte. Sie war dünn geworden in den letzten Monaten. Keiner der Christen sah es. Oder bemühte sich um sie. Selbst Erna Baumann, der die gute Nachbarschaft doch immer so wichtig gewesen war, blieb schon lange aus. Dann gab es eben keinen Besuch. Sie kam auch so zurecht. Wieder einmal saugte sie den Teppich so heftig, als wäre jedes einzelne Staubkörnchen ihr persönlicher Feind.

Als Phyllis den Laufstall auf die Seite schob, fühlte sie einen Blick im Nacken. »Guten Morgen, meine Tochter«, grüßte sie, ohne sich umzudrehen. Sie stellte den Staubsauger ab und wandte sich ihrer Ältesten zu. Jola hielt ihre Schuhe in der einen Hand und in der anderen ihre Daunenjacke.

»Wie machst du das nur, Mam? Nie kann ich an dir vorbeischleichen.« Ihre Haare standen so wirr, als wäre sie in einen Sturm geraten. Den hatte sie auch erlebt. Sie waren auf Viktorias Sofa mitten hineingesegelt. Jola war sicher, dass es nicht das letzte Mal gewesen war. Es hatte genau die richtige Höhe zum Küssen. Sie leckte sich die Lippen. Kein Nackenkrampf hielt sie davon ab, Viktoria zu liebkosen, bis sie sich hingab.

»Dein schlechtes Gewissen fliegt mir um die Ohren«, antwortete Phyllis.

»Ich habe gar keins«, trotzte Jola. Sie fühlte sich mutig wie eine Fünfjährige, die einem Elefanten über den Rüssel kletterte, die Füße gegen die Ohren stemmte und »Hü!« rief.

»Warum auch?«, fuhr sie fort.

»Weil du aussiehst, als ob du die Nacht neben einer Mülltonne verbracht hast«, neckte ihre Mutter, »auch wenn du noch nichts davon gehört hast. So ist es. Und nun denke selbst.«

Phyllis freute sich, dass ihr Kind glücklich war. Seit Krebse das Land erobert hatten, kam es immer wieder vor, dass sich eine aus der Familie dem gleichen Geschlecht zuwandte. Diese Flexibilität war ein Göttergeschenk. Phyllis wunderte sich über Eltern, die ihr Kind verstießen, nur weil es mit beiden Händen nach dem Glück griff. Begriffen sie nicht, was es hieß, den Nächsten zu lieben? Was machte das Geschlecht für einen Unterschied? Liebe war einfach nur Respekt und Respekt Liebe.

»Wann kommt ihr zum Essen?«

Jola zuckte die Achseln. Viktoria drückte sich konsequent vor dem Anstandsbesuch. Sie mochte sich nicht vor der Mutter ihrer Liebsten blamieren. Daher übte sie eifrig das Essen mit der Hand. Aber ohne Besteck war sie immer noch hilflos. Nach jedem Versuch sah ihre Bluse schlimmer aus als Kiwis Latz nach einer Spinatschlacht. Außerdem standen die Sterne besonders ungünstig, fand sie. Ihr Horoskop riet ihr von einem Familientreffen ab. Sie wusste es genau. Sie berechnete es jede Woche selbst. Jola hatte den Versuch aufgegeben, Viktoria zu überzeugen. Ihre Freundin gehörte eben zu den abergläubischen Menschen. Wer an Unglück glaubte, den sollte man nicht eines Besseren zu belehren versuchen. Prophezeiungen konnten sich erfüllen.

Jola zog ihre Stiefel aus und stellte sie in den Schuhschrank. Dann räumte sie den Staubsauger fort und holte ihrer Mutter die Zeitung aus dem Briefkasten.

Ihre Mutter schlug gleich die Horoskope auf. »Was ist sie noch?«

»Löwin.« Jola warf sich in den Sessel und streckte die Beine von sich. Die ganze Nacht hatte sie kein Auge zugetan, was sie erfreute. Aber jetzt war sie müde.

Phyllis lachte. Die Königin der Tiere fürchtete sich also vor kleinen Menschen. Was für ein zahnloses Raubtier! »Fast alles, was Sie heute anpacken, gelingt mühelos«, las sie vor. Das stand zwar bei Waage, aber wer sah das schon so eng? Ein Horoskop kam ja nicht von Gott. »Heute kommt ihr zum Essen?«, fragte sie und warf die Zeitung auf den Tisch. »Oder soll ich etwa noch mehr abnehmen?«

»Um Gottes willen, Mam«, sagte Jola und nahm Haltung an. »Wir werden da sein. So Gott will.«

Ihre Mutter verdrehte die Augen. »Was soll denn das schon wieder heißen?«

»Das ist nur eine Redensart. Pater Paul sagte das, wenn er schlicht und einfach aufgab«, seufzte Jola. »Wann kommt Gritta noch aus den Skiferien zurück?«

»Ende der Woche«, entgegnete Phyllis, »wenn alles nach Plan läuft.«

Sie hatte ein flaues Gefühl im Magen. Eine Ahnung. Die schlechte Laune wollte einfach nicht weichen. Obwohl sie den heutigen Tag gestrichen hatte, würde er seine Tücken haben. Selbst unter der Bettdecke versteckt würden die Geister sie finden und nicht loslassen.

Dieses Gefühl erinnerte sie an den Morgen in Jakarta, als sie zur Bushaltestelle gehetzt war. Sie war zweiundzwanzig Jahre alt gewesen und schon lange Ehefrau und Mutter. Trotzdem hatte sie weder jemals in einem Bus gesessen noch war sie ohne Begleitung überhaupt auf die Straße gegangen. Jetzt verlief sie sich im Irrgarten der Gassen und Gässchen. Immer wieder vorbei an den gleichen Leuchten in knalligen Farben, deren goldfarbene Troddeln im Wind schaukelten.

In ihrer Panik rannte sie fast ein kleines Mädchen um, das seinen viel größeren und älteren Bruder auf den Hüften trug. Völlig außer Atem fand sie endlich die Haltestelle. Der Bus war nicht zu sehen. Er kam einfach nicht. Sie hätte schreien können, unablässig schreien. Der Tag war hart und kein Ende in Sicht. Da es um Leben und Tod ging, verschob sie den Amok.

Sie atmete tief durch, setzte sich und wartete.

Eine Straßenverkäuferin kam barfuß die Gasse entlang. Die Frau trug einen Sarong. Glitzernde Glasperlen rieselten um Hals und Handgelenke. Auf dem Kopf balancierte sie ihren Strohkorb voller Gebäck. »Kue! Kue serabi! Kue mangkok! Kue talam!« Ihre Stimme klang wie ein aufgeregter Beo.

Demütig blickte Phyllis zu Boden. Ihre Sandalen waren staubig. Sie hatte sie erst letzte Woche gekauft, als der Schuhhändler das Haus besucht hatte. Sie waren viel zu neu, um sie in den Müll zu werfen. Aber wenn jemand von ihr verlangen würde, ihre Schuhe oder ihre Bluse herzugeben, dann hätte sie es getan. Doch vielleicht war es nicht nötig. Sie umklammerte die Flasche mit geweihtem Wasser und hielt sich daran fest. Der Inhalt war heilig. Auch wenn er wie gewöhnliches Quellwasser aussah, ein Haar ihres Kindes schwamm darin.

Wie gerne hätte Phyllis der kaki lima etwas abgekauft. Sie glaubte fast, das feuchte Gebäck oder die Pfannkuchen zu schmecken und zu hören, wie der Palmzucker beim Hineinbeißen knirschte. Aber sie durfte es nicht. Seit dem Morgengrauen hatte sie weder gegessen noch getrunken. Ihre Kehle wurde immer trockener. Ihr Schweiß blieb in den Poren stecken. Aber es ging um ihre Tochter. Um Leben und Tod.

Wo blieb nur der Bus? Aus allen Himmelsrichtungen kamen sie. Nur der aus dem Süden nicht. Und der musste es sein. Unbedingt. Endlich hielt er mit quietschenden Bremsen. Sie drängte sich zwischen die Indonesier, die Inder, Sudanesen, Maduresen und Chinesen. Ihre Kleidung zeigte ihr Alter, ob sie verheiratet waren und welchen Status sie besaßen. Junge trugen bunte Kleidung, mit großen, auffallenden Muster. Je älter jemand war, desto dezenter wurden die Stoffe. Mit ihrem edlen Seidengewand wirkte Phyllis zwischen ihnen wie eine verirrte Prinzessin. Es gehörte sich einfach nicht, sich so festlich für den Bus anzuziehen. Und dann dieser wirre Blick, das wilde Haar! Sie hörte, wie die Leute tuschelten. Sie hielten sie für eine verwirrte Person. Schlechtes Karma. Sie ahnte, dass manche beteten, um die bösen Geister von sich abzuwehren. Phyllis kam sich tatsächlich übergeschnappt vor. Niemals hätte sie so das Haus verlassen. Aber es war nicht anders gegangen.

Ein junger Mann bot ihr seinen Platz an. Dankbar setzte sie sich. Kann eine Mutter verrückt werden? Völlig irre aus Sorge? Sie grübelte, während sie ihre Bluse über den Bauch zog und versuchte, ihr Haar zu bändigen.

Der Bus ruckte an. Gerade noch bekam sie die Flasche wieder zu fassen. Beinahe hätte sie aufgeschrien. Aber dann wäre alles verloren gewesen. Sie musste doch schweigen. Dabei verlor sie sich in Unhöflichkeiten. Sie hatte sich nicht einmal für die Fahrkarte bedankt. Immer mehr zerbröckelte ihr Selbstbild: Regeln musste man einhalten.

Der Doekoen hatte sie gewarnt, bevor er sie auf den Weg nach Westen schickte. »Der Preis ist hoch.« Der alte Mann war spezialisiert auf kulturelle und soziale Krankheiten. Sie hatte ihn ausgelächelt, den Alten in seiner schäbigen Bambushütte. Laut genug, dass er ihr mit stiller Verachtung den Rücken zeigte und sich seinen Fläschchen und Kräutern zuwandte. Er entzündete Pulver. Der Rauch durchzog die Hütte.

»Was ist schon Geld«, bemerkte Phyllis. »Sogar ein Kaiser ohne Kleider überlebte das Bad in der Menge«, gab sie mit ihrer europäischen Belesenheit an.

Der Doekoen verstand ihren Vergleich nicht. Sein Blick zwang Phyllis auf die Knie.

»Ich bitte Sie um Ihre gnädige Nachsicht, hochwürdiger Doekoen«, bat ihre Mutter, die sie begleitet hatte. »Ihre Worte waren unangebracht. Verzeihen Sie bitte, hochwürdigster Herr Doekoen. Sie ist noch jung und hat Sie nicht mit Respektlosigkeit verärgern wollen. Meine Tochter hat aus lauter Sorge die Macht über ihre Zunge verloren. Sie hatte für einen Augenblick vergessen, was sich gehört. Zu viel westliches Blut beherrscht sie, verehrter Doekoen.«

Sie presste die Hände vor der Brust und verbeugte sich tief vor ihm. Sehr tief. Erst als sie den Doekoen ausatmen hörte, richtete sie sich wieder auf. Dann wies sie ihre Tochter in die Schranken.

»Tochter Kembang Melattie, du bist mit dem Ausdruck deiner Gefühle zu weit gegangen.«

Phyllis war beschämt. Ihre Mutter sprach sie mit dem Kindernamen an. Sie spürte, wie ihr das Blut in die Wangen schoss.

»Doekoen, hochwürdiger Herr. Bitte verzeihen Sie mir. Ich werde Sie nicht enttäuschen. Bitte verzeihen Sie mir. Es war nicht respektlos gemeint. Ich wollte Sie nicht beleidigen, verehrter Doekoen. Bitte verzeihen Sie mir.«

Sie verbeugte sich schließlich und kniete wieder vor ihm nieder. Sie war gewohnt, alles zu bekommen, was sie sich wünschte. Auch ihre Gritta würde sie retten können. Wenn sie nur wirklich wollte. Phyllis' Sarong raschelte und so überhörte sie das Lachen der Götter, die allein über das Schicksal der Menschen bestimmten, auch wenn sie gerade unterwegs oder anderweitig beschäftigt waren.

Der Doekoen hielt die mit heiligem Wasser gefüllte Schale über ihrem Kopf in die Höhe.

»Großer mächtiger Geist, bitte lass das Kind der Tochter der Mutter nicht sterben. Dieses Erdenkind ist noch zu jung und zu unwissend. Die Tochter der Tochter wusste nicht, was sie tat. Um ihren guten Willen zu zeigen, opfert sie ein Haar. Großer mächtiger Geist, bitte nimm ihr Opfer wohlwollend an. Amen.«

Er segnete Phyllis, gab ihr die heilige Flasche und entließ sie. »Du darfst auf dem Weg keinen Laut von dir geben«, warnte er. »Die Geister wollen ihre Ruhe und nicht von dir gestört werden. Nun geh. Allein. Deine Mutter bleibt noch bei mir. Friede in deinem Herzen und Glück auf allen Wegen.«

Als der Bus den Weg durch die Slums nahm, vorbei an den Müllsammlerinnen, die in den Abfallhalden nach Bechern, Dosen und Flaschen stocherten, hielt Phyllis sich die Nase zu. Nichts von dem Gestank wollte sie einatmen, nichts mitnehmen in den Osten, wo ihre kranke Tochter sie brauchte. Sie erinnerte sich an den missbilligenden Blick des Doekoens wegen ihres Hochmuts. Rasch senkte sie die Augen. Ihre Tochter war krank. Aber sie lebten nicht in einer Umgebung, in der es nach fauligem Wasser, Müll, Exkrementen und Tierkadavern roch. Sie zog ihre Sandalen von den Füßen und warf sie aus dem Fenster. Das Geld, das ihre Mutter ihr mitgegeben hatte, warf sie hinterher. Die Scheine flatterten durch die Luft. Eine Horde Kinder balgte sich darum.

Die Leute im Bus waren sich nun sicher, dass sie es doch mit einer achtbaren Frau zu tun hatten. Eine, die großzügig war und noch wusste, was sich gehörte. Die Menschen ließen sie an der Endstation als Erste aussteigen.

Barfuß lief Phyllis weiter zum Bethesda-Krankenhaus. Steinchen bohrten sich in ihre Fußsohlen. Sie trat in eine Glasscherbe, aber kein Laut kam ihr über die Lippen. Rote Flecken zeigten, wo sie das Krankenhaus betreten hatte. Die Spur zog sich bis in den zweiten Stock zur Kinderabteilung. Im Zimmer gegenüber der Schwesternstation kämpfte Gritta an Schläuchen um ihr Leben. Der Doekoen hatte gesagt, sie wäre erkrankt, weil sie während der kurzen Abenddämmerung in einen Geist gerannt war. Der hatte sie aus Wut über diese Respektlosigkeit verflucht.

Phyllis öffnete die Tür zum Krankenzimmer und blieb im Rahmen stehen. Der Wasserkopf ihrer Tochter, nicht einmal drei Jahre alt, erschien ihr größer als am Morgen. Ihr Kind lebte noch. Es lag im Sterben. Aber noch war es nicht tot. Die Ärzte hatten sich geirrt.

Wie lange noch wirst du mein Gast sein, dachte sie und versuchte, die Angst ihre trockene Kehle hinabzuschlucken. Der Doekoen sah ein langes Leben für dich, meine Tochter Gritta. Länger als deines, Tochter deiner Mutter, hat er zu mir gesagt. Wie es sich gehört, das hat er versprochen. Die Geister wollen dich noch nicht. So war das, erinnerte sie sich.

Vorsichtig benetzte sie die Lippen ihres Kindes mit dem heiligen Wasser. »Durst«, flüsterte die Kleine und schluckte. Immer wieder führte Phyllis ihr den Löffel zum Mund. Schließlich schlief Gritta ein. Erschöpft legte ihre Mutter den Kopf neben die kleine Hand. Phyllis nickte ein und träumte von Sandalen, die ihren Kopf trafen und ihn viereckig formten. Träumte von Titanenstolz und Kriecherei im Müll.

Ein Schrei weckte sie morgens. Die Krankenschwester hielt sich die Hände vor den Mund. Auch Phyllis erschrak, als sie den Kopf ihrer Tochter sah. Schließlich fiel sie weinend auf die Knie. Die Geister hatten sie erhört und in der Nacht den Hahn geöffnet. So hatte das Wasser im Kopf ihrer Tochter abfließen können. Die Geister hatten ihr verziehen. Ihnen beiden.

Vorsichtshalber nahm Phyllis die Kleine erst nach Hause, als diese kräftig genug war. Das westlich geführte Krankenhaus stand im Ruf, sauber und effizient geleitet zu werden und die besten Ärzte zu haben. Von nun an las sie Gritta jeden Wunsch von den Augen ab, auch wenn das ihren Schwestern nicht gefiel. Zum Glück blieben die Kokosnüsse eine Episode. Längst hatten Jola und Yasmin die Verantwortung als ältere Schwestern angenommen. Und Gritta gedieh wie eine junge Birke.

Die Kirchturmuhr schlug. Vier Uhr.

»Oma, kuckuck.« Kiwi kletterte vom Sessel, auf dem sie ihren Nachmittagsschlaf gehalten hatte. Phyllis streckte und reckte sich. Sie gähnte ausgiebig und hob ihre Enkeltochter zu sich auf das Sofa.

»Nein. Nein, Oma, alleine«, quengelte die Kleine. Sie nuckelte an ihrem Daumen und schnüffelte an dem Schmusetuch. Dann krabbelte Kiwi Phyllis auf den Schoß. Die fühlte ihr die Stirn. Seitdem sich die Eckzähne meldeten, bekam ihre kleine Maus immer wieder Fieber. Aber momentan schien alles in Ordnung.

»Omama, aua Nase.«

Phyllis blies dreimal auf die Nasenspitze.

»Aua aua Nase, Omama«, klagte Kiwi weiterhin.

Der magische Atem schien nicht geholfen zu haben. Phyllis stand auf und holte einen Waschlappen aus dem Kühlschrank. Sie hielt ihn auf die bunt schillernde Nase.

»Kleines, wenn du weiter so oft aus allen Wolken fällst, holt dich noch das Jugendamt. Dann kommst du in ein Heim für vernachlässigte und geschlagene Kinder.«

»Oma, quark, quark.« Kiwi zeigte mit dem Finger durchs Fenster. Ein kleiner Vogel umturnte das schneebedeckte Futterhäuschen im Garten.

»Ja, wir haben Vogelbesuch. Das ist eine Meise. Wie macht die?« Aber Kiwi hatte sich schon wieder abgewandt und nagte an einer Brotkruste.

»Oma, lecker.« Sie rutschte auf den Boden und knabberte weiter.

Phyllis ging in die Küche und füllte Kiwis Kinderbecher mit Wasser. Gelangweilt kroch die Kleine ihrer

Großmutter hinterher. Sie war noch zu müde zum Laufen. Wenn sie ging, rannte sie. Sonst wurde gekrabbelt. In der Küche lehnte sie sich an Omas Bein und trank. Phyllis konnte sich kaum bewegen. Sie stand wie auf dünnem Eis. So mussten sich die Pinguine fühlen, die auf ihren Füßen ein Ei ausbrüteten. Sie packte Kiwi und setzte sie auf die Anrichte.

»Oma, da! Tata JoJo.« Kiwi zeigte durch das Küchenfenster auf ihre Tante. Die kam durch den Garten, im Schlepptau ihre Gefährtin. Viktoria sah aus wie ein geprügelter Hund, dem der Appetit auf den ausgebuddelten Knochen aus dem Tulpenbeet vergangen war.

Auf der Anrichte lachte Kiwi ihrer Tante entgegen. Die nahm sie in den Arm. »Na du, kleine Maus? Ohne zu übertreiben kann ich dir sagen, dein Make-up steht dir nicht.« Sie küsste die bunte Nase.

»Nich wehtun, Tata JoJo!« Kiwi zappelte beleidigt und Jola setzte sie auf den Boden. Die Kleine lief zurück zu ihrer Großmutter und setzte sich auf deren Fuß. Es schien der sicherste Platz auf der Welt zu sein.

»Hallo, Mam. Bitte erlaube mir, dir Viktoria vorzustellen«, sagte Jola. »Viktoria Waasen, die Tochter von Frau Waasen aus dem Fotogeschäft Viktor.« Ihre Fröhlichkeit klang aufgesetzt. Viktoria hatte Angst nach ihr geworfen. Und sie hatte gut getroffen. Nun fiel ihr es schwer, gelassen zu bleiben. Dabei war sie zu Hause. Hier konnte sie sein, wie sie war. Nichts hasste sie mehr, als ihrer Mutter Theater vorzuspielen. Die spürte so etwas sofort und sparte nicht an Spott.

Phyllis wischte sich die Hände an der Schürze ab. Sie breitete die Arme aus, ohne sich vom Fleck zu bewegen, damit die Kleine nicht von ihrem Fuß fiel.

Viktoria kam hinter dem Rücken ihrer Freundin hervor und streckte Phyllis die Hand entgegen. Ihr Händedruck war nicht der einer Löwin. Phyllis verkniff sich eine spöttische Bemerkung. Sie hatte Angst, auch noch eine Löwin mit Erwachsenenschuhen auf ihrem Fuß schaukeln zu müssen. Ein Kleinkind reichte ihr. Sie lächelte. »Ich habe schon viel von Ihnen gehört, Viktoria.«

»Ich auch, Frau von Brück. Guten Tag«, sagte die und wurde rot. Verdammt, was sagte man in so einer Situation bloß? Am liebsten wäre sie wieder gegangen. Dabei fand sie Jolas Mutter nett. Nett? Vier Buchstaben reichten doch niemals aus, sich ein Bild von jemandem zu machen. Viktoria beschloss, erst einmal zu bleiben.

»Dann will ich hoffen, dass davon nicht alles wahr ist.« Jolas Mutter lächelte. »Sie dürfen mich Phyllis nennen«, bot sie an. »Habt ihr schon gegessen?«

Da war er, der Moment, den Viktoria fürchtete. Phyllis füllte die Teller. Kiwi war auf ihrem Fuß wieder eingeschlafen. Ob die Kleine wieder fieberte? Mit einem Blick bat Phyllis ihre Tochter, Kiwi zu nehmen. Ihre Älteste legte das Kind in den Laufstall und deckte es zu. »Sie zahnt«, erklärte sie Viktoria.

»Wenn es zu ruhig ist, wacht sie auf und hat schlechte Laune. Das hat sie von ihrer Mutter », sagte Jola. »Yasmin hat auch so Phasen. Dann ist sie unerträglich. Oder sie träumt, bis sie vor eine Glaswand rennt. Und die Eisdiele wieder den Fensterputzer ruft. Wie auch immer. Und wenn Kiwi launisch ist, dann hält sie uns eben alle auf Trab. Der Tag, die Nacht und der darauf folgende Tag sind gelaufen. Wenn du nicht weißt, worüber ich rede, dann frag andere Mütter von Rennwindeln.«

»Ah ja, mhm.« Viktoria grübelte, wie sie Nudelsuppe oder die Reisrolle mit Papaya und Lachs ohne Besteck unfallfrei essen sollte.

»Das ist nur als Ersatzbett gedacht«, sagte Jola. Sie schämte sich immer noch wegen des Laufstalls im Wohnzimmer. Er kam ihr wie ein Käfig vor. So etwas gehörte sich nicht für ein Kind. Ihre alte Baboe hätte sie aus dem Haus auf die nächste Kokospalme gejagt. Wenn sie guter Laune gewesen wäre. Da war ja auch noch der Riesenwaran. Der verschluckte ein dreißig Kilo schweres Wildschwein innerhalb einer Viertelstunde. Mit Bananenblattteller.

»Aha«, murmelte Viktoria. Sie kam sich mehr und mehr vor wie ein Blumenstock, für den die Hausherrin noch keinen Platz gefunden hatte.

»Jola, sorgst du bitte für das Besteck?« Phyllis fragte sich, warum Viktoria so nervös wirkte. Ihre Ahnen hatten doch auch mit den Fingern gegessen. Jahrhundertelang. Und mit dem Löffel. Die Gabel, ohne die die Europäer glaubten, verhungern zu müssen, war das jüngste Kind in ihrer Besteckschublade. Sie reichte Viktoria den Teller mit dem für sie extra klein geschnittenen Gemüse und Fleisch. Die Hähnchenkeulen waren für den zweiten Gang vorgesehen. Hier in Deutschland durfte man auch an Hühnerknochen nagen. Dann konnte Phyllis endlich das Besteck zur Seite legen, ohne den Gast zu beschämen.

Sie bat Viktoria in den Sessel. Die war erleichtert. Die Lehne konnte sie als Tisch benutzen.

Jola gab erst ihrer Mutter Besteck, dann sagte sie zu Viktoria: »Heute haben wir den Tag der Messer eingelegt, wenn du nichts dagegen hast.«

»Wenn das so ist, dann hätte ich gern Messer und Gabel.« Ihre Stimme piepste.

Wie ihre Mutter wählte Jola Löffel und Gabel. Sie konnte sich das Schmunzeln kaum verkneifen. Das war doch der Witz des Tages. Sie aßen in ihrem Vaterhaus mit Besteck. Zu komisch. Den Geschmack des Metalls mochte sie dennoch nicht. Yasmin behauptete zwar, so schlimm wäre der doch gar nicht. Aber die war sowieso ein Sonderfall. Und wenn selbst ihre Mutter mit Besteck aß, durfte sie nicht das Gesicht verlieren und den Löffel abgeben.

Phyllis hatte das Gefühl, das Metall zerrte an ihren Plomben. Sie litt. Schließlich hielt sie es nicht mehr aus und bot Viktoria den Sambal an. Der, von dem ihre Töchter immer nur einen ganz kleinen Löffel nahmen.

»Ja, gern«, sagte Viktoria und schöpfte so viel von der roten Paste, wie sie es aus dem chinesischen Restaurant gewohnt war. Jola hielt den Atem an. Aber sie sagte nichts.

Viktoria biss genüsslich in die Bohnen, die nun mehr rot als grün waren. Sie riss die Augen auf. Schweiß trat ihr auf die Stirn. Ihr Gesicht verwandelte sich in eine Grimasse des Entsetzens. Im weit aufgerissenen Mund zuckte die Zunge wie eine entzweigeschlagene

Schlange. Viktoria zog die Luft zwischen ihre Zähne. Ihre Nasenflügel bebten, die Augen schwammen. Mund und Speiseröhre standen in Flammen. Das Brennen drohte unerträglich zu werden. »Verscheijung«, japste sie und hastete zur Toilette. Jola und Phyllis schauten sich an. Dann legten sie ihr Besteck beiseite. Jetzt schmeckte der Reis wieder nach Reis.

»Ihre Stimme«, sagte Phyllis. »Einer Sirene gleich.«

»Odysseus wäre hingerissen«, antwortete Jola mitleidig. Sie hörte, wie ihre Freundin sich die Lunge aus dem Leib hustete. Dieser Sambal war höllisch. Woher ihre Mutter die Chilischoten bezog, hatte sie bisher niemandem verraten.

»Nervöse Frauen gehen mir auf die Nerven«, bemerkte Phyllis. Sie fragte sich, ob Viktoria nach der Wasserflasche greifen würde.

»Sie möchte so gern einen guten Eindruck machen«, sagte Jola. »Sie hofft, dass du sie magst.«

Sie erinnerte sich daran, wie nervös sie gewesen war, als sie das erste Mal Viktorias Eltern besuchte. Das war gründlich daneben gegangen. Sie hatte gegen den Trinknapf der Katze getreten. Das Wasser war quer durch die Küche gespritzt. Natürlich hatte Jola sich sofort darangemacht, das Malheur zu beseitigen. Eifrig wischte sie alles trocken. Dabei stieß sie gegen die Kühlschranktür, was die Milchtüte zu einem Ausflug nutzte. Schließlich war Jola mitten in einem weißen See gestanden und hätte sich am liebsten darin ertränkt. Der Auftritt war ihr jetzt noch peinlich.

»Wenn du sie wunderbar und sie dich wundervoll findet, dann reicht das doch. Oder nicht?« Phyllis rollte die Augen. »Was habe ich damit am Hut.« Sie war sicher, dass ihre Schwiegertochter in spe ihren Brand mit Wasser löschen wollte.

»Ach, Mam. Du wieder.«

»Du liebst sie also?« Im Grunde fand sie Nachfragen immer noch überflüssig. Was man weiß, weiß man, und was man nicht weiß, weiß man nicht. Punkt. So einfach kann das Leben sein, dachte Phyllis. Aber wenn so viele kluge Köpfe ihr eigenes Wissen in Frage stellen, dann lohnt sich die Mühe vielleicht doch?

»Ja, Mam.« Jola nahm sich vor, Viktoria zu erklären, beim nächsten Sambalunfall besser Würfelzucker zu lutschen.

»Gut, dann mag ich sie. Ab sofort!« Phyllis hatte sich entschieden. »Eine Frau wie du gehört zu den edelsten Dingen, würde dein Vater sagen. Und außerdem musst du es selbst wissen, mit wem du eine Familie gründest.«

Viktoria kam zurück. Ihre Augen waren blutunterlaufen. Sie hielt die Flasche in der Hand. »Die ist jetzt leer. Soll ich sie wieder füllen? Mit Wasser aus der Küche? Hat das dann eine bestimmte Temperatur? Oder was mache ich jetzt damit?«

Phyllis hätte gerne schallend gelacht. Aber sie wollte nicht, dass die Gefährtin ihrer Tochter noch mehr das Gesicht verlor. So ruhig, wie es ihr möglich war, sagte sie: »Früher hatten wir immer eine Flasche auf der Toilette, damit man sich nach dem großen Wasser auch hinten waschen kann. Wir halten uns auch hier an den Brauch. Sie verstehen?«

Viktoria drehte sich auf dem Absatz um. In der

Küche füllte sie die Flasche wieder und brachte sie dann zurück auf die Toilette. Als sie wieder in dem Sessel Platz nahm, war sie immer noch sprachlos. Verlegen schob sie den Gaumenbrenner, dem sie die Schuld für alles gab, zur Seite.

Jola ertrug die Scham ihrer Liebsten nicht und nahm ihr den Teller ab. »Ich hole dir noch etwas«, sagte sie.

Viktoria aß nun mit den Fingern. Sie biss in die Hühnerkeule. Trotz Bananenblatt tropfte Soße auf die Bluse und hinterließ einen herzförmigen Fleck. Er war ihr egal. Sie hatte doch schon verloren, gleich beim ersten Eindruck. Eine zweiten gab es nicht, also konnte es ihr gleichgültig sein, wenn sie sich noch unmöglicher machte.

»Lecker«, schwärmte sie.

Phyllis verzieh Menschen alles, die gern und voller Genuss aßen. »Wenn das so ist, dann dürfen Sie gern wiederkommen, Viktoria.« Sie lächelte.

Gewonnen, dachte Jola und strahlte. Erleichtert zwinkerte sie ihrer Liebsten zu. Die überlegte hektisch, wie sie sich weiterhin verhalten sollte. Konversation. Das war es. Aber was sollte sie nur fragen? Was war ein akzeptables Thema? Ach ja, da hatte sie doch etwas im Internet gelesen. Die Familie. Die war immer eine sichere Bank. »Wie haben Sie es geschafft, glücklich zu werden, also, mit Ihrem Mann, meine ich?«

Jola hielt den Atem an. Sie kannte die direkte Art ihrer Freundin inzwischen, aber sie hätte nie erwartet, dass sie ihre niedliche Nase ausgerechnet in ein Tabu stecken würde. Und dann auch noch so plötzlich, ohne Vorwarnung. Sie hatte doch extra gesagt, dass Viktoria am besten überhaupt nichts fragen sollte. Das war der sicherste Weg, sie durch die erste Begegnung mit der Mutter zu lotsen. Sie hatte sie angefleht, die Verantwortung dieses Wissens zu tragen und sich entsprechend zu verhalten.

Sie wollte sich für Viktorias Unverschämtheit entschuldigen, da sagte ihre Mutter sehr sanft: »Man muss wissen, was man wirklich wissen will.«

Das war ein direkter Vorwurf an Viktoria, die ihn aber nicht persönlich nahm.

Phyllis hatte sich an die westliche Art gewöhnt. Sie sah es nicht mehr als Charakterfehler an, wenn sich jemand gerne als Chef aufspielte, Entscheidungen ohne die anderen zu fragen fällte oder zuerst an sich selbst dachte. So etwas kannte sie schon von den Europäern, die nach Indonesien kamen. Diese Direktheit, wie sie Viktoria zeigte, legten die meisten ab, wenn sie genügend Sonne abbekommen hatten. Am liebsten hätte sie Viktoria ignoriert. Aber sie hatte Jola nun einmal versprochen, ihre Freundin zu mögen. Also hob sie Kiwi, die zu quengeln angefangen hatte, auf ihren Schoß und antwortete.

»Ich war mit allem einverstanden. Und ich erklärte nichts. Dafür tat ich, was ich für das Beste hielt. Das machte mein Eheleben deutlich einfacher«, sagte sie. »Keine Erklärungen, keine Fragen, keine Entschuldigungen. Und in schweren Fällen den bösen Geist austreiben lassen.«

Sie muss eine Waage sein, dachte Viktoria. Nach allen Seiten ausgleichen und dabei einen festen Standpunkt wahren. »Böse Geister austreiben. Das ist bestimmt einen Versuch wert«, meinte Viktoria.

Sie war zwar besonders vorsichtig, was Leitern betraf, und stellte sich wöchentlich ihr Horoskop, aber das streng wissenschaftlich. Also, abergläubisch? An Geister glauben? Nein. Viktoria zwinkerte ihrer Freundin zu. Jola reagierte mit sanfter Gleichgültigkeit.

»Danke, Mam«, sagte Jola. Sie bewunderte ihre Mutter. Die schaffte es, sich in den Gebräuchen der fremden Kultur zu bewegen, ohne sich dabei selbst zu verlieren. Ihr gelang das nicht.

Jola hatte die Regeln für ein Zusammenleben in Harmonie vergessen. Sie stritt und erklärte und rechtfertigte sich. Und sie spürte, wie sie immer häufiger in Geister hineinrannte. Eine Träne rollte ihr über die Wange. »Ich schäme mich so. Dabei ist es albern.«

»Echte Tränen können nie lächerlich wirken, Tochter Jola.« Sie sah ihre Mutter Kiwi anlächeln und flüchtete in die Küche.

Viktoria folgte ihr und umschlang sie von hinten. Jola lehnte sich an sie. Sie war traurig, einfach so, und begegnete ihrer Traurigkeit so gelassen, wie es ihr seit Langem nicht mehr gelungen war. Vielleicht ist doch noch nicht alles verloren, dachte sie. Die Geister sind großmütig.

Viktoria flüsterte: »Darf ich dich küssen?«

Jola atmete schwer aus.

»Lass mich deine Tränen wegküssen«, bat Viktoria. »Kussdoping ist erlaubt. Ein Allheilmittel.«

»Wenn es uns so lange gibt wie Aspirin, wirst du noch viel geküsst werden.« Jola genoss die Wärme ihrer Liebsten, ihren Trost, den sie nicht brauchte. Was sie gerne von ihr gehabt hätte, war ihr Wissen um die Geheimnisse des Dorfes. Wenn sie wüsste, wie hier angemessen gelebt wurde, wenn sie die Regeln anwenden könnte, würden die Geister mit ihr zufrieden sein. Sie hoffte sehr, dass Viktoria ihr beibringen konnte, wann man sich entschuldigte, welche Form angemessen war und wann eine Bitte um Nachsicht auf die Nerven ging. Wann trug eine Erklärung zur Aufklärung bei? Und wann erklärte sich eine, um sich der Verantwortung zu entziehen? Wann war ein Witz witzig und wann eine Demütigung?

»Wenn ich dich jetzt nicht küssen darf, werde ich wahnsinnig.« Viktoria umklammerte ihre Liebste, als ob sie nie mehr loslassen wollte. Die Liebe war für sie wie ein Hürdenlauf und sie hasste es, wenn sie an Hindernissen zu scheitern drohte.

»Dann küss mich doch endlich. Du bist doch ein großes Mädchen, schreibst mit Tinte.« Jola hätte viel für ein Blatt gegeben, auf dem die zeitgemäßen Umgangsformen standen. Sicher, es gab dicke Wälzer für moderne Lebensart. Sie hatte sie alle von A bis Z verschlungen. Und immer wieder erschienen neue. Doch die Werke blieben an der Oberfläche, als ob alle wüssten, aber sich niemand dafür interessierte, was die deutschen Werte waren. Oder wie sie umgesetzt zu werden hatten. Vielleicht hatte sie nur noch nicht das richtige Benimmbuch gefunden.

»Lass mich dein Löschblatt sein!« Viktorias Gesicht versank in ihrem Haar. »Und lass uns gemeinsam Gedichte schreiben. Oder einen Roman. Einen richtig dicken. Mit tausend Seiten.«

Nichts passt zwischen uns, dachte Jola. Von wegen Tinte und Löschblatt. Und mein Leben ist alles andere als ein Roman. Es ist eine unvollendete kurze Erzählung. Einundzwanzig Seiten bisher. Tränen rollten über ihre Wangen, ohne dass sie weinte. Das Leben war so kompliziert geworden, seit sie nicht mehr an die guten Menschen aus einem Roman glaubte.

»Lass uns vergessen, brave Frauen zu sein«, sagte Jola. Das Ende ihrer Biografie war noch nicht in Sicht. Bis es so weit war, wollte sie wenigstens lächeln. Ein Lächeln über das ganze Gesicht war das einzig Nützliche, was sie gerade noch bewerkstelligen konnte.

»Nur du und ich?« Viktorias Stimme rutschte in gefährliche Tiefen. »Und was machen wir dann?«

Schnurrend wünschte sie sich auf das Sofa der letzten Nacht zurück. Ihr Schoß hatte sie jäh daran erinnert und forderte ungeduldig das nächste Kapitel.

»Wirst du sehen«, antwortete Jola. Sie drehte sich um und öffnete einen Knopf an der Bluse ihrer Geliebten. Langsam schrieb ihr Finger ein Gedicht auf die Haut.

»Lass uns gehen.« Viktoria fürchtete, Jola auf der Stelle neben dem Reiskocher zu vernaschen.

»Jola, passt du eben auf Kiwi auf?« Ihre Mutter rief aus dem Wohnzimmer. »Deine Schwester wird gebracht.«

Die Ruhe in ihrer Stimme hörte sich nach Ärger an. »Bleibst du hier, Vik? Bitte sei so gut. Ich muss schauen, was da los ist.« Viktoria nickte und Jola lief ins Wohnzimmer, wo Kiwi gerade unter das Sofa verschwinden wollte.

»Nichts da, kleine Maus. Schön hier geblieben, ja?«

Kiwi lachte ihre Tante an, als die sie unter dem Sofa hervorzog und sich mit ihr vor das Fenster stellte.

Ein Polizeiauto stand im Schneematsch vor dem Haus. Auf dem Rücksitz saß Gritta. »O Gott, die Polizei bringt sie nach Hause! Muss das denn sein? Ich vertrage nur eine durchgeknallte Schwester. Und in der Rolle ist Yasmin wirklich gut.« Jola erinnerte sich lebhaft daran, wie Kiwis Mutter von einem Tag auf den anderen nicht mehr zur Arbeit gegangen war. Ohne Grund. Jedenfalls hatte sie keinen genannt. Sie hatte sich einfach umgedreht und war aus dem Zimmer gegangen. Oder wollte es. Um zwei Meter hatte sie die Tür verfehlt. Die Gehirnerschütterung konnte sie auch nicht wieder zu Verstand bringen.

Viktoria kam aus der Küche gelaufen. »Wenn du Mitgefühl brauchst«, grummelte sie, »das kann ich vortäuschen.«

Es hörte sich genauso kaltherzig an, wie es gemeint war. Sie sah ihren Kuss mit dem Sofa wie einen fliegenden Teppich entschwinden. Viktoria schnaubte empört.

Im Flur bat einer der Polizisten Phyllis, morgen aufs Revier zu kommen. Als der Wagen wieder fortfuhr, fragte sie die Freundin ihrer Jola: »Wollten Sie nicht heute Abend noch in die Stadt? Zur Bibliothek?«

Viktoria besann sich auf ihre gute Kinderstube und kletterte durch deren Fenster aus der Welt, die nur ihr allein gehörte, wieder hinaus.

»Wir simsen. Okay?« Viktoria zeigte auf ihr Handy und warf ihrer Geliebten den Kuss zu, den sie lieber in natura bekommen hätte. Sie verschwand in die Dunkelheit.

Phyllis half Gritta aus der Skijacke.

»Deinem Aussehen nach zu urteilen, gibt es schlechte Nachrichten, mein Kind«, sagte Phyllis. »Aber komm doch erst einmal herein.«

Sie ärgerte sich, dass sie ihrer Jüngsten überhaupt erlaubt hatte, ins Skilager mitzufahren. »Hast du schon gegessen?« Ich hätte ahnen müssen, dass das nicht gut gehen konnte, dachte sie. Ich habe es doch sogar gewusst. Seit wann höre ich nicht mehr auf meine innere Stimme? Ich hatte doch gleich so ein ungutes Gefühl. Aber ich wollte ja vernünftig sein. Was zu beweisen ist, ist real, heißt es doch. Und Gritta ist schon so häufig mit bei einer Klassenfahrt gewesen und immer kam sie entspannt und zufrieden zurück. Verstandesmäßig hat einfach nichts dagegen gesprochen. Außer meine innere Stimme. Mit der kann ich Frau Vorboodt-Rabenhorst nicht kommen. Die rennt schnurstracks zum Jugendamt. Sie wartet doch nur auf die Gelegenheit.

»Was magst du, Reis? Suppe? Oder einfach nur Schokokekse?«

»Brei«, flüsterte Gritta. Ihr Gesicht machte Kiwis farbenprächtiger Nase Konkurrenz. Der Kiefer schien geschwollen. Sie streckte die Beine lang aus. Unter ihrem Hosenbein schaute ein bandagiertes Fußgelenk hervor.

Jola gab ihrer angeschlagenen Schwester eine Schale Hühnerbouillon mit Reis. Das bewährte Hausmittel gegen alle Gebrechen. Gritta aß gierig.

»Endlich wieder Reis«, flüsterte sie.

»Was ist passiert?« Phyllis litt, wenn sie die Schwellungen im Gesicht ihrer Tochter ansah. Wie gern hätte sie die Schmerzen ertragen, um sich nicht mehr so hilflos zu fühlen.

»Ich weiß nicht, wie ich es sagen soll.«

»Dann sag es so, wie du es kannst.«

Gritta umklammerte die Suppenschale. »Die korrekte Antwort lautet wohl …«, flüsterte sie, »… dass ich die Treppe runtergefallen bin. Oder heißt es, gegen die Tür gelaufen?«

»Ich bin es nicht gewohnt, dass du so mit mir redest«, sagte ihre Mutter und wünschte sich, den syrischen Kelch der Wahrheit in den Händen zu halten. Sie wollte Antworten und keine Ausflüchte. Sie kannte ihre Tochter zu gut. Wenn die sich stur stellte, konnte man nichts tun.

»Ich wollte dich nicht verärgern, Mam. Die Angelegenheit erledige ich allein«, murmelte Gritta. Ihr Kiefer schien ihr große Schmerzen zu bereiten. »Als Yasmin so alt war wie ich, war sie Mutter. Und in Indonesien wäre ich längst verheiratet und würde einem Haushalt vorstehen. Das hier schaffe ich schon. Ohne deine Hilfe.«

Phyllis schämte sich. Sie hätte Gritta wie die anderen gerne vor den Gefahren der Welt geschützt, aber sie konnte es nicht. Nicht mehr. Sie hatte das Beste für alle gewollt, aber das Beste war diesmal nicht gut genug. Der große Busen der Mutter hatte sich in viele aufgeteilt, wie die Brüste des Vaters. Es war zu spät. Eine zerschnittene Brust konnte kein Ganzes mehr werden. Wenn sie zurück ins Mutterland zogen, dann waren sie Fremde im eigenen Land und würden vollends den Boden unter den Füßen verlieren. Zu viele Jahre waren ins Land gezogen.

»Sieh dich an, wie du aussiehst. Sieht so eine achtbare Frau aus?« Sie hätte ihren sechzehnjährigen Teenager gern zum Doekoen gezerrt.

»Ich bin erwachsen und regele meine Probleme selbst. Das macht man hier so.« Grittas Stimme hörte sich stärker an, als sie sich fühlte.

»Du willst erwachsen sein? Dann benimm dich nicht wie ein kleines Kind.«

Gritta kam ihr vor wie ein Montag, der vergessen wollte, was er am Sonntag gelernt hatte. Phyllis beschloss, nicht mehr auf Grittas Frechheiten einzugehen. So hatte ihre Mutter es sie gelehrt. Strafe und Lob hatten im Erziehungskatalog nichts verloren. Sie wirbelten viel zu viel Aufmerksamkeit auf. Hier glaubte man zwar, dass man das Selbstwertgefühl durch eine Prämie, eine gute Zensur, Applaus oder ein Kompliment stärkte. Aber Phyllis fragte sich, ob ein starkes Ich nicht den Charakter verdarb.

»Bitte, glaub mir, Mam, ich muss es alleine schaffen. Jola hat ihre eigene Welt. Und Yasmin, nun ja. Die kann sich ja selbst nicht mehr helfen.« Gritta spielte an ihrem Pferdeschwanz. »Als wir noch alle in die Schule gingen, war ich bloß ihr Schatten. Sie brauchten nur kalt zu lächeln und jeder erstarrte zu einer Eisskulptur. Aber jetzt verschaffe ich mir selbst Respekt.«

Phyllis entdeckte eine kahle Stelle auf Grittas Kopf. Also ein Haarkampf. Und wie es aussah, waren die Gegnerinnen für ihre kleine Judoka doch zu viele gewesen. Aber wenigstens hatte sie rechtzeitig fallen gelernt.

Jola kniete sich vor Gritta nieder. »Wir sind eine Familie. Deine Familie. Und eine Familie beschützt sich. Weise uns bitte nicht ab. Bitte, junge Schwester.«

»Ich will weder mit Mam reden noch mit dir.«

»Du wirst uns sowieso nie los, Gritta. Also rede mit mir. Du kannst mir alles sagen, kleine Schwester.«

Gritta zuckte die Schultern. »Also gut. Manchmal fühle ich mich von dir richtig unterdrückt. Ich will nicht mehr Teil eines Kuchens sein. Ich bin ein Individuum.«

Phyllis atmete tief ein.

»Das ist die offizielle Erklärung, Schwester. Wie lautet die inoffizielle?« Jola erinnerte sich noch gut an die Zeit, in der ihre Familie ihr nur peinlich gewesen war. Dieses Gefühl war ihr irgendwann abhanden gekommen.

Phyllis nahm Kiwi mit in die Küche. Sie setzte sie auf die Anrichte, bereitete den Brei für sie vor und half ihr beim Essen. Mit einem Ohr lauschte sie dem Gespräch ihrer Töchter. Sie wollte nicht stören, aber dennoch jedes Wort hören. Sie griff zum Reistopf. Im Gegensatz zu Sorgen machten Diskussionen sie hungrig. Und das war sie selten genug, seit Yasmin sich immer weiter von ihnen entfernte.

»Haben die uns wieder als Schlampen beschimpft?«, klang Jolas Stimme aus dem Wohnzimmer.

Das war eines der ersten Gerüchte über sie gewesen. Wie ein Lauffeuer war es durchs Dorf gerast, damals, als Pater Paul sich ans Zölibat hielt und Kiwi noch nicht daran dachte, ausgerechnet hier auf die Welt zu kommen.

»Das geht dich nichts an«, flüsterte Gritta.

»Eine Schwester geht alles an.« Jola strich ihr über die Haare. »Haben sie das gesagt? Wir sind Schlampen?«

Gritta nickte, ohne ihre Schwester dabei anzusehen.

»Wunderbar. Dann können wir uns endlich auch so benehmen. Das ist Freiheit. Oder, wie Viktoria sagen würde, wenn schon, denn schon, so give me attention«, neckte Jola.

Gritta starrte in ihre Suppenschale und schwieg.

»Sie waren noch gemeiner«, folgerte Jola. »Jetzt ziehen sie auch Viktoria mit hinein. Oder war es noch etwas anderes?«

Der neueste Klatsch war ihr auch schon zu Ohren gekommen. Es hieß, sie hätte Viktoria mit einem Liebeszauber verhext. Im Supermarkt hatte sie in der Warteschlange vor der Kasse zwei Frauen aus dem Chor belauscht, ohne dass sie sie bemerkt hatten. Das Gerücht hatte einen wahren Kern. Ja, sie hatte alle Mächte des Himmels angerufen. Aber nicht, um Viktoria an sich zu binden, sondern damit die sich von ihr fernhielt. Das Spiel der Gefühle war ihr zu gefährlich. Doch die Liebesgöttin hatte sie nicht erhört: Sie waren ein Paar und Jolas Verlustängste wurden täglich größer.

Gritta stellte die Schale ab und schwieg.

Jola überlegte, was Gritta noch mehr getroffen haben könnte. »Zerreißen sie sich über Kiwi das Maul?«

»Die Leute sagen, wir würden sie misshandeln.«

Phyllis atmete auf. Endlich, sie redet. Sie fängt sich. Lieber Gott, das ist ihr Leben. Lass sie es leben. Bitte.

Phyllis hörte Jola herzhaft lachen.

»Entschuldigung, Gritta«, sagte Jola. »Aber das glaubte die Hebamme schon bei Kiwis Geburt, als sie den blauen Fleck auf deren Hintern fand. Den Mongolenfleck kennen die Menschen hier nicht«, erinnerte sie ihre Schwester. »Wenn etwas nicht so ist, wie es sein sollte, kann man Menschen zum Wahnsinn treiben. Die Hebamme war nahe dran. Sie begriff einfach nicht, wie wir es geschafft hatten, Kiwi schon im Mutterleib blau zu schlagen. Das machte sie fast irre. Ich muss immer noch über den Unsinn lachen.«

»Das ist nicht zum Lachen«, klagte Gritta. »Die Jungs in der Schule rufen mir nach: Erdnuss, Aape-Nuss, glaubst, du wärst ein Hochgenuss. Und das ist noch das Harmloseste. Niemand tanzt mit mir. Niemand redet mit mir. Außer, einer will abschreiben.«

Phyllis konnte den Schmerz ihrer Tochter nicht mehr ertragen. Sie kam mit Kiwi auf dem Arm wieder ins Wohnzimmer und mischte sich ein: »Du musst nicht immer alles, was du hörst, beachten.« Sie zitierte: »Niemand kann dir das Gefühl geben, minderwertig zu sein, wenn du selbst es nicht zulässt.« Gritta verdrehte die Augen.

»Ach, Mam. Du und deine Eleanor Roosevelt. Ihr musstet beide nicht hier in die Schule.«

Phyllis drückte ihrer Jüngsten einen Apfelschnitz in die Hand. »Gritta, erinnerst du dich an die Regel aus Indonesien für frisches Obst? Cook it, peel it or leave it. Und wenn die unreifen Früchtchen auf dem Schulhof rufen, dann schluck einfach runter und lass sie stehen.«

»Aus dem Schnee vom vergangenen Jahr lässt sich kein Schneemann bauen, Mam.« Gritta gab den Apfelschnitz ihrer Schwester.

»Sag mal, Schwester, Erdnüsse waren doch früher dein Lieblingssnack«, sagte Jola. »Willst du jetzt eine?« Sie hasste es, ihre Schwester unglücklich zu sehen, wenn sie nicht die Ursache war. Nur sie hatte das Recht dazu und dies ließ sie sich von niemandem nehmen.

»Du bist so gemein«, schimpfte Gritta und fasste sich ans Kinn. Es schmerzte. Sie ging ihrer Schwester wieder einmal ins Netz. Kein Wunder, Jola kannte sie schon seit ihrer Geburt und hatte genügend Zeit gehabt, ihre Schwächen zu erforschen. Gritta erinnerte sich an die Erdnüsse, damals auf der Veranda. Als eine Erdnuss bereits das reine Glück bedeutet hatte.

Damals, als ihre Mutter noch mit den Verwandten auf der Veranda, dem Pendopo, Karten gespielt hatte. Die Hitze des Tages lag noch in der Luft. Der Tropenhimmel hatte die Sonne verschluckt. Es war dunkel wie jeden Tag nach achtzehn Uhr. Mit zischenden Dochten verscheuchten Öllampen die Insekten. Es roch nach Veilchen, Kaffee toebroek, Betelpfeffer und sehr vielen Kretek Kretek. Gritta, die das Krankenhausabenteuer längst überstanden hatte, spielte mit den anderen Kindern zwischen den Erwachsenen auf dem Boden und lauschte den Gesprächen, ohne ihnen wirklich folgen zu können. Ihr Vater spielte nie mit. Lieber brachte er höchstpersönlich das Angklung heraus und sang mit ihrer Baboe im Duett. Er konnte singen, als wäre er für die Melodie geboren. In seinem Rhythmus verteilte ihre Mutter die Karten, so elegant wie ein Dirigent den Taktstock schwang. An solchen Abenden waren ihre Eltern wie eine einzige Person. Die Melodie und der Rhythmus desselben Lieds. Nie hatte Gritta gesehen, wie ihre Eltern sich küssten oder umarmten. Der Anstand verbot, Zuneigung öffentlich zu zeigen. Aber Gritta hatte oft beobachtet, dass ihr Vater sich zur Mutter neigte und ihr etwas ins Ohr flüsterte, worauf sie sich die Hand vor den Mund hielt und leise kicherte. Manchmal entdeckte er als Einziger einen Nachtfalter und jagte ihn. Beim Versuch, das Insekt zu fangen, streifte er wie von ungefähr den Rücken seiner Frau, einen Arm oder ihre Wange. Und jedes Mal leuchtete ihr Gesicht vor Freude. Sie waren unzertrennlich, gehörten zusammen, auch wenn beide mit etwas anderem beschäftigt waren.

Sobald ihr Vater eine neue Liedzeile begann, legte ihre Mutter ihre Karten auf die Bambusmatte. Nicht früher und nicht später.

Der Spieleinsatz waren Erdnüsse gewesen. Als Kind hatte Gritta geglaubt, ihre Mutter würde nur für sie spielen. Und gewinnen. Nur für ihre Gritta.

An solchen Abenden konnte sie vor Aufregung nicht einschlafen. Sie malte sich aus, wie sie die Erdnuss zwischen den Zähnen zermahlte und sich der Geschmack in ihrem Mund ausbreitete. Nichts ging ihr darüber.

Morgens lag eine Handvoll Erdnüsse auf ihrem Kopfkissen. Wie immer nach einem Spielabend. Ihre

Mutter behauptete, die Nachtfalter würden ihr das Blatt der anderen verraten und sie für ihre Gritta gewinnen lassen.

Ihre Baboe, die auf einer Bambusmatte neben dem Bett über ihren Schlaf wachte, verriet eines Tages das Geheimnis. Ihre Mutter verlor immer. Auch mit Nachtfalter. Und die Erdnüsse kamen aus der Küche. Nach diesem Verrat konnte Gritta ihre Baboe nicht mehr ausstehen. Sie konnte sie einfach nicht mehr riechen. Sie hatte immer gerne Öl in das frisch gewaschene Haar ihrer Baboe geknetet, bis es tiefschwarz glänzte. Das war ein Mittel, um grauen Strähnen vorzubeugen und Haare auf Hochglanz zu bringen. Aber nun schien es Gritta, als wäre das Öl ranzig geworden. Über die Erdnüsse wurde nicht mehr gesprochen. Für Gritta blieb ihre Mutter immer Siegerin. Mit oder ohne Nachtfalter. Was immer sie unternahm.

Phyllis sah, wie das Gesicht ihrer Jüngsten weich wurde. Ob es doch an dem westlichen Zitat gelegen hatte? Schon legte sie nach, diesmal mit Vivaldi. »Klatsch herrscht in der Stadt. Nichts hält sich so hartnäckig wie ein Gerücht.«

Sie rieb sich die Hände. »Irgendwann werden wir aus der Mode kommen. Das wird schneller geschehen als im letzten Jahrtausend. Die Zeit ist schließlich schnelllebiger geworden.«

»Mam, wir sind seit sechs Jahren Thema im Dorf«, widersprach Gritta. »Wir geben immer neuen Zündstoff. Ich schäme mich so.«

Würde ihr Kiefer nicht so schmerzen, dann wäre

sie nun laut geworden. Wie schon so oft fühlte sie sich hilflos. »Mam, du weißt schon, was über uns geredet wird, nicht wahr?«

»Ich bin weder taub noch blind.« Phyllis steckte sich eine Zigarette an, drückte sie aber gleich wieder aus, um ihre Tochter nicht zu verärgern. »Aber überall, wo es Feinde gibt, gibt es auch Freunde.« Sie lächelte.

Als ehrenamtliche Besucherin im Altersheim und im Stadtkrankenhaus war sie am Puls des Dorfes. Sie hielt an ihrem Dienst für Alte und Kranke fest, obwohl das Gerücht kreiste, sie würde die Leute in eine Depression treiben. Aber sie schuldete dem Dorf noch etwas. Hatte man sie und ihre Töchter nicht aufgenommen, damals, vor sechs Jahren? Das vergaß sie nicht. Und sie hatte ja Zeit. Zeit zuzuhören. Niemand redete so gern wie Alte und Kranke. So war sie bestens informiert über das, was im Dorf vorging. Die Gerüchte über ihre Familie schmerzten sie. Wie hätte sie von ihnen unberührt bleiben können? Aber auch andere waren von Klatsch und Tratsch betroffen. Jede Familie, jeder Mann, jede Frau, ob gut oder schlecht, kam einmal an die Reihe. Selbst Kinder. Und sogar Frau Schröder.

Ich schenke ja nur mein Ohr. So was wie die Eltern von Ahmed Al-Khatib mache ich ja nicht. Den palästinensischen Jungen hatten israelische Soldaten aus Versehen erschossen. Die Eltern des Zwölfjährigen spendeten seine Organe. An sechs Israelis.

Nein, mein eigen Fleisch und Blut gebe ich nicht her. Dafür sind die im Dorf viel zu launisch. Sie reden über mich und nicht mit mir. Seitdem wir nicht mehr im Chor mitsingen, hat sich sogar Erna Baumann dem

Club des Geredes angeschlossen und geht uns aus dem Weg. Sie enttäuscht mich. Nicht weil sie nicht mehr zum Kaffee kommt. Ich verstehe sie einfach nicht mehr, das ist es, was mich enttäuscht. Ob ich sie beleidigt habe? Ohne es zu wollen? Ohne es zu wissen? Muss ich mich schämen?

»Bist du überrascht, dass ich Bescheid weiß?« Phyllis steckte sich doch einen Glimmstängel an. Die letzte Nelkenzigarette, die allerletzte. Ihr war es auf einmal gleichgültig, ob sie ihre Tochter verärgerte. Die war sowieso schon fassungslos.

»Überrascht? Das ist nur eines der Wörter, das mir dazu einfällt.« Gritta fragte sich, was ihre Mutter noch alles ahnte.

»Ich bin kein schlechter Mensch, Mam«, sagte sie und befühlte ihr Fußgelenk. Die Jungen hatten sie an Armen und Beinen hinausgezerrt, als sie glaubten, sie hätten sie in der Garderobe beim Stehlen erwischt.

»Nicht schlecht? Was bist du dann?« Phyllis fand, dass ihre Tochter in ihrem ernsthaften Bemühen, ein guter Mensch zu sein, auf eine anrührende Weise unschuldig war.

»Wie soll ich wissen, wer ich bin, wenn nicht einmal du es weißt.« Gritta ärgerte sich.

Als Frau Vorboodt-Rabenhorst sie aus der wehrlosen Lage befreite, hatte Gritta den nächsten, den sie erwischen konnte, am Kragen gepackt und wild auf ihn eingeschlagen. Ausgerechnet dem Jungen blutete die Nase, der wie sie Außenseiter war. Und auf einmal ging die Rauferei richtig los. Beliebt gegen Unbeliebt. Außenseiter gegen die Kings.

Gritta kannte das. Die Lehrer schauten weg, wenn die Underdogs unterlagen. Sobald es aussah, als ob die diesmal gewinnen würden, mischten sie sich ein. Dann wurde die Polizei gerufen. Die nahm die Anzeige gegen Gritta auf. Sie sagte nichts dazu. Sie konnte weder ihre Unschuld beweisen noch beteuerte sie ihre Schuldlosigkeit. Sie wusste nicht einmal, was gestohlen worden war. Das Diebesgut fand sich nicht unter ihren Sachen. Trotzdem glaubte ihr niemand. Sie selbst auch nicht so recht und sie war das schlechte Gewissen in Person. Sie fühlte sich für alles verantwortlich, sogar dass diesmal der Schnee zu Weihnachten ausgeblieben war. Immer spürte sie, dass es an ihr lag. Kein Wunder, dass ihr jetzt niemand glaubte. »Blöd gelaufen«, hätte ihr Vater dazu gesagt. »So ist das eben.« Gritta seufzte.

Suleika, die sich ihre Freundin nannte, hatte etwas unter ihr Kopftuch gesteckt, erinnerte sie sich. Gritta vermutete, dass Suleika mehr wusste, als sie sagte. Aber sie wollte diesem Verdacht nicht nachgehen. Gritta wusste, dass sie den Kopf für ihre Busenfreundin hinhalten würde. Unter allen Umständen. Das war sie Suleika schuldig. Sie war die Einzige, die sich wahrhaftig für sie interessierte. Und ihre Mutter konnte kochen, unglaublich. Wer so gut kocht, muss auch gute Kinder haben, dachte Gritta.

»Ich weiß, dass du ein guter Mensch bist.« Phyllis blies Rauch zur Decke. Sie hoffte, dass die Gedanken der Geister darauf zu ihr reisen würden und sie mit einer guten Idee unterstützen. »Und ich weiß auch, dass du die Orientierung verloren hast.« Sie beobachtete ihre Rauchringe.

»Aber wie ich dir helfen kann, das weiß ich nicht.«

Auf gar keinen Fall wollte sie die Hilfe ihrer Mutter annehmen. Das hätte ihre Situation in der Schule nur noch verschlimmert. Ihre Mutter benahm sich einfach nicht so, wie eine Mutter sich zu benehmen hatte. Davon war die Vorboodt-Rabenhorst überzeugt. Und sie war bei Weitem nicht die Einzige.

Kiwi wurde es endgültig zu langweilig und sie fing an zu quengeln. Jola brachte sie nach oben zu ihrer Mutter.

Seitdem Yasmin nicht mehr arbeitete, blieb sie meist in ihrem Zimmer und las in der alten Familienbibel. Unbeachtet blieb das Schmusetuch liegen. Gritta hob es schließlich auf und schnupperte daran. Sie schloss die Augen.

Ich verliere auch sie an die Sterne. Selbst wenn die Gestirne die Welt weit machen, ich verliere auch sie, dachte Phyllis, die spürte, wie der Zorn ihrer Tochter der Angst gewichen war.

»Was hältst du von einem Hund?«

Sie wartete darauf, dass Gritta zurück zur Erde kam.

»Für mich?« Ihre Tochter staunte. »Können wir ihn denn durchfüttern?«

»Ein Straßenköter frisst alles. Den bekommen wir schon satt«, sagte Phyllis. Bis zum nächsten Winter sollte er genügend angefüttert sein, um als Weihnachtsbraten im Ofen landen zu können. Sie überlegte sich, welche Soße sie dazu machen könnte. Momentan war sie für einen herben Geschmack. Aber nicht zu sehr. Bitter nahm die Lust auf Süßes. Das war nicht gut. Süßes gehört zu den natürlichen Schmerzmitteln für zahnende Kinder, dachte sie. Süß-sauer. Das wird ein Fest.

»Versuch dich von jedem Ärger fernzuhalten. Auch mit Hund«, riet sie und war sich nicht sicher, ob die Bitte nicht ihr selbst galt.

»Das versuche ich immer.« Gritta sprang auf. Ihre Jugend schien über den Schmerz zu siegen.

»Gute Nacht, Mam«, sagte sie und kletterte nachdenklich die Treppe hinauf. Jede Stufe schmerzte. Ein Hund, das wäre schon etwas, dachte sie. Ihr fiel Asu ein, ihr Haushund in Indonesien. Ein paar Wochen nach ihrem siebten Geburtstag war sie aufgewacht, als der Imam aus der Moschee am frühen Morgen zum ersten Gebet rief. Aus der Küche stieg der Geruch von Rottikukus auf. Sie ging aus dem Haus auf Bambuspfählen zur Toilette, an Asu vorbei, der auf dem Pendopo in der Morgensonne lag. Er wachte über sie, während sie ihr großes Wasser löste. Als sie fertig war, hörte sie Gebell. Die Glückstauben flatterten wild im Käfig. Gritta kletterte auf das Verandageländer und reckte sich, bis sie über die Mauer schauen konnte, die das Haus und den Hof umgab. Sie beobachtete Hundefänger, die die herumstreunenden Tiere einfingen und in den Transporter warfen. Die Streuner kämpften um ihr Leben. Asu stellte die Ohren auf. Er bellte mit gesträubtem Fell. Sein Körper spannte sich.

»Asu. Komm her«, rief sie.

Es war zu spät. Der Hund setzte zum Sprung an. Er schnellte über die Mauer und lief laut bellend dem davonfahrenden Wagen hinterher.

Gritta lief heulend ins Haus. Ihr Vater setzte alles in Bewegung, Asu zu finden. Aber diesmal konnte er nicht zaubern. Er brachte Vierpfoter nach Hause, die Asu ähnlich waren. Aber sie waren es einfach nicht. Ihr Hund hatte Augen, die Herzen brachen. Einen anderen wollte sie nicht. Sie weinte viel und lange um ihn. Niemals würde sie ihn vergessen.

Ein paar Wochen später, sie hatte schon lange nicht mehr an Asu gedacht, war sie bei Doneetje zum Essen eingeladen. Der Braten war außergewöhnlich zart. »Was für ein Fleisch wurde für das Gericht verwendet, Tante?«, fragte sie die Mutter ihrer Freundin. So gehörte es sich, wenn man höflich sein wollte. Auch wenn man nicht verwandt war, diente diese Anrede als Zeichen des Respekts.

Die Gastgeberin strahlte: »Das ist Hundefleisch, Schatje. Was für eine Delikatesse!«

Nie im Leben war Gritta so schlecht geworden wie an jenem Tag. Sie hatte sich entschuldigt und es gerade noch bis zur Toilette geschafft. Sie würde nie mehr einen Hund wollen, schwor sie sich. Niemals.

Aber in Europa kommen keine Hunde auf den Speisezettel, dachte Gritta. Ich kann meinen Schwur brechen. Sie stolperte. Ihr war schwindelig. Sie versuchte, sich am Treppengeländer festzuklammern, doch das Holz entglitt ihren Fingern. Vor Schmerzen war sie einer Ohnmacht nahe.

»He, Schwesterchen. Was soll denn das?« Yasmin kam ihr entgegen und hielt sie am Pullover fest. Von den vielen Zipfeln, die vor ihren Augen tanzten, bekam sie den richtigen zu fassen.

»Aua«, jammerte Gritta. Sie kam sich vor wie eine Lebensmüde, die gerettet worden war und sich bei ihrer Retterin nicht bedanken konnte.

»Ich bekomme einen Hund«, sagte sie und erklomm die letzte Stufe.

Yasmin traute ihren Ohren nicht. Ich bekomme einen Hund, hörte sie das Echo in ihrem Kopf widerhallen. Und hallen.

»Übrigens, hast du den Kampf gewonnen?«, sprach sie ihre Schwester auf deren verquollenes Gesicht an.

»Yepp«, sagte Gritta stolz. »Ein paar Jungs mussten sogar in die Notaufnahme. Aber dann kam der Sheriff.«

Es ist immer noch wie früher, dachte Yasmin. Gritta prügelt sich und wird dafür belohnt. Ich kriege ein Kind und muss mir das Leben deswegen im Fernsehen anschauen. Das ist so ungerecht.

Aber muss sie mir ihr Privileg immer so deutlich auf die Nase binden? Das erste Mal war ich sechs. Es war Mittag. Die Sonne eine riesige, orangefarbene Scheibe. Alle anderen schliefen. Gritta wachte auf und lief hinaus aufs Feld. Da musste ich doch mit. Gritta war zu klein, um sie allein gehen zu lassen. Erst vier. Das war vielleicht eine Geschichte!

Yasmin erinnerte sich noch genau, wie sie über die schlafende Baboe geklettert war. Die wurde wach, aber drehte sich gleich wieder um, als sie hörte, ihr kleiner Cuckoo wolle nur Wasser werfen. Sie hatte gelogen. Ihre Baboe hätte das sicher erkannt, wenn sie nicht so schläfrig gewesen wäre, so träge durch die tropische Hitze.

Yasmin und Gritta liefen unter der schimmernde Sonne zum Waldrand. Eine Raupenplage hatte die Bäume befallen. Tausende krochen und ringelten sich um- und übereinander. Es war ein langsames, würgendes Vertilgen. Lautlos.

Unter den grauen, kahlen Ästen lebte ein kleiner rotnasiger Affe. Seit ein paar Tagen schon. Der Holländer, wie er auch genannt wurde, war angekettet. Und Gritta wollte ihn befreien. Unbedingt. Sie nannte ihn Monyet. Sie konnte nicht ertragen, wie das Leben des Äffchens aus zwei Metern Kette bestand. Er konnte nur auf das Dach seiner Holzhütte klettern oder sich darunter verkriechen. Monyet hatte schlechte Laune und versuchte, Yasmin zu packen.

»Monyet, Monyet, halt doch still. Wir retten dich«, beruhigte Yasmin ihn.

Aber der Nasenaffe wollte nicht hören. Oder verstand er kein Balinesisch? Jedenfalls regte er sich nur noch mehr auf. Er brüllte und warf mit Erdklumpen.

»Ich hole ein paar Blätter«, rief Gritta eifrig. »Vielleicht ist er hungrig.«

Sie rannte zwischen den Raupen, Reptilien und drei riesigen Fröschen zum nächsten Baum. Plötzlich war sie verschwunden. Yasmin sah sie nicht mehr. Hastig machte sie sich auf die Suche. In dem Land, in dem die Wege plötzlich enden, gab es Löcher, die nicht abgesichert waren. Gritta schrie.

Als Yasmin ihre Schwester in dem tiefen Loch entdeckte, mitten zwischen freigelegten Stromleitungen, befahl sie ihr: »Nicht rühren! Nicht weinen! Nicht atmen, Schwester!«

Gritta hielt vor Schreck die Luft an und hörte prompt zu weinen auf. Yasmin hatte sie noch nie angeschrien.

»Ich schreie und weine für dich mit«, sagte Yasmin ruhiger und rief aus voller Kraft nach ihrer Mutter, die schon nach ihnen suchte. Die Ahnung einer Gefahr hatte sie aus dem Mittagsschlaf geweckt.

Ihre innere Stimme hatte ihr nicht die Zeit gelassen, sich anzuziehen. In ihrem Satinunterrock kam sie barfuß zu ihnen gerannt. Im Schlepptau die Baboe, die Köchin, die Haushälterin und die vielen anderen, die mit ihnen in ihrem Haus wohnten.

Gemeinsam holten sie Gritta aus dem Schacht. Sie hatte einen hochroten Kopf und wagte erst zu atmen, als sie mit verschmiertem Gesicht und verdreckt in den Armen ihrer Mutter lag. Die Frauen überzeugten sich davon, dass ihr unter all dem Schmutz nichts geschehen war. Als das feststand, verdüsterten sich ihre Mienen. Sie waren wütend. Leichtsinn brachte der ganzen Familie Unglück. Auf dem Rückweg sprachen sie kein Wort.

Schweigend servierte eine Baboe Tee und Kekse.

Nachdem alle sich gestärkt hatten, wurden die Mädchen vor dem Haus auf einen Bambuspfahl gesetzt. Sie waren nicht allein. Auch Jola wurde bestraft. Zu dritt hockten sie da wie die Äffchen, die nichts sagten, sahen und hörten. Links Gritta, weil sie in ein Erdloch gefallen war. In der Mitte Yasmin, die ihr ohne Bescheid zu sagen gefolgt war, und rechts Jola. Sie hatte Monyet gefunden. Sie hatte ihre Schwestern in das Geheimnis eingeweiht und es ihrer Baboe verschwiegen. Ohne Jola hätte das Unglück keine Chance gehabt.

Auf den Pfählen beobachteten sie, wie der Gärtner und der Chauffeur das Loch zuschaufelten. Alle anderen kehrten das Haus, um weiteres Unglück abzuwenden. Monyet landete im Kochtopf der Waldarbeiter und Yasmin schwor sich, nie wieder Fleisch zu essen. Niemals. Darunter verstand sie damals noch zwei Tage. Mindestens.

Yasmin lächelte Gritta an. Sie sieht wirklich schlimm aus mit all diesen blauen Flecken, dachte sie. Trotzdem, es ist wie immer. Bestraft werden alle, belohnt wird sie. Jetzt kriegt sie einen Hund. Und wer geht mit dem Gassi? Genau. Wie immer.

»Du siehst echt scheiße aus. Aber aus Schaden wird man klug. Da wächst man, heißt es. Vielleicht gilt das ja auch für dich.« Yasmin kniff die Augen zusammen. Ihre Schwester blieb verschwommen. »Ich mag Hunde nicht. Eine bissige Schwester reicht mir«, knurrte sie.

Gritta linste zwischen ihren langen Strähnen hindurch. »Wenn du erlaubst, YasYas, werde ich Kiwi mitnehmen, wenn wir den Hund aussuchen gehen. Ist es dir recht so, große Schwester?«

»Dich mit meiner Tochter zu verbünden, sieht dir ähnlich.« Yasmin tippte sich an die Stirn. »Steht hier Vollidiot?«

Das Pochen in ihrem Kopf wurde unerträglich. Immer, wenn sie unter Druck stand, rutschten ihr die Kopfschmerzen aus dem Griff. Vielleicht sollte sie die bunten Pillen unter ihrem Kopfkissen wechseln.

»Meine Tochter! Deine Tochter! Was soll das denn? Sie ist unsere Tochter. Seit wann denkst du so eng? Was ist eigentlich los mit dir?« Gritta warf den Kopf zurück, dass ihr Pferdeschwanz flog. »Es wird auch unser Hund sein. Wir sind doch Schwestern.«

Jola kam mit Kiwi aus dem Schlafzimmer. Die Kleine hatte noch keine Lust zum Schlafen und wollte lieber über den Flur laufen. »Gritta würde mit ihrem Gesicht glatt als Kiwis Mutter durchgehen«, neckte sie Yasmin und wandte sich Gritta zu: »Wie geht es dir eigentlich?«

»Weiß nicht.« Gritta fielen ihre Schmerzen wieder ein. Sie rümpfte die Nase.

»Ist das so wie gegen die Wand gefahren?« Jola lächelte. Sie roch, als wäre sie in ein Fass Parfüm gefallen. Wahrscheinlich wollte sie zu Viktoria. Die glaubte, ohne einen Gutenachtkuss sterben zu müssen. Jeden Abend das Gleiche. Ihre Schwester würde mit Sicherheit nicht so schnell einschlafen.

»Nö, eher so, als würdest du nach einer Stunde Yoga eine Woche im Rollstuhl landen.« Gritta lachte.

»YasYas, verarzte deine Lieblingsschwester. Die Spezialsalbe. Sie müsste im Schrank neben dem Liebestrank stehen.«

Yasmin streckte ihr die Zunge heraus. Sie wunderte sich, dass es ihr gelang, denn ihre Nerven gehorchten nicht mehr. Immer mehr verlor sie die Kontrolle über ihren Körper, ihre Seele und den Geist. Seit Kiwis Geburt lebte sie in diesem Chaos. Sie hatte sich daran gewöhnt, alles mehrfach zu sehen und zu hören, aber allmählich wurde es unerträglich. Sie hoffte, ihren Verstand nicht ausgerechnet dann zu verlieren, wenn sie ihn am meisten brauchte. Sie wollte wieder Teil dieser Welt sein und nicht wie abgespalten. Selbst wenn sie Kiwi hielt, fühlte sie sich wie gelähmt. Als ob ihre Arme nicht zu ihr gehörten. Sie hatte Angst.

Jola lachte und zeigte auch ihre Zunge. »Mach das ja nicht nach, Kiwi, hörst du? Das gehört sich nicht. Aber ich kann deiner Mama jetzt nicht Manieren beibringen. Ich muss mich höchstpersönlich um Herzensangelegenheiten kümmern. Da will ich großherzig über diese Respektlosigkeit hinwegsehen. Was habe ich doch für ein großes Herz für kleine Schwestern.«

»Gib nicht so an. Du bist rein, dein Herz ist klein. Wie könnte es auch anders sein«, hänselte Yasmin. Sie lehnte sich an die Wand. Die musste ja wohl senkrecht sein, oder?

»Liebste YasYas. Wie meinst du das?«

»So klein wie eine Bohne. Ein Böhnchen. Ein Jolaböhnchen, eingeweicht«, kicherte Gritta und stellte sich neben ihre Schwester.

»Das soll wohl ein Witz sein?«

»Nö, ein Sojaspross. Oder halt, nein, ein Strohhalm. Ein rettender, weißt du?« Gritta öffnete den Medizinschrank. »Bitte, Jola, bleib hier und schütze mich vor dieser Höllenpampe.« Als sie das braune Glas hochhielt, fing Kiwi prompt zu weinen an. Sie kannte das nur zu gut.

»Nee, Schätzchen, heute bleibst du verschont. Komm, wir gehen zu Oma.« Das arme Kind hatte heute schon genug schlechte Stimmung mitbekommen. Jola hob Kiwi auf ihre Hüfte und ging hinunter ins Wohnzimmer.

»Yasmin und Gritta sprechen sich aus, Mam. So. Ich gehe dann mal meine Freundin anfachen. Brennen soll sie.«

Kiwi krabbelte auf das Sofa.

Phyllis fühlte sich immer noch unbehaglich, wenn ihre Tochter auf so etwas anspielte. Wenn sie selbst früher einen Mann nur angesehen hätte, wäre sie als Hure verschrien worden. Es war ihr immer noch peinlich, wenn ein Liebespaar in der Öffentlichkeit Händchen hielt oder sich gar küsste. Sie war nicht mehr naiv, wusste schon lange, dass kein Kuss ein Kind verursachte. Wie der Zeugungsakt genau vor sich ging, hatte sie gelesen. Aber ihre Baboe hatte es noch anders gewusst. Und was die sagte, war wahr. Das saß so tief, dass Phyllis es nicht abschütteln konnte. Da konnte es so viele Bücher geben, wie es wollte.

»Könnt ihr euch nicht einen Roman vorlesen? Vielleicht Orlando? Oder Gedichte? Rose Ausländer?«

»Keine Angst, Mam. Wir werden nur das Sofa in Brand setzen und nicht das ganze Haus. Oder doch?«, kicherte Jola. »Ist die Hausratversicherung bezahlt?«

Phyllis hielt Kiwi die Ohren zu. »Jola«, sagte sie streng. »Deine Nichte ist unter achtzehn. Ich möchte nicht, dass du solche Sachen weiterhin in ihrer Gegenwart erwähnst.«

Jolas Lachen hörte sich nicht jugendfrei an. Sie genoss ihre sexuelle Freiheit und vertraute ihrer Leidenschaft. Die war mehr als eine Schwingtür, die im Atem der Lust pendelte. Ist Leidenschaft nicht sogar stärker als Liebe, fragte sich Jola. Die ermöglicht doch erst die Hingabe.

Ihr Schoß bat um eine milde Gabe. Im Sinne einer kleinen Vorspeise stellte sich Jola ihre Liebste nackt vor. Prompt blieb ihr die Luft weg. Ihre Geliebte gehörte zu den wenigen Frauen, die nackt schöner waren als angezogen. Das Bild entflammte sie und die Verletzlichkeit berührte sie.

»Ich muss weg, Mam. Ich muss sie schützen!«, rief Jola.

Vor dem Verlangen kann man niemanden schützen, dachte Phyllis und lächelte. Die Leidenschaft gehört zu den Straßen, wo sich die Gefühle kreuzen und weit und breit keine Ampel in Sicht ist.

Phyllis würde keinen Moment auf dieses Feuer verzichten wollen. Auch wenn Pater Paul ihr Herz und ihren Schoß mit Feuermalen versehen hatte. Die Narben pochten immer noch. Sie seufzte. Wer begehrt, gehört zu denen, die es in der Liebe etwas härter mögen.

»Omama, Omama«, sang Kiwi.

Phyllis wollte schon nach dem Telefonbuch greifen, für die Spezialgutenachtgeschichte. Aber dann überlegte sie es sich anders.

»Soll ich dir von deinem Großvater erzählen? Ja? Aber nur, wenn du es nicht weitererzählst.«

»Omama, Gesiste«, sagte Kiwi und kletterte zu ihr auf das Sofa. Phyllis nahm sie in die Arme und setzte sie auf ihren Schoß. Sie hatte sich zwar vorgenommen, ihrer Enkeltochter erst von ihren indonesischen Wurzeln zu erzählen, wenn sie danach fragen sollte, aber die Kleine würde diese Geschichte bald wieder vergessen. Sie konnte ihr Versprechen ausnahmsweise brechen.

Kiwi fuhr sich über die Nase und bat: »Omama, Gesiste. Bitte.«

Damit es bei diesem Einzelfall blieb, nahm sie sich vor, deutsche Sagen und Fabeln auswendig zu lernen. Oder das Nibelungenlied. Faust ginge auch. Oder doch erst Prinzessinnen, Kater und Frösche, Kaiser und ihre Kleider?

»Robert von Brück«, begann Phyllis. Sie versuchte sich zu erinnern, wie eine Geschichte zu erzählen war. Wie diese seit jeher erzählt werden musste. Ihr Mund war trocken. Sie räusperte sich und begann aufs Neue. »Robert von Brück.«

Kiwi steckte den Daumen in den Mund und schaute sie mit großen Augen an. »Robert von Brück war ein sehr stattlicher Mann. Er hatte blaue Augen und trug immer Maßanzug. Nie kam es ihm in den Sinn, die Krawatte zu lockern. Oder in der Freizeit Batikhemd und Schlabberhose zu tragen. Nicht bei der größten Hitze. Nicht in der Mittagszeit. Nicht während der großen Unruhe.

Robert von Brück wurde von allen geachtet. Bei Streitigkeiten ließ er alles stehen und liegen, um zu schlichten. Er half, wo es nur ging. Für seine Leute hatte er immer ein offenes Ohr. Nie vergaß er, zur Geburt eines Kindes ein Geschenk zu machen. Er beschenkte die Menschen zum Namenstag, zu Weihnachten und zum Nationalfeiertag. Und er organisierte Slamantans. Jeden Monat einen. Mindestens.«

Phyllis erinnerte sich an das Fest zu ihrer ersten Schwangerschaft. Drei Tage hatte es gedauert. So sehr freute sich ihr Mann. Auf dem Höhepunkt des Festes hatte er ihr ins Ohr geflüstert, dass er sie ab jetzt wieder siezen würde. Aus Respekt vor der Mutter seines Kindes.

Ab dem dritten Monat legte er täglich seinen Kopf auf ihren Bauch und lauschte.

»Ihr Schnurrbart kitzelt, Herr von Brück«, beschwerte sie sich. »Er wird immer breiter und schwärzer. Pflegen Sie ihn etwa mit Zahnbürste und Gel? Bitte, rasieren Sie ihn ab.«

»Küssen ohne Schnauz ist wie Suppe ohne Salz, Frau von Brück«, lachte er und spitzte wieder die Ohren. Er wartete. Das entsprach nicht seiner Natur. Nirgendwo hielt er es lange aus, nicht am Schreibtisch, nicht auf dem Pendopo, beim Hahnenkampf oder im Bett. Mehr als ein paar Stunden schlief er nie. Aber auf die Bewegungen seines ungeborenen Babys konnte er warten.

Es schien, als ob das Kind seinen Vater gut kannte. Da war er schon, der Tritt. Robert von Brück lachte. Dann ging er wieder seinen Geschäften nach.

Sechs Monate später hielt er seine Tochter in den Armen. Er strahlte. Mutter und Kind gesund, das Neugeborene die Schönste unter den Blumen der Schönen. Das Glück war ihm hold. Es wurde Zeit weiterzuziehen. Das Jahr war um.

Robert von Brück hatte seinen eigenen Kalender. Der galt einmal für sechs Monate, dann wieder für vierundzwanzig. Zeit war ihm ein Schmetterling im Wind. Das Jahr war um, wenn es ihn weiterzog. Er blieb ein Suchender und ahnte nicht, wie seine Sehnsucht aussah. Robert von Brück zwirbelte nachdenklich seinen Schäuzer. Als er die Haare losließ, zeigte die Spitze gegen Südost. Das war es. Die Süße des Südens gemischt mit Kaffeeduft. Nach Süßbitter musste es gehen. Er rückte die Krawatte zurecht und telefonierte.

Nach Borneo zogen sie, als Gritta neun wurde. Innerhalb eines Monats übersiedelten sie in eines der alten Kolonialhäuser. Noch bevor alle Kisten ausgepackt waren, fuhr Robert von Brück zu den Bergwäldern, vorbei an den Süßkartoffeln- und Maisfeldern sowie den Reisterrassen. Die Arbeiterinnen trugen konische Hüte, die sie vor der Sonne schützten. Stunde um Stunde setzten sie Pflanzen ein. Er zog seinen Hut und winkte grüßend. Dann ging es weiter zur Tabakplantage. Er kontrollierte die Pflanzen, die Ernte würde reich sein. Er liebte den Duft, der blumig-süßlich durch das Haus zog, wenn seine Frau sich eine Zigarre anzündete.

Als er von der ersten Fahrt zurückkam, hatten seine Leute das Büro eingerichtet. Er setzte sich an den Schreibtisch, an dem schon sein Großvater gearbeitet hatte. Robert von Brück streckte die Beine aus und stieß gegen ein Hindernis. Eine Schildkröte schlief unter dem Tisch.

Er wollte sie nicht erschrecken und setzte sich an den Rauchtisch. Dort beschäftigte er sich mit seinem Steckenpferd, dem Familienstammbaum.

»Was suchen Sie, Herr von Brück?«, fragte seine Frau, die ihn über ein Stück Papier gebeugt sah. Sie kam nicht dahinter, was es mit dem Stammbaum auf sich hatte.

»Frau von Brück, etwas stimmt hier nicht«, sagte er. Er sprang auf und ließ den Jeep auftanken. Robert von Brück fuhr über das Land und besuchte Verwandte. Er sprach mit den Männern, wettete beim Hahnenkampf und schaute nach den Kindern. Er blieb tagelang fort.

Als er zurückkam, zog er sich aus, ging schweigend ins Bett und blieb dort. Seine Frau traute ihren Augen nicht. Das Leben im Kampong spielte sich auf der Straße ab. Oder auf der Veranda, dem Pendopo. Draußen eben, nicht im Bett. Sie ließ den Arzt rufen und beauftragte die Köchin, die Hühnersuppe zuzubereiten.

Robert von Brück beobachtete durchs Fenster den Schmied, der im Schatten des Waringinbaums arbeitete. Der war ein hoch angesehener Mann im Dorf. Seinen Hacken verdankten die Bauern die lockeren Böden und von Brücks ihren Reichtum. Trotzdem erwies er ihm nicht wie gewohnt die Ehre, sondern verlangte nach Fontanes Stechlin aus der Bibliothek. Über das verblüffte Gesicht seiner Frau spottete er. Sie verschlang die westliche Literatur. Ihm hatte zum Lesen immer die Muße gefehlt. Aber jetzt fraß er sich tagtäglich durch die Seiten. Am Morgen. Am Nachmittag. Am Abend.

Auch die Kinder blieben im Haus. Freiwillig. Sie spielten in seinem Zimmer und wichen nicht von seiner Seite. Die Geister, die in der Luft lagen, gefielen Phyllis nicht. Wenn sie nicht schon Angst gehabt hätte, hätte sie ohne weiteres in Panik geraten können.

Nachts hielt Robert von Brück seine Frau in den Armen. Erst in der Morgendämmerung ließ er sie wieder los. Noch nie hatten sie so lange beisammen gelegen, nie waren sie so lange gemeinsam in einem Raum gewesen. Noch nie hatte er solch eine Gelassenheit ausgestrahlt. In diesen Nächten tankte seine Frau Kraft. Diese Stunden gaben ihr etwas, was sie nie aussprach. Es war wie ein Regenschirm, der ihr als Korb diente, sich als Schlagstock nutzen ließ und sie vor Sonne und Regen schützte. Etwas rundum Nützliches. Etwas, das sie immer begleitete.

Schließlich kam der Arzt und überwies Robert von Brück ins Krankenhaus. Dort wurde er tagelang untersucht. Die Ärzte bestätigten den Verdacht des Hausarztes. Eine Geschwulst in der Größe eines Kinderkopfes bedrohte sein Leben. Sie drückte auf Lunge und Herz. Die lebensbedrohliche Diagnose ließ Robert von Brück nur mit den Achseln zucken. Ausgerechnet er, der Mann der Tat, der tagelang über die Felder fuhr und höchstpersönlich die Nachtfalter jagte. Dieser Mann lag im Bett und zählte die Fleischstücke in der Hühnersuppe.

»Was ist los mit Ihnen, Robert von Brück?« Seine Frau erkannte den Vater ihrer Töchter nicht wieder.

In aller Ruhe fischte er die Nudeln aus der Suppe. »Das Rätsel, Frau von Brück. Ich habe es gelöst.« Er zwirbelte seinen Schnurrbart.

»Welches Rätsel?« Sie hätte ihm gern ein Feuer unter das Bett gelegt.

»Ich habe ihn gefunden!« Er biss in ein Stückchen Huhn.

»Wen, Robert von Brück?«

»Meinen Bruder. Jetzt habe ich ihn endlich.«

Niemand verstand ihn. Auch seine Mutter nicht. Welchen Bruder?

»Wir fliegen nach Deutschland, Frau von Brück.« Fleisch war in einer heilkräftigen Suppe nicht die Hauptsache, sondern nur eine subtile Würze. Er legte den Löffel beiseite und trank die Suppe aus. »Ihr Vater bereitet die Reise vor«, sagte er. »Ihr vier braucht lediglich euer Herz einzupacken. Wir reisen mit leichtem Gepäck und werden bald wieder zu Hause sein.«

Die Kinder freuten sich auf Europa. Ob sie richtigen, echten Schnee sehen würden, so wie im Fernsehen? Kalt würde es werden, das war sicher. Stundenlang packten sie ihre Koffer. Erst ein, dann aus und dann wieder ein. Schließlich war das Spiel zu Ende. Sie kamen in ihr Vaterland. Nach Deutschland.

Am Tag seiner Operation drückte er mit einer Hand das Familienbuch ans Herz. Im anderen Arm hielt er seine Frau. Seine Töchter hatten den Kopf auf seinen Bauch gelegt. Ein Bündel frischer Kräuter aus der Heimat verströmte sein Aroma.

Leise sang er: »Liebe Kinder, meine Töchter, lasst mich los. Auch du meine Frau. Ihr zieht hier. Ihr zieht dort. Dabei muss ich fort.«

Alles weitere, was hätte gesagt werden sollen, wurde vergessen. Was sollte man auch sagen nach der Spritze, wenn alles nur auf deren Wirkung wartete. Im Film, in Romanen fielen den Menschen bedeutende Sätze ein. Im wahren Leben beherrschte lähmende Angst das Herz. Wo blieben die Schwestern, die ihn in den Operationssaal bringen sollten? Und konnten sie wirklich nicht bis morgen warten?

Nachträglich erinnerte man sich an jedes Geräusch. An den Geruch im Zimmer. An jede Falte des geliebten Menschen. Sogar an die Flecken auf dem Nachttisch. Diese Minuten verblassten nie. Nicht einmal, wenn man sie vergaß. Und dann kamen die Schwestern.

Die Ärzte öffneten den Brustkorb und entfernten eine behaarte Geschwulst, so groß wie ein Kinderkopf. Der Chirurg entdeckte eine Hautfalte daran. Mit ein wenig Fantasie hätte es eine Ohrmuschel sein können. Robert von Brücks Herz setzte aus. Die Ärzte versuchten ihr Möglichstes. Bis sie schließlich aufgeben mussten.

Phyllis von Brück sagte ihren Töchtern: »Papas Bruder hat euern Vater heimgeführt. Sein unruhiger Geist hat nun seinen Platz gefunden.«

Mehr sagte sie nicht. Sie gönnte ihm seine Ruhe. Ihr Mann war im Leben ein Getriebener gewesen. Manchmal war er seiner selbst so satt, dass er den Tod viel früher begrüßt hätte.

Sie hasste sich für ihre Großzügigkeit gegenüber ihrem verstorbenen Mann. Sie hasste ihn, weil er das Wasser, das keinen Durst löschte, mitnahm. Ihr fehlten ihre Tränen. Sie hasste ihn, weil er schuld war an dem Verlust ihrer gewohnten Lebensart. Der Hass weckte eine trotzige Energie in ihr, die sie aus ihrer Lähmung riss. Die Geister würden schon sehen. Sie sollten sie kennenlernen. Phyllis packte den Regenschirm fester.

»Und dann kamst du, meine Enkeltochter.« Kiwi war eingeschlafen. »Du bist die Zukunft«, flüsterte Phyllis. Sie trug die Kleine ins Bett.

»Gute Nacht, kleine Maus«, sagte sie und strich die Decke glatt. Phyllis musste aufstoßen. Es schmeckte unangenehm säuerlich. »Morgen gehe ich zum Doktor. Den habe ich ihn schon lange nicht mehr besucht.«

»Guten Morgen, Frau von Brück«. Die Sprechstundenhilfe begrüßte sie strahlend. Ihr Gesicht war so rund wie ihr Bauch, der zwischen Stuhl und Schreibtisch klemmte.

»Guten Tag, Frau Heinz«, erwiderte Phyllis. »Wann ist es denn so weit?«

»In vier Wochen.«

»Wissen Sie schon, was es wird?«

»Ein Junge.« Sie klang enttäuscht.

»Sie hatten sich auf ein Mädchen gefreut? Das verstehe ich. Wenn die eigene Tochter ein Kind bekommt, weiß man immer, es ist das eigene Fleisch und Blut. Da kann man sich sicher sein, sogar ohne Genanalyse.«

»Meine Mutter glaubt, ich sei eine typische Jungensmutter. Für ein Mädchen müsste ich unbegrenzt üben. Ich soll mich eben damit abfinden, sagt sie.« Gudrun Heinz streichelte sich über den Bauch. Sie freute sich auf ihr Kind. Was macht es schon aus, welches Geschlecht es hat, dachte sie. Solange es gesund ist, ist alles gut.

»Ja, dann gute Geburt.« Phyllis fand, dass sie genügend Höflichkeiten ausgetauscht hatte. »Was Sie sich wünschen, das werde wahr«, sagte sie auf dem Weg ins Wartezimmer. Beim Arzt und Friseur freute sie sich, in die Welt der Schönen und Reichen einzutauchen und die Illustrierten durchzublättern.

»Moment bitte, Frau von Brück«, hielt Gudrun Heinz sie auf. »Ich möchte Ihren Blutdruck messen, das Gewicht kontrollieren und Blut abnehmen.«

Die Prominenz muss warten, dachte Phyllis enttäuscht und fügte sich. Eine Schwangere darf nicht verärgert werden, das schadet dem Ungeborenen.

Sie zog ihre Jacke aus und setzte sich an den langen Tisch am Fenster. Sie schaute hinaus auf die Büsche vor dem Haus. Wieder in Neuschnee verpackt. Es fehlte nur noch eine rote Schleife und alles wäre zum Verschenken bereit.

Frau Heinz legte ihr die Manschette an. Diese füllte sich erst mit Luft, die kurz darauf zischend entwich. Dabei piepste es. Nach ein paar Sekunden hörte das Geräusch auf.

»Hundertsechzig zu hundert«, notierte Gudrun Heinz. Sie verzog keine Miene und nahm Blut ab. Phyllis stieg auf die Waage, sah das Resultat und ärgerte sich. Wieder abgenommen, dachte sie. Ich werde immer weniger, ich muss mich ja schämen. Sie hatte genug von den Kontrollen. Wenn sie sich nicht so auf die Zeitschriften gefreut hätte, wäre sie gleich wieder nach Hause gegangen.

Im Wartezimmer nahm sie sich eine Illustrierte vom Stapel. Aber weit kam sie nicht. Nicht einmal bis zum Stuhl.

»Frau von Brück, bitte«, sagte Doktor Hartmund.

Phyllis seufzte. Sie fühlte sich um ihre Träume betrogen. Weder konnte sie einen Blick auf Hochzeitspaare werfen noch darauf, welcher Star sich gerade hatte scheiden lassen. Sie folgte dem Arzt in den Untersuchungsraum. Seine Schläfen trugen immer noch Dunkelschwarz, stellte sie fest. Kein einziges graues Haar. Der Mann wurde einfach nicht älter. Aber wer so einen verantwortlichen Beruf wie den des Arztes ausübte, konnte doch unmöglich so wirken wie einer, der noch in die Windeln machte oder Seifenkistenrennen gewann. Wieso ist der Jungspund noch nicht aus dem Dorf gejagt worden? Phyllis wunderte sich. Im Gegenteil. Er ist hoch angesehen und jeder schluckt brav die Medizin, die er verordnet. Sogar länger, als die Beschwerden anhalten. Phyllis hielt Tabletten für gefährlich. Besonders wenn man sie länger als drei Tage nehmen musste. Pillen, die nicht innerhalb von zweiundsiebzig Stunden wirkten, mit denen konnte etwas nicht stimmen.

Die Gesundheitssendungen und Aufklärungsbücher belehrten sie zwar, dass die Körpertemperatur normal bei siebenunddreißig Grad lag und wenn sie um sechs Grad stieg, der Mensch nicht sechsmal so krank war. Sondern tot. Aber überzeugt war sie nicht. Wie konnte man nur annehmen, dass ein Körper ohne einen bösen Geist erkrankte? Und wie kam Doktor Hartmund darauf, dass sie abnehmen sollte? Noch mehr?

»Ihr Gewicht ist Ihrer Gesundheit nicht gerade förderlich«, sagte er wieder einmal. Das war einer seiner Standardsätze. Er runzelte die Stirn über die erhöhten Blutdruckwerte.

Phyllis schwieg. Wie oft hatte sie ihm bereits erklärt, dass zu einer achtbaren Frau ein anständiger Bauch gehörte und dass sie den ihren niemals aufs Spiel setzen wollte! Diese Abnehmerei machte ihr zunehmend Sorgen.

»Solange ich schwitze, winde und aufstoße, bin ich gesund. Kerngesund«, sagte sie. Phyllis sah kein gesundheitliches Problem.

Doktor Hartmund sah sie groß an.

»Bewegung und Diät. Das senkt Ihren Blutdruck. Wenn nicht, muss ich Ihnen blutdrucksenkende Medikamente verschreiben«, sagte er.

Dieser Doktor ist kein guter Heiler, dachte sie. Wie soll ich ihn ernst nehmen können? Er ist nicht großzügig. Er lässt sich auch für seinen Dienst an Armen und Alten bezahlen. Auch wenn er über die Krankenkasse abrechnet, es bleibt dabei. Wer Geld nimmt für die Heilkunst, verliert sein Wissen. Weiß denn das niemand außer mir hier im Dorf? Wenn das richtig ist, dann liegen alle anderen falsch. Das kann auch nicht stimmen. Was ist nur los mit mir? Die Mehrheit weiß mehr.

Phyllis wünschte sich, wieder das Wesen des Himmels mit allen Menschen zu teilen. Ihre Welt war die, in der noch siebzehn Elefanten auf zwei Menschen gerecht verteilt werden konnten. Jeder bekam acht und der Richter erhielt ein Rüsseltier als Bezahlung für seinen Schiedsspruch.

»Es war nett, Sie einmal wieder zu sehen«, verabschiedete sich Phyllis und stand auf. Sie hatte seine Gastfreundschaft genügend lange in Anspruch genommen. Außerdem hatte er ihr keinen Tee angeboten. Sie fühlte sich unerwünscht.

»Ähm.« Doktor Hartmund kratzte sich die Nase. »Ich würde gern noch mit Ihnen über Ihr Cholesterin sprechen.« Er gab auf. Es hatte wohl derzeit keinen Sinn, Frau von Brück zu einer Ernährungsberaterin zu schicken. »Würden Sie mich bitte nächsten Monat wieder besuchen?«, bat er.

Beim nächsten Mal würde er besser vorbereitet sein. Während seiner letzten Fortbildung hatte er im Seminar »Andere Länder, andere Leiden« einen Arzt aus Indonesien kennengelernt. Er würde ihn anrufen. Diese Frau musste doch irgendwie zu knacken sein. Hinter seinem Schreibtisch hing der hippokratische Eid. Der Satz »zum Nutzen der Kranken einzutreten« war für Harald Hartmund einer der wichtigsten.

»Auf Wiedersehen, Doktor Hartmund.« Phyllis schob den Stuhl an den Tisch.

Der Arzt öffnete ihr die Tür. Im Vorzimmer war es ganz still. Gudrun Heinz wartete auf seine Anordnung. Er wies sie an, einen neuen Termin mit Phyllis zu vereinbaren.

»Anfang März?«, fragte Gudrun Heinz ihn.

»Ich werde Sie anrufen«, unterbrach Phyllis.

März war ihr zu früh. Wer wusste schon, wann der Frühling kommen würde. Vielleicht war es so frostig, dass sie nicht einmal den Hund hinauslassen konnte.

Nächste Woche würden Gritta und Kiwi Vierbeiner besichtigen gehen. Yasmin hatte alle Tierheime im Internet herausgesucht. Jola war gerade dabei herauszufinden, wie es um deren Ruf stand. Wenn es darauf ankam, zogen ihre Töchter am selben Strang. Phyllis lächelte. Aber ihre innere Stimme wurde laut. Ob ihre Töchter sich auf dem Weg des Lebens verlieren würden? Besonders Yasmin machte ihr Sorgen.

Tief in ihren Schal gemummelt, wartete Gritta mit ihrer Freundin Suleika vor der Praxis. Das blaue Auge leuchtete durch die klare Winterluft.

»Guten Tag, Frau von Brück. Darf Gritta mit mir in den Koranunterricht?«, fragte Suleika mit gesenktem Blick. Direkt und unverblümt.

»Kann sie denn den Hejab richtig binden?« Phyllis fand es wichtig, sich in den Glaubensrichtungen auszukennen und sich an deren Gebräuche zu halten. Das Gute würde schon siegen, auch wenn es manchmal etwas länger dauerte.

»Ach Mam, das schafft sogar Kiwi mit ihren zweieinhalb Jahren schon fast allein. Ich kann das schon lange. Suleika lasse ich doch nicht allein mit dem Kopftuch durch die Straßen gehen. Oder in der Klasse sitzen. Allein würde sie unter den anderen viel zu sehr auffallen.«

»Wie bitte? Du trägst im Unterricht Kopftuch?«

Phyllis war entsetzt. Es war richtig, kleinen Kindern, und dazu gehörte auch Kiwi, beizubringen, wie man sich für die Religionsausübung angemessen kleidete. Auf die Straße ging man auch nicht in Unterhosen und in den Unterricht nicht im Ballkleid. Aber die Schule hatte doch ein Dach, der Unterricht fand in geschlossenen Räumen statt. Warum also sollte ihre Tochter einen Hut, Schirm oder eben ein Kopftuch brauchen, wenn sie nur lernen wollte und nicht beten? Alles sollte zur Wirklichkeit passen, fand Phyllis. Sonst musste der Mensch doch irgendwann irre werden

»Das musst du selber wissen«, sagte sie. Ihre Worte fühlten sich so kalt an wie der gefrorene Asphalt unter ihren Füßen. Phyllis fröstelte.

Gritta ging ihren eigenen Weg. Davor konnte sie die Augen nicht mehr verschließen. Ihre Tochter suchte nach moralischer Klarheit, nach einfachen Antworten auf Probleme der verwickelten Welt. Phyllis konnte sie ihr nicht geben. Wie gern hätte sie sich mit ihr auf eine neue Wahrheit geeinigt, wenn sie nur die leiseste Ahnung davon gehabt hätte, ob sie auch gut war.

»Darf sie überhaupt mit so einem Gesicht vor den Imam treten, Suleika?«

»Ich werde fragen. Also dann, bis nachher«, verabschiedete sich Suleika. Ihre dunklen Augen strahlten. Es war ein guter Blick. Phyllis' Herz wurde weich. Suleika sah in ihrem langen, geraden Mantel altmodisch aus. Phyllis beneidete sie. Diese Kleidung drückte einen moralischen Standpunkt aus und sie hoffte, dass dazu auch Toleranz und Respekt sich selbst und dem Fremden gegenüber gehörten.

Warum die Bomben auf Bali? Ich verstehe den Terror nicht, dachte sie. Was soll dieser nackte Wille zur Zerstörung? Es steht doch auf unserer Flagge, Einheit in der Vielfalt. Gegensätze gehören verbunden. Extreme sind falsch. Eine Insel in Waffen ist krank. Sie braucht den Doekoen und keine Munition.

»Wie geht es deinem Hexenschuss?« Gritta wollte weder über das Kopftuch reden noch über ihre blauen Flecken. Es musste einfach ein Ende haben mit all dieser Mühe. So viel Geduld hatte es gebraucht vom ersten Tag an hier. Es reichte ihr.

»Du weißt doch, ich habe gar keinen. Der würde auch vorbeigehen, aber meine Arthrose nicht«, sagte Phyllis. Die Kälte war schuld daran, aber sie hatte davon nie viel Aufheben gemacht.

»Die einzige Rose, die das ganze Jahr blüht, ist die ArthRose.«

»Keine Witze, Mam, bitte. Ich kann nicht lachen.« Grittas Mund schmerzte immer noch. Trotz der Beifußumschläge.

Sie hat Angst, dachte Phyllis. Ich spüre es. Dabei ist es dem Anwalt heute Morgen bei der Polizei gleich um acht gelungen, für Ordnung zu sorgen. Er sprach sogar von Schmerzensgeld. Aber meine Tochter fürchtet sich immer noch.

»Lass uns über den Markt gehen«, sagte Phyllis und dachte, Menschen schreien auch vor Schmerzen, wenn niemand sie hört. Sie leiden, auch wenn andere es übersehen.

Wind kam auf. Der feine Pulverschnee staubte hoch und legte sich in neue Wellen.

»Ich werde mich nie an diese Kälte gewöhnen«, sagte Gritta und zog ihre Kapuze über den Kopf. Sie liebte Schnee, die weiße Erde, wie sie ihn nannte. Aber tropische Hitze war ihr doch lieber.

»Und du, Mam? Gewöhnst du dich je daran?«

Auf den Parkuhren saßen spitze Schneemützen. Es war frostig. Phyllis hatte blau verfärbte Lippen. »Weißt du, meine Tochter, manchmal liege ich nachts wach und denke über das Wetter nach.« Sie zog ihren Hut tiefer ins Gesicht.

Die beiden kamen an der Eisdiele vorbei, die mit einer leicht bekleideten Schönen in Skistiefeln für den Eisbecher »Schneefeuer« warb. Von der Birke fiel ein Batzen Schnee auf den Bürgersteig.

»Ich habe heute Nacht von einer Nacktschnecke geträumt«, lachte Gritta. »So eine wie die, die man gegen Hühneraugen und Warzen einsetzt.«

»Und, hast du sie mit in die Schule genommen?«

»Nein, Mam. Sie fraß lieber im Garten Kohl und wackelte vergnügt mit ihren goldenen Fühlern. Pures Gold waren die, sage ich dir.«

Gritta sog die kalte Luft ein und wünschte sich, sie hätte statt von Gold von einem Bad in Lava geträumt. Sie wäre zwar verbrannt, aber immerhin wäre ihr dabei warm geworden.

»Kohl und Gold? Das ist ein gutes Omen. Weißt du noch, letztes Jahr, die Sache mit Jola, dem Dieb und dem Konto? Da habe ich auch anschließend in der Nacht von Geld geträumt. Und drei Tage später kam die Steuerrückzahlung.« Phyllis rieb sich die Hände. »Es gibt heute Kohl«, entschied sie.

An der Traube warteten sie am Zebrastreifen, sogar die Autos schienen zu frieren und fuhren rücksichtslos vorbei auf der Suche nach einem warmen Abstellplatz. Dann endlich war der Weg frei zum Marktplatz.

Die Stände hüllten sich gegen die Kälte in Plastikplanen. Das Angebot von getrockneten Bohnen über Wintersalate bis zu vielfältigen Kohlsorten war immer noch reichlich.

Phyllis suchte einen Wirsing aus und sagte zur Verkäuferin: »Der hat aber einen Fleck.«

Gritta wusste, was jetzt kam.

Die indonesische Ader ihrer Mutter schlug wieder durch. Sie hasste dieses Feilschen. Gritta trat zur Seite. Genügt es ihr nicht, dass sie durch ihr Aussehen auffällt?, fragte sie sich. Unser brauner Teint stach unter all diesen hellen Menschen hervor. Besonders jetzt im Winter.

»Für einen Euro nehme ich ihn«, sagte Phyllis und gab den Kohl der Marktfrau. Die sah aus wie ein wandelnder Kleiderhaufen aus dem Trödelladen, aber für Handschuhe, Schal und Mütze war es ihr noch zu warm.

»Zwei, junge Frau«, sagte die Bauersfrau und wickelte den Kohl in Zeitungspapier.

Ihre Mutter öffnete die Börse. Mit verzweifeltem Gesicht sagte sie: »Ich bitte um Verzeihung, da fehlen mir zwanzig Cent.«

»Geben Sie mir den Rest einfach nächste Woche«, antwortete die Marktfrau. Auf ihrem Gesicht lag ein listiges Lächeln.

Gritta ärgerte sich. Was sollte die Bäuerin nur von ihnen denken? Jede Woche feilschte ihre Mutter, als ob ihr Leben davon abhinge. Sie schaffte es nie, den Preis zu zahlen, der verlangt wurde. Hier auf dem Markt ging es noch, aber sie handelte auch im Supermarkt. Sie glaubte, alle Leute würden ihr Sand als Salz verkaufen.

Wie sehr man sich über ihre Mutter ärgerte, hatte sie in der Schule gehört. Die Kinder vom Friseur, vom Metzger und dem Bäcker, selbst die aus dem Supermarkt und dem Elektrogeschäft berichteten ihr brühwarm, was ihre Eltern am Mittagstisch erzählten. Es war ein Trauerspiel.

»Kannst du nicht allein weiter einkaufen?« Gritta schwang den Korb.

Ihre Mutter zwinkerte. »Wer soll dann unsere Einkäufe tragen?«

»Du«, rutschte es Gritta heraus. Sie biss sich auf die Zunge, aber sie hatte es schon gesagt. Gesagt war gesagt und seit ihrem achten Lebensjahr trug sie die Verantwortung für ihre Worte und Taten. Sie duckte sich. Umsonst. Was sie erwartete, trat nicht ein.

»Du bist die Jüngere«, sagte ihre Mutter. »In deinen Knien blüht noch keine Arthrose.«

»Warum tust du das, Mam?«

»Dafür brauche ich keinen Master in Psychologie. Ich kenne dich besser als du selbst. Du bist meine Tochter.«

»Ich kenne dich auch schon seit meiner Geburt«, konterte Gritta. Nie würde Phyllis allein zum Einkaufen gehen. Sie war dazu nicht fähig. Gritta fragte sich, warum ihre Mutter es immer noch nicht schaffte. Ich gehe doch auch allein in die Schule, dachte sie.

In ihrem ersten Jahr in Deutschland hatte Gritta es noch seltsam gefunden, die Schultasche selbst zu tragen und ohne das Geplauder ihrer Baboe zur Schule zu gehen. Jetzt war sie stolz darauf, allein unterwegs zu sein. Sie hatte das Problem bewältigt. Sie war lösungsorientiert. Warum konnte es ihre Mutter nicht? Sie hatte sie einmal darauf angesprochen. Die Antwort war sehr unbefriedigend ausgefallen. Ihre Mutter hatte erwidert: »Ich vermisse die planierten Schotterdecken. Mir fehlt der Baum im Zentrum des Marktes. Mir fehlen die geschnitzten und bemalten Verzierungen an meinem Haus, die ich mit einem Büffel bezahlte. Das verstehst du aber nicht, dafür bist du noch zu jung.«

Als sie beim Eiermann vorbeikamen, sagte ihre Mutter: »Ein Langschnabeligel schlüpft aus einem Ei. Dann kriecht er in den Beutel seiner Mutter wie ein Känguru. Wenn die sich ein Bein bricht, würde sie lieber sterben als in den Beutel ihres Jungen zu kriechen. Auch wenn das seine Mutter doch schon seit dem Schlüpfen kennt. Das ist der Lauf der Dinge. Eine andere Reihenfolge gibt es nicht.«

»So wie Känguru und Tiger nie auf derselben Insel leben«, antwortete Gritta spontan. Sie sah ihrer Mutter an, wie sehr der diese Antwort gefiel. Auch wenn sie ein falsches Bild gewählt hatte. Die Steilfalte zwischen den Augen ihrer Mutter verlor an Tiefe. »Du sprichst wie ein Fuchs, der den Hühnerstall aufsucht, auch wenn er etwas anderes geschworen hat«, sagte Phyllis und kaufte sechs Eier zum Sonderpreis.

Gritta wünschte sich, ihre Mutter wäre wie Erna Baumann. Die Nachbarin feilschte nur auf dem Flohmarkt, besaß einen Goldfisch und stellte sich nie auf einen Hocker, um die Wäsche aufzuhängen. Sie ist aber auch viel größer als Mam, dachte Gritta und fühlte, wie sich ihr Mund zu einem Lächeln verzog. Ihr Gesicht schmerzte immer noch. So lange hatte sie nicht mehr gelächelt und dennoch nicht vergessen, wie man ein freundliches Gesicht zeigte. Wenn sie das bis zum Abitur fertigbrachte, würde sie endlich genügen können und ganz in Deutschland ankommen dürfen. Gritta wollte unabhängig, selbstständig und erwachsen werden. Ihr Mutterland war Teil ihrer Kindheit. Und die war vorbei. Endgültig. Mit diesem Winter.

»Hast du schon gegessen?«, fragte sie ihre Mutter. Zum letzten Mal, schwor sie sich. Mit Indonesien bin ich fertig. Sie hielt ihren Schwur bis über den nächsten Winter hinaus.

4

Oma, schau mal, die Harleys!« Mit ihren knapp vier Jahren interessierte sich Kiwi für Dinosaurier mit Kolben. Auf schweren Motorrädern brauste eine Horde junger Männer durch die Straßen, in schwarzem Leder, ohne Helm, mit Sonnenbrille. Die Reifen wirbelten Steinchen vom Asphalt hoch. Benzingeruch lag in der Luft. Das Dorf erwachte aus dem Winter. Der Karneval würde ihn endgültig davonjagen. Für die tollen Tage lagen schon Masken und Kostüme in den Auslagen bereit. Kiwi war begeistert und auf keiner Schaufensterscheibe fehlte der Abdruck ihrer Nase. Einkaufen wurde zur Qual. Das Erdbeben auf zwei Beinen hielt alle auf Trab. Obwohl Phyllis noch keine fünfzig war, konnte sie den Tag ohne Mittagsschlaf nicht mehr durchhalten. Auch heute ruhte sie erschöpft. Kiwi stand am Fenster, aber ihre Oma lag immer noch quer über Yasmins Bett. Phyllis schnupperte am Kissenbezug. Sie hatte ihn nicht mehr gewechselt, seitdem ihre Tochter das Haus verlassen hatte. Sie vermisste Yasmin, die seit dem letzten Frühling als Postulantin in einem Kloster lebte.

Warum konnten wir dir nicht helfen, meine Tochter, dachte Phyllis. Waren wir dir zu laut? Zu lebendig? Aber du bist doch erst zwanzig. Phyllis standen Tränen in den Augen.

Ihre Yasmin hatte Ruhe gesucht. Ruhe von dem Widerhall in ihren Ohren, Ruhe von den tanzenden Bildern, Ruhe vor der Welt. Sie wandte sich Gott zu, warf sich ihm hinter Klostermauern vor die Füße und hoffte auf ein Wunder. Das trat ein. Sie wurde mit offenen Armen aufgenommen, war wieder Teil einer großen Familie. Geborgen in der Herzlichkeit, die ihr die Nonnen entgegenbrachten, brach es aus ihr heraus. Endlich konnte Yasmin weinen. Sie weinte um ihr Heimatland, ihren verstorbenen Vater, ihre Mutter und Pater Paul, ihre Schwestern und ihre Tochter. Und um sich selbst, ihre Träume und Wünsche.

Phyllis hatte sie seit ihrem Eintritt ins Kloster nicht mehr gesehen. Weder besuchte sie ihre Tochter noch wurde sie um einen Besuch gebeten. Wer wem aus dem Weg ging, wurde nicht gefragt. Sie fühlte sich gedemütigt, verstand nicht, wie ihre Tochter die Familie hatte verlassen können. Diese war doch mit ihrem Auszug aus Indonesien schon auf einen Mikrokosmos geschrumpft. Jeder weitere Verlust schwächte noch mehr. Obwohl sie verstand, wie sehr ihre Tochter unter den Wahrnehmungsstörungen litt, konnte Phyllis sie ohne Einladung nicht besuchen. Ihr indonesisches Blut war zu Eis erstarrt.

Eines Morgens hatte auf dem Bett ein Brief von Yasmin gelegen. Darin stand, sie habe die Benediktinerinnen um Asyl gebeten. Die Ordensschwestern hätten sie eingeladen, bei ihnen zu wohnen und mit ihnen zu leben. Ohne einen Kuss war sie gegangen.

Phyllis wollte ihre Tochter wiederhaben. Aber wenn sie ihr Kind bäte, die Tochterpflichten zu erfüllen, und

Yasmin gehorchte, dann war das der falsche Weg. Sie hatte das Tal der Dunkelheit allein zu durchschreiten. Phyllis wollte auf gar keinen Fall diese Seele beeinflussen. Das mochten die Geister gar nicht gern. Wer sich einen Blumenstrauß erzwang, erhielt nur welke Blüten.

»Was machst du, Oma?« Kiwi hatte sich zu Phyllis gewandt, die den Duft der Bettdecke tief einsog. Ihre Stupsnase fuhr an den Nähten der Wäsche entlang, deren Farbe perfekt zum Blau der Vorhänge passte. Die hatte Yasmin nie haben wollen. Aber sie waren das Abschiedsgeschenk von Pater Paul, das konnte sie nicht ablehnen. Phyllis stand auf.

»Komm, Kiwi, lass uns den Kleiderschrank von der Mama ausräumen. Du bist schon groß, du brauchst deinen eigenen Schrank.« Kiwi strahlte.

Es würde viel zu räumen geben. All ihre Kleidung hatte Yasmin dagelassen, ihr Radio und das Notebook. Ihre Nabelschnur zur Welt, die größer war als das Internet und kleiner als die Wirklichkeit.

Kiwi brauchte den Platz tatsächlich. Bisher hatte Phyllis das Ausräumen verschoben. Immer noch hoffte sie, dass Yasmin eines Tages an der Tür klingeln würde. Ihr schuldbewusstes Gesicht unter den Sommersprossen versteckt, um ein wenig Brot und Wasser bittend. Was war denn schon ein Jahr? Was war schon die Zeit? Ihr wisst nicht, wann es so weit ist, dachte sie.

»Oma, darf ich dann auch im großen Bett schlafen? In Mamas Bett?«

Phyllis schob die Kleiderbügel mit den Blusen zur Seite. Auf einer der Schultern fand sie ein Haar. Yasmin hatte sich vor ihrem Klostereintritt wieder den Kopf rasiert. Die Dorfbewohner tuschelten von Krebs und Chemotherapie. Phyllis hatte sich an den Anblick gewöhnt. Sie erschrak viel mehr darüber, dass ihre Tochter täglich blasser geworden war, ohne in Milch zu baden.

»Oma? Darf ich?«

»Willst du nicht lieber zu mir kommen?« Phyllis schmerzte der Gedanke, kein Bett mehr frei zu haben, wenn ihre Tochter doch eines Tages vor der Tür stehen sollte.

»Aber ich bin doch schon groß, Oma!«

Mit ihren fast vier Jahren wuchs Kiwi zu einem prächtigen Mädchen heran. Eigenwillig wie ihre Mutter und unruhig wie ihr Großvater. Sogar wenn sie schlief, zappelte sie. Das war schließlich der einzige Weg, mit Wölfen und Waranen fertig zu werden, die einen bis in die Träume verfolgten und fressen wollten. Das wird mir auf Dauer doch zu ungemütlich, dachte Phyllis. Also soll sie im Bett ihrer Mutter schlafen. Da hat dann auch Grittas Hund endlich genügend Platz.

Item, die schwarzbraune Promenadenmischung mit den hellbraunen Pfötchen und den Fledermausohren, hatte sich in Kiwi verliebt. Und das Kind in sie. Seit über einem Jahr stand Kiwi unter dem Welpenschutz der fast gleichaltrigen Hundedame. Die beiden waren unzertrennlich. Item schlief immer mit im Kinderbett. Sie nahm dabei den größten Platz ein und Kiwi vergrub sich zwischen ihren Pfoten.

Nacht für Nacht warf Phyllis den Vierbeiner aus dem Bett, aus dem Zimmer oder sperrte ihn in den Schuppen. Trotzdem fand sie Item immer wieder in den Armen ihrer Enkeltochter. Kiwi hielt fest, als wäre das Tier der Anker in den Gewässern der Träume.

Kiwi hüpfte aufgeregt auf der Matratze.

»Das ist meins, mei-heins, eins, zwei, drei und meins«, sang sie. Item blaffte im Takt.

Vermutlich bekommt der Hund auch noch Hilfe von Jola und Gritta, dachte Phyllis. Für die ist Item ihre neue Schwester, die ihnen hilft, ihre Nichte vor den Schatten der sichtbaren Welt zu schützen. Seit Yasmin fort ist, lastet die Verantwortung für unsere Kiwi noch stärker auf ihren Schultern. Aber die aufrechte Haltung haben sie durch alles bewahrt.

Trotzdem traue ich dir nicht, du Kläffer. Du bist und bleibst ein Hund, kein Stofftier. Kein zahnloses Wesen, das für immer gezähmt wurde.

Wie oft Phyllis sich den Vierpfoter schon als Spanferkel vorgestellt hatte, konnte sie nicht mehr zählen. Noch hatte sie den Metzger nicht bestellt. Noch gehörst du zum Notvorrat, du Hund, dachte Phyllis.

Seit Kiwi Item nicht mehr aus den Armen ließ, wachte Phyllis auch über ihren Schlaf. Sie wusste nie, wann sich ihre Enkelin für den Hund in ein Stück Fleisch verwandeln würde. Ihre Mutter hatte sie immer gewarnt. Täglich fielen in Indonesien Menschen wilden Bestien zum Opfer. Die gab es zwar kaum in Deutschland, selbst die Insekten stachen nur, aber töteten nicht. Nur selten verirrten sich Wölfe oder Bären hierher. Und wenn, hatten sie mehr Angst als die Menschen. Aber ihre Mutter hatte gewusst, dass man Tieren, gleich welcher Art, nicht trauen kann.

»Kiwi, aber in dieses Bett darf Item nicht.«

Die Kleine hörte auf zu hüpfen.

»Doch. Item muss mit, Omama. Von Mama darf ich das. Bestimmt.«

Phyllis seufzte. Kiwi hatte ihren Dickkopf sicher von ihrem Großvater. Oder von Yasmin. Von ihr jedenfalls nicht. Zum Glück fiel ihr wieder ihre Mutter ein. Wo habe ich nur die Geschichte, grübelte sie. Mam hat sie extra für mich ausgedacht und aufgeschrieben, weil ich als Kind nicht glauben konnte, dass Tiere gefährlich sein sollen. Besonders, wenn sie kleiner waren als ich. Aber ich weiß sie ja noch.

»Soll ich dir eine Geschichte erzählen, Kiwi?«

»Au ja, Oma. Aus Afrika.« Die Kleine strahlte. Sie liebte es, wenn ihre Großmutter erzählte. Dann vergaß sie alles um sich herum. Manchmal sogar Item.

Phyllis hatte Kiwi im vergangenen Jahr viele deutsche Fabeln, Mythen, Märchen und Sagen erzählt. Aber immer wieder fragten die Leute sie, in welchem Land ihre Enkeltochter geboren worden war. Sie wurde einfach nicht als Deutsche anerkannt, egal, ob sie das Nibelungenlied kannte oder den Erlkönig aufsagen konnte. Also hatte sich Phyllis entschieden, die strenge Erziehung zu deutschen Werten zu lockern.

»Ein Kampf«, begann sie und setzte sich neben Kiwi auf das Bett.

»Blätter wirbelten durch die Luft, die Palmen erbebten. Die Papayas und die Mangos fielen büschelweise. Ein Schimpanse so groß wie unser Haus und so stark wie drei Elefanten warf einen jüngeren Affen zu Boden. ‚So, jetzt habe ich dich!' Der Schimpanse fletschte die Zähne und knurrte wild. Der kleine Affe hörte sein letztes Stündlein schlagen. Er schrie nicht, er kratzte nicht, er strampelte nicht. Scharf dachte er nach und setzte alles auf eine Karte. ‚Du bist der Stärkste. Du bist der Klügste. Der Wildeste. Du bist der Herr des Dschungels. Ich ergebe mich. Friss mich.‘

Der Schimpanse trommelte sich auf die Brust. Er brüllte vor Freude. Die Erde erbebte unter dem Siegesgeheul und der Wind hielt den Atem an. Alle hörten es, sogar die Menschen im Dorf. Aber die ließen sich dadurch nicht stören. Nur die Tiere duckten sich tiefer ins Gras.

Der kleine Affe freute sich. Wieder ein paar Sekunden länger gelebt. Und jetzt hatte er einen Plan. ‚Du Großer, Starker, Mächtiger! Ich will dir dienen. In mir wirst du einen treuen Freund haben‘, sagte er.

Dem Schimpansen knurrte der Magen. ‚Ich habe Hunger. Ich will fressen. Dich. Jetzt. Was soll ich mit einem Freund?‘

Der kleine Affe sah seine Felle davonschwimmen. Er zog seinen Joker aus dem Pelz. ‚Ich kenne einen Ort, an dem es so viel Fleisch gibt, dass du nie wieder jagen musst. Hast du schon vom Schlaraffenland gehört?‘

‚Schlaraffenland?‘ Der Schimpanse runzelte die Stirn. ‚Das kommt mir bekannt vor.‘ Seine Großmutter hatte ihm von dem Land erzählt, in dem ein Schimpanse nur das Maul aufreißen musste und flugs hatte er eine Taube zwischen den Zähnen. ‚Du weißt, wo das Schlaraffenland ist? Zeig es mir! Und wehe, du hintergehst mich! Mein Magen wird dich finden.‘ Wieder fletschte er die Zähne. Der Eckhauer war so groß wie seine Faust. Mindestens.«

Kiwi lachte. »Der muss sich aber dann lange die Zähne putzen. Hatte der auch so eine Uhr dafür wie ich?«

»Der kleine Affe ja. Der war ja schlau. Aber der Schimpanse, der hat sich nie die Zähne geputzt. Deshalb hatte er auch so oft Zahnweh. Und schlechte Laune. Willst du wissen, wie es weitergeht, kleine Maus?«

»Klar, Oma. Den kleinen Affen lassen wir doch nicht alleine! Item kann den Schimpansen beißen.«

»Item ist auch ein wildes Tier. Da hast du recht. Also, wie geht es weiter? Ach ja. Der Affe staubte sein Fell ab. ‚Komm mit', sagte er. ‚Es ist nicht weit.' Sie kletterten auf den nächsten Baum und schwangen sich von Liane zu Liane dem Wunderland entgegen. Am Rand des Schlaraffenlandes stand ein Menschendorf. Die beiden versteckten sich hinter einem Gebüsch. Der kleine Affe zeigte auf ein Blockhaus.

‚Da, siehst du, du Großer?' Er richtete seinen Finger auf ein Baby in einer Hängematte. Kein Mensch war in der Nähe. Der Schimpanse klopfte dem kleinen Affen großmütig auf die Schulter. ‚Ein Freund, das ist gar nicht so schlecht. Daran könnte ich mich gewöhnen', sagte er.

Der Schimpanse schlich zur Hängematte, griff sich das Kind und hielt ihm den Mund zu. Hastdunichtgesehen war er wieder im Gebüsch und schmauste. Der Menschenfresser gab dem kleinen Affen kein Stück ab. Er wischte sich schließlich das Blut aus dem Gesicht und sagte: ‚Der Mensch schmeckt anders als ein Affe. Aber Fleisch ist Fleisch.'« Phyllis schwieg und wartete.

»Der Schimpanse ist böse, Oma. Böse. Böse. Böse«,

fand Kiwi. »Item, wir müssen mit ihm reden. Wir würden ihn ja auch nicht essen.«

Sie kraulte Items Ohr. »Nicht wahr, Item? Du bist meine Freundin. Und so etwas machen wir nicht.« Item schnarchte. Du verdammter Windhund, polterte Phyllis in Gedanken. Du bellst zwar, wenn Kiwi Gefahr droht. Aber du hebst nicht einmal ein Ohr, wenn Diebe ums Haus schleichen. Auf dich ist kein Verlass. Außer als Notvorrat.

»Tiere sind Tiere, Kiwi. Die sind nicht immer lieb. Komm her, Kleines.« Phyllis mochte es nicht, wenn ihre Enkeltochter dem Hund zu nahe kam.

Kiwi ließ Items Ohr los und kletterte ihrer Großmutter auf den Schoß. Schläfrig öffnete der Hund ein Auge.

»Oma, kitzel mich.« Kiwi wollte spielen.

»Steigt ein Mädchen auf den Baum, ei, so hoch, man sieht es kaum ...«, ihre Finger kletterten am Arm des Kindes hoch, »hüpft von Ast zu Ästchen ...«, ihre Hand hopste von der Schulter zur anderen, »bis ins Vogelnestchen ...« Sie wuschelte in Kiwis Haaren: »Ei, da lacht es, hui, da kracht es, plumps – da ist was Hartes.« Ihre Finger stürzten vom Kopf auf die Knie.

Phyllis warf Kiwi auf den Rücken. Die juchzte. Item stellte die Ohren auf. Kiwi zog ihr Hemdchen hoch. »Oma, Bauchweh.« Item ließ die Ohren wieder hängen.

Kiwis kleiner runder Bauch wölbte sich ihrer Großmutter entgegen. Phyllis streichelte ihn. Er fühlte sich gebläht an.

»Geh mal auf die Toilette. Vielleicht hilft das«, sagte Phyllis.

Kiwi stieg vom Bett. »Komm mit, Item«, sagte sie und zog ihr im Vorbeigehen am Schwanz.

»Nicht!« Phyllis stand auf. »Nein, nicht am Schwanz ziehen! Nur ihren Namen rufen.« Sie zupfte ihren Rock zurecht. »Item kommt schon, wenn sie will.« Sie breitete ihre Arme aus und rannte hinter Kiwi her, als wäre sie eine Hundefängerin. »Du möchtest doch auch nicht, dass ich dich an den Zöpfen ziehe?«

»Nein, nein, Oma, nicht!« Kiwi hüpfte in den Korb unter dem Waschbecken.

»Wo ist denn die kleine Kiwi? Hinter dem Duschvorhang? Ob sie etwa im Wäschekorb steckt? Da ist sie ja, die Kiwimaus.«

Kiwi schaute empört drein. »Männo. Warum findest du mich immer?«

»Ach, KiKi, ich war doch auch mal klein.« Phyllis fischte sie aus der schmutzigen Wäsche und hielt sie fest. Wenn ihr kleiner Tornado einmal unterwegs war, dann waren die Beinchen schneller als der Wind. Und das Geschäft landete in der Hose.

Während Kiwi auf der Toilette saß, beobachtete Phyllis aus dem Fenster ihre Nachbarin. Erna Baumann sammelte die Tannenzweige ein, die das Blumenbeet abgedeckt hatten. Phyllis vermisste ihre Nachbarin. Schon vor Yasmins Auszug war Erna nicht mehr zum Kaffee gekommen. Blieb sie aus, seit der neue Pfarrer eingezogen war? Ich weiß es nicht mehr, dachte Phyllis. Es ist so viel passiert. Sie fragte sich oft, warum ihre Nachbarin sich nicht mehr zur Familie zählte. Sie kam sich vor wie eine Leprakranke. Erst ausgegrenzt und dann auf eine einsame Insel verbannt.

Phyllis fragte sich, ob es darum in einem Land mit nur wenigen Inseln Tier- und Altersheime gab. Sie zuckte die Achseln. Sie wusste es nicht. Wen hätte sie auch fragen sollen? Item sprach nur mit Kiwi. Und die Bewohnerinnen des Seniorenstiftes zu fragen, wäre respektlos gewesen. Von sich aus kamen die Damen nie auf das Thema zu sprechen. Als wären sie es nicht mehr gewohnt, den Schatz ihrer Erfahrungen vom Meeresboden zu heben. Dabei waren diese der einzige wahre Reichtum. Er wuchs, je mehr man ihn verschenkte. Alte, die ihre Gedanken eifersüchtig hüteten und nicht teilen wollten, lehrten ihre Jungen, Schurken zu werden. Doch hätten die Greisinnen ihr Wissen gerne geteilt. Sie wünschten sich häufiger Besuch, erklärten aber im gleichen Atemzug ihr Verständnis, dass Töchter und Schwiegertöchter zu viel um die Ohren hätten. Phyllis hielt das für eine Ausrede. Und Ausreden, hatte ihre Mutter gesagt, sind wie Füße. Alle sind damit unterwegs. Und sie stinken nach Käse.

Von den Männern in ihren Familien sprachen die Greisinnen kaum. Sie verlangten auch nichts von ihnen. Daher vermutete Phyllis, in Deutschland würden die gleichen gesellschaftlichen Regeln herrschen wie auf Westsumatra. Dort ging der Geldverkehr in den Dörfern durch Frauenhand. Frauen beherrschten den Markt, während der Bürgermeister Sitzungen abhielt. Sie behielten ihn im Auge. Solange er in ihrem Sinn regierte, ließen sie ihn in Ruhe. Aber wehe, er traf eine Entscheidung gegen die Marktfrauen oder die Ehefrauen, Mütter und Töchter des Dorfes. Dann ging nichts mehr. Gar nichts. So lange, bis der Erlass zurückgenommen wurde. Die Männer kannten die Macht der Frauen. Sie fürchteten sie. Auch wenn es nach außen hin anders aussah.

Vermutlich war Angela Merkel deswegen Bundeskanzlerin geworden. Die Männer schafften es einfach nicht mehr, für alle zu sorgen und waren nun bereit, Hilfe aus Frauenhand anzunehmen. Phyllis sah die Politik nicht als einen Beruf an. Sie glaubte, dass die Frauen in Deutschland wie im Kampong Schlüsselpositionen einnahmen, damit die Kinder in ihrem Sinn erzogen wurden und für Kranke wie Greise gesorgt war. Das war ihre Pflicht und das Recht als Hüterinnen von Haus, Herd und Markt.

Ich verstehe aber immer noch nicht, warum hier ein Haus nicht von der Mutter auf die Tochter vererbt wird, dachte Phyllis. Wahrscheinlich ist das so, weil die meisten Menschen zur Miete wohnen. Nun gut, jedes Land hat seine Eigenheiten. Phyllis hatte es aufgegeben, sich alle zu merken. Es waren zu viele. Selbst wenn sie sich an all die ungeschriebenen Gesetze hielte, würde es immer Leute geben, die sie zur Außenseiterin abstempelten. Es lag nicht nur daran, dass Phyllis fremd wirkte. Auch in Deutschland gab es Sonderlinge. Man musste lediglich als Bayer auf eine Insel im Meer ziehen. Die Leute brauchten nur einen minimalen Anlass, um sich auf jemanden einzuschießen. Das schien die Gemeinschaft erst zusammenzuhalten. Und die Gedanken waren frei. Die Meinungsäußerung erst recht. In Indonesien ließ man dagegen Menschen, die nach Anerkennung und Aufmerksamkeit gierten, ins Leere laufen.

»Fertig«, rief Kiwi und begutachtete, was in der Schüssel lag. »Toll«, lobte sie sich. »Kuck mal, Item.«

»Sitz!«, befahl Phyllis, als der Hund auf die Schüssel springen wollte.

»Braver Hund.« Das Loben machte ihr bei der Hundeerziehung am meisten Schwierigkeiten. Aber wenn sie ihr nicht genau sagte, was sie zu tun hatte, war die Hündin irritiert.

Hundeschule auch für Kiwi? Aber wie soll sie an der Leine außer dem Gehorsam gleichzeitig die freie Entscheidung lernen? Vielleicht sollte ich einmal mit der Kindergärtnerin reden. Paula Lühr hat sicher ein Buch darüber.

Phyllis schaute auf ihre Armbanduhr. Sie mussten sich beeilen, wenn sie noch beizeiten zur Spielgruppe kommen wollten. Ihre innere Uhr war wie jeden Winter aus dem Takt geraten. Sobald die Sonne wieder schien, würde sie die Uhr Jola zurückgeben können. Sie wollte Kiwi den Rollkragenpullover über den Kopf ziehen, aber die Kleine wehrte sich.

»Nein, Oma«, sagte Kiwi. »Der ist doof.« Sie flüchtete wieder in den Wäschekorb.

»Den hattest du gestern aber auch schon an, KiKi.«

»Da hat er noch nicht gekratzt, Oma!«

Item baute sich schützend vor dem Wäschekorb auf.

»Sitz!«, befahl Phyllis.

Item und Kiwi setzten sich blitzartig. Phyllis lachte. »Was seid ihr beide brav! Brav, Item. Und du auch, kleine Maus.«

Vielleicht half ein Hund doch bei der Kindererziehung. Phyllis streifte ihrem Enkelkind einen anderen Pullover über und zog ihr die Stiefel an. »Los geht's.«

Kiwi rannte ins Kinderzimmer. »KiKi, komm, bitte, wir kommen zu spät zum Spielen!«

Es klingelte. Phyllis öffnete das Badezimmerfenster und rief hinunter: »Guten Tag. Wer ist da?«

Zwei Männer schauten herauf. Blond, rotwangig, jung und im offenen Mantel standen sie vor der Haustür. In ihren dunklen Anzügen, weißen Hemden und mit den Krawatten aus den Sechzigern sahen sie aus wie Gottesdiener.

»Moment bitte, ich komme runter«, rief Phyllis und schloss das Fenster wieder. »In zwei Minuten seid ihr unten, KiKi.«

»Ja, Omama. Wir kommen gleich.«

Als sie die Treppe hinunterstieg, hörte sie Kiwi fragen: »Item, wie lange sind zwei Minuten?«

»Sofort heißt das, KiKi«, rief Phyllis nach oben und öffnete die Haustür.

»Guten Tag. Sind Sie Frau von Brück?« Die Männer sprachen deutsch mit amerikanischem Akzent. Phyllis nickte. Sie ordnete die beiden als Mormonen ein. Die schickten immer wieder ihre Missionare nach Europa.

»Wir würden Sie gern zu unserer Versammlung einladen.« Die jungen Männer lächelten wie in einer Zahnpasta-Werbung. Sie brauchten sich ja auch um nichts Sorgen zu machen, schließlich waren sie bereits von Gott errettet. Oder sobald sie sich in der Gemeinde bewiesen hatten.

»Wie nett von Ihnen«, sagte Phyllis. Die letzte Einladung war schon Jahre her. Damals hatte sie noch im Chor mitgesungen. Sie wollte sich endlich einmal wieder mit Erwachsenen unterhalten, über die Welt. Und gerne auch über Gott.

»Kommen Sie aus Salt Lake City?«

Die beiden strahlten und nickten eifrig.

Salt Lake City, dachte Phyllis. Obwohl die Stadt in der Wüste liegt und eigentlich staubig sein müsste, ist sie sehr sauber. Sie blitzt vor Ordnung und Gottesliebe. Und so etwas prägt das Wesen der Menschen, die von dort kommen. Von so netten Menschen werde ich doch gern eingeladen.

»Also gut. Ich komme gerne.«

»Ja, dann freuen wir uns«, strahlten die Männer.

»Was soll ich mitbringen?« Gerade noch rechtzeitig verkniff sie es sich, eine Flasche Wein vorzuschlagen. Mormonen tranken keinen Alkohol. Cocktails wurden auf Orangensaft-Sirup-Basis zubereitet. Phyllis war gespannt, was die Mormonen anbieten würden. Reis bestimmt nicht. Und auch keinen Kaffee. Ganz sicher würde es kein Rauchzimmer geben. Das gefiel Phyllis nicht so sehr. Wie sollte sie sonst mit den Geistern, mit Gott in Kontakt treten?

»Danke. Aber das ist nicht nötig«, sagten die beiden wie aus einem Mund.

Was Phyllis an den Mormonen gefiel, war ihr Interesse an Familienforschung. Sie sammelten Daten aus aller Welt. Von allen Menschen, die zu ihnen gehörten. Über zwei Milliarden Namen wurden in einem Berg aufbewahrt. Atombombensicher. Bis zum Jüngsten

Tag. Dann konnte Gott alle Namen nachlesen. Wenn sie Mormonin wurde, auch den ihren und dann zurück bis zu ihrer indonesischen Ur-Ur-Ur-Ur-Großmama. Das war beruhigend. Selbst Gott könnte ja über die vielen Menschen in all den Jahrtausenden die eine oder den anderen vergessen haben.

Phyllis wünschte sich so sehr, dass ihre Ahnen nicht vergessen wurden und sie irgendwann wieder mit ihrer ganzen Familie vereint sein würde, dass sie bereit war, dafür ihre Zigaretten zu opfern.

»Bitte entschuldigen Sie meine Unhöflichkeit. Ich bin auf dem Sprung.«

»Also dann auf Wiedersehen«, verabschiedeten sich die jungen Männer, nicht ohne ihr einen Flyer mit der Einladung in die Hand zu drücken.

»KiKi, komm runter«, rief sie und schloss die Haustür hinter den beiden. »Kiwi, jetzt!«

Phyllis wunderte sich über die Einladung. Immer noch waren sie arm. Wenigstens war es nicht mehr so schlimm wie vor ein paar Jahren, als die Sparkasse den Kredit von einem Tag auf den anderen doch nicht hatte geben wollen. Am nächsten Mittag war Yasmin früher von der Arbeit gekommen. Völlig aufgelöst war sie gewesen und nur mit viel Geduld hatte Phyllis herausbekommen, was geschehen war. Anton Gruber lag es nicht, am Telefon leise zu reden, und so hatte Yasmin beim Kaffeekochen genau mitbekommen, wer hinter dem abgelehnten Kredit steckte. Sie war nach vorne gestürmt, den frisch aufgebrühten Kaffee in der Hand. War es ihre Wut, die sie doppelt, dreifach, fünffach sehen ließ? Jedenfalls zierte daraufhin der Becherinhalt die blütenweiße Hemdbrust eines der vielen Anton Grubers. »Dann habe ich gekündigt, Mam.«

Aber das schlechte Gewissen hatte Yasmin keine Ruhe gelassen. Biss nicht eine gute Tochter die Zähne zusammen und arbeitete, ganz gleich wo, wenn die Familie ihr Einkommen brauchte? Yasmin war überzeugt, ihre Mutter im Stich gelassen zu haben. Sie hatte sich aus dem Haus geschlichen und war die ganze Nacht nicht aufgetaucht. Vor der Frühmesse hatte Schwester Reinhilde von den Benediktinerinnen sie in der Kirche gefunden und das völlig verängstigte Mädchen nach Hause begleitet. Das Dorf hatte wieder etwas zum Tratschen gehabt. Aber den beiden Mormonen schienen die alten Geschichten gleichgültig zu sein. Vielleicht kannten sie sie auch gar nicht, sie waren ja schließlich Fremde im Ort. Jedenfalls wirkte ihre Einladung ernst gemeint. Wahrscheinlich lag es am Vaterhaus. Nach all der Zeit sah die Fassade immer noch gediegen aus. Und mehr als das.

»Kiwi, nun komm aber!« Phyllis zog ihren Mantel an und setzte den Hut auf.

»Wuff«, machte es hinter ihr. Phyllis konnte sich das Lachen nicht verkneifen. Kiwis Augen blitzten hinter einer Hundemaske hervor. »Wuff«, bellte die Kleine wieder und Item hechelte dazu. Dann ging es ab ins Wohnzimmer zum Taschencheck. Jola hatte noch ein paar zusätzliche Taschen auf die Beine genäht. Sie war es leid gewesen, Sand, Steine und Erde in ihrem Rucksack herumzuschleppen.

Auf dem Tisch landeten verrostete Nägel, ein

Bleistift, Murmeln, ein kleines Auto und ein linker Puppenarm.

»Kleine Maus, du bist noch nicht fertig. Alles. Jetzt.«

Kiwi fragte sich, woher ihre Großmutter wusste, was sie alles vor ihr versteckte. Sie bewunderte sie dafür und nahm sich vor, das auch zu können, wenn sie einmal groß war. Sie zog aus der einen Tasche drei vertrocknete Kastanien und eine Schnur. In der anderen hatte sie ein leeres Schneckenhaus und eine Schnecke schmuggeln wollen.

»Was ist denn das?« Phyllis fragte sich, wie sie ihrer kleinen Maus verständlich machen sollte, dass Tiere nicht in die Hosentasche gehörten.

»Unser neues Haustier«, sagte Kiwi stolz.

»Tiere dürfen nicht mit in den Kindergarten.« Das fällt mir noch auf die Füße, dachte Phyllis. »Entweder ab nach draußen damit oder hinein in die Schneckenpfanne. Du weißt ja, wo die Kräuter stehen.«

Enttäuscht lief Kiwi in den Garten, dicht gefolgt von Item. Phyllis nahm die Leine vom Haken.

»Wo ist die Schnecke?«, fragte sie, als sie die Tür zum Garten hinter sich schloss.

»Sie wartet im Grünen auf mich.«

Phyllis seufzte. »Hat sie dir versprochen, den Salat nicht aufzufressen?«

»Aber Oma, sie hat doch Hunger!«

Dagegen war nichts einzuwenden. »Lass uns gehen«, sagte Phyllis und verschob die Diskussion auf einen anderen Zeitpunkt. Ihrer Enkelkiwi fühlte sie sich momentan nicht gewachsen.

Die Kleine hüpfte auf dem Gartenweg, dass die Kieselsteine stoben. Dabei verrutschte die Hundemaske und Kiwi schob sie ungeduldig in den Nacken. Item bellte. Als sie die Straße erreichten, nahm Phyllis ihre Enkelin an die Hand.

Wenn sie mit Kiwi und Item zusammen war, konnte sie nie träumend ihren Erinnerungen nachhängen. Beide verlangten ständige Aufmerksamkeit und Beobachtung. Zwar trottete Item brav neben ihnen. Sie zog nie an der Leine. Aber sie spürte es, wenn Kiwi zum Weglaufen ansetzte. Sogar ein bisschen früher als das Kind selbst. Oder Phyllis. Dann zog sie.

Über den Marktplatz kamen sie ohne größeren Aufenthalt. Wie Kiwi es gelernt hatte, hielt sie beim Zebrastreifen vor der Eisdiele an und schaute aufmerksam nach beiden Seiten. Phyllis spürte, wie sich die Leine straffte. Item zitterte. »Mama, Mama«, rief Kiwi. Sie vermisste ihre Mutter und glaubte, im Schaufenster deren Gesicht sich spiegeln zu sehen. Als ob der Geist ihrer Mutter in der Scheibe wohnte und immer noch auf sie wartete.

Schon riss sie sich los. Es hupte. Phyllis sah ihre Enkeltochter bereits unter dem Auto liegen und ließ die Leine los. »Fass! Item, fass!«

Reifen quietschten. Phyllis schrie auf. Die Hupe schrie zurück. Item erwischte den Hosenboden. Kiwi fiel. Sie schrie. Die Wagenführerin erstarrte hinter dem Lenkrad. Einen Meter vor Kind und Hund kam das Auto zum Stehen. Für einen Augenblick hätte man eine Stecknadel auf den Asphalt fallen hören können.

Kiwi stand auf und zog die Maske zurecht. »Item, aua. Das macht man doch nicht.«

Phyllis legte die Hand aufs Herz und lächelte der Fahrerin zu. Die legte den Gang ein und fuhr winkend weiter.

»Braver Hund. Gut gemacht. Sehr gut. Danke, Item.« Phyllis kraulte die Fledermausohren. Item wedelte mit dem Schwanz. An der Hand ihrer Großmutter ging Kiwi über die Straße und starrte ins Schaufenster, das in der Frühlingssonne blitzte. »Keine Mama da«, sagte sie enttäuscht. »Nur ein Baum. Und eine Fee beim Eisessen. Magst du auch ein Eis, Oma?«

Phyllis versprach dem Schreck, dass sie sich später um ihn kümmern würde. »KiKi, Feen leben auf Eichen.« Ihr Herz klopfte wieder so regelmäßig wie der Takt ihrer Stimme. »Schau einmal die Rinde an. Sie ist hell und glatt. Der Stamm ist schlank und die Äste sprießen auf allen Seiten. So sieht eine Birke aus.«

»Da war aber ganz bestimmt eine Fee. Eine Birkenfee.«

»Auf Birken können keine Feen wohnen, KiKi.«

»Warum? Ist doch schön da.«

»Die Birke steht für den Anfang und die Geburt. Und am Anfang gab es noch keine Feen.«

»Oma, was ist Anfang?«

Phyllis hielt ihre Enkeltochter am Handgelenk fest. Für heute hatte sie genug Aufregung.

»Ein Anfang ist ein Aufbruch. Aber nicht immer merkt man den. Der verkleidet sich ständig«, erklärte sie. »Nichts ist so, wie es scheint. Das ist eben so.« Item schnüffelte am Baum.

»Aber Omama. Du bist meine Oma. Und siehst auch so aus«, sagte Kiwi. Das Auto und Items Attacke hatte sie längst vergessen. Doch Phyllis nicht.

»Das ist bei Omas auch so. Aber bei Autos ist das anders. Mit denen kannst du spielen, aber sobald sie zu groß sind, um sie in die Tasche zu stecken, sind sie gefährlich. Selbst wenn sie bunt sind und lustig aussehen. Manchmal muss man einfach glauben, dass ein Auto ein Auto ist, das einen verletzen kann. Und Motorräder sind auch Autos. Nur mit weniger Rädern.«

»Das weiß ich doch schon lange, Oma!« Kiwi interessierte sich nicht für die Gefahren des Straßenverkehrs. Phyllis nahm sich vor, einen Antrag auf ein paar zusätzliche Schutzgeister für ihre Enkeltochter zu stellen.

»Fahren Feen auch gerne mit dem Auto? Oder nehmen sie den Bus zur Eichenstraße?«

Kiwi hüpfte von einer Gehwegplatte zur anderen. Auf die Ritzen zu treten, war doch viel gefährlicher als ein Auto zu küssen.

Auf die Schnelle erfand Phyllis eine passende Geschichte.

»Der Mond schimmerte durch die Nacht«, begann sie und warf einen Blick auf die Straße. Kein Auto in Sicht. Kein Bus, kein Laster, kein Traktor, kein Motorrad, kein Mofa, kein Fahrrad.

»Der Mond schimmerte durch die Nacht. Seine Lichtfinger streichelten Steine und Äste. Im Schatten der Bäume standen zwei Männer.

‚Siehst du', sagte der Alte. Der wurde, seit er denken konnte, ‚der Alte' gerufen. ‚Siehst du, mein Sohn, du brauchst keine Angst zu haben. Der Mond ist keine Kreatur, die dich bei lebendigem Leib auffrisst.'

Der Sohn, der nicht der Nachkomme des Alten war, zuckte die Schultern. ‚Dann tötet er eben auf eine andere Art.'

Der Alte zog seinen Hut ins Gesicht und seufzte. ‚Der Mond ist wie eine Kerze, die dir ins Antlitz scheint, ohne dich zu verletzen.'

Der junge Mann lachte auf. ‚Eben, wie eine Kerze. Wenn ich den Docht berühre, dann versengt er meine Fingerkuppen. Wie die Sonne meinen Rücken verbrennt, wenn ich auf dem Feld arbeite.'

Der alte Mann fröstelte. Er knöpfte seinen Mantel zu. ‚Genau deswegen kann der Mond nicht lebendig sein. Sein Licht ist kalt. Ohne Feuer. Ohne Glut. Ohne Wind.' Er streckte seine Hand langsam ins Mondlicht. ‚Hab keine Angst, mein Sohn. Vertrau mir.' Seine Hand glänzte hell. ‚Siehst du? Nichts passiert. Nichts wird dir geschehen.' Er steckte seine Hände in die Manteltaschen. Ganz geheuer war ihm die Sache auch nicht.

Der Sohn nahm seinen ganzen Mut zusammen und trat aus dem Schatten. Ganz vorsichtig schritt er im Mondlicht zur alten Eiche. Wie sehr er sich wünschte, in seinem weichen, warmen Bett zu liegen! Aber er konnte dem Alten keinen Wunsch abschlagen. Mitten auf seinem Weg zur Eiche packte ihn die Angst. Wie gelähmt blieb er stehen. Keinen Schritt kam er weiter. Sein Mantel war im Unterholz hängen geblieben.

Behutsam befreite er ihn und putzte umständlich den Dreck vom Saum. Noch langsamer zog er den Mantel hoch. Ganz vorsichtig stieg er über einen Ast.

Endlich! Hastig umarmte er den Eichenstamm. Die Borke schürfte ihm die Wange auf. Den Schmerzensschrei hörte nur sein Herz. Es raste. Aber er hatte es geschafft. Er stand im Licht. Er lebte. Er lebte! Der Schweiß tropfte ihm von der Stirn. Sind es die Mondstrahlen, die mich erhitzen, fragte sich der Junge. Hatte der Alte doch unrecht mit dem Feuer? Aber er lebte.

‚Und? Lebst du noch, mein Sohn?', hörte er die Stimme des Alten.

‚Sicher doch', erwiderte er. Seine Stimme klang stärker, als er sich fühlte.

Der Alte war erleichtert. ‚Siehst du, der Mond ist kein Monster. Nichts Lebendiges. Er ist tot und völlig ungefährlich.'

‚Ja, mein Meister. Sie haben recht', antwortete der Sohn. Er schwor sich, nachts nie mehr das Haus zu verlassen. Vielleicht schlief die Mondbestie heute nur? Heute war es gut gegangen. Aber morgen kam ein neuer Tag. Nicht immer stand eine Eiche in der Nähe. Nicht immer konnten ihre Bewohnerinnen, die Baumfeen, ihn vor der Glut der Nacht schützen«, endete Phyllis die Geschichte. »Siehst du, Kiwi. Du glaubst etwas und es trifft nicht zu. Mama ist nicht aus dem Fenster zu dir gekommen. Aber du hast sie gesehen. Du glaubst etwas und es trifft zu. Auch wenn du nicht weißt, warum. Oder was genau du gesehen hast. Und das ist auch nicht wichtig. Es ist eben so.«

»Und Mama ist eine Fee. Jede Nacht fliegt sie aus ihrem Baumhaus zu mir und besucht mich. Der Mond zeigt ihr den Weg. Und wenn der nicht da ist, fragt sie die Sterne.«

Phyllis seufzte. Ab heute würde sie Geschichten erfinden. Geschichten für alle Lebenslagen. Geschichten, die Kiwi zeigten, dass jede Tat ihre eigenen Folgen hatte. Geschichten mit Feen. Und mit Autos.

Ich werde sie aufschreiben, dachte sie. Wie meine Mutter und davor ihre Mutter. Und wenn Kiwi heiratet, bekommt sie das Buch. Damit nicht jede Generation von vorne anfangen muss. Und es müssen neue Geschichten sein. Die alten sind hier nicht anwendbar. Kiwi kennt Affen nur aus dem Zoo.

»Mama wird immer über deinen Schlaf wachen. So wie Item. Nur Mama schnarcht nicht.«

»Sag ich doch, Omama. Mama ist eine Fee.«

Phyllis grübelte. Habe ich meine Töchter hier allein gelassen? Hätte ich ihnen doch die Geschichten von früher erzählen sollen? Ihnen sagen sollen, warum wir hier sind? Sind Gründe hier etwa die Geister? Muss ich sie aussprechen, um sie zu bannen?

Kiwi hüpfte über die Gehwegplatten und sang.

»Mama ist eine Fee-hee, drum tut mir kein Auto weh-heh.«

Phyllis seufzte. Die Geschichte hat wirklich nicht funktioniert. Sie war ein Fehler, dachte sie. Einer mehr. Wieder einer, bei dem die Tür ins Schloss fällt und sich nicht mehr öffnen lässt. Nie mehr.

Phyllis erschrak. Item zog wieder an der Leine. Erneut riss Kiwi aus. Sie schoss durch das Gartentürchen und sprang der Kindergärtnerin in den Arm. »Hallo, Frau Lühr! Hast du auf mich gewartet, Tante? Hier bin ich.«

»Hallo, mein kleines Hundekind. Schöne Maske.«

Paula Lühr fing Kiwi auf und drehte sie wie ein Karussell. Phyllis nickte der Kindergärtnerin zu und wollte gehen. »Oma, bleib«, rief Kiwi. »Nicht fortgehen. Ja?«

»Gut, wenn du willst, dann bleibe ich.«

Phyllis band die Leine am Fahrradständer fest. »Item, Platz.« Der Hund legte sich hin, die Schnauze unter den Pfoten. Ihr ganzer Körper schien ihre Enttäuschung zu atmen. Nie darf ich mit. Ich armes Tier. Die Welt ist gegen mich, funkten die Fledermausohren.

»Stell dich nicht so an! Du weißt, du darfst nicht mit. Du bist nur ein Hund«, mahnte Phyllis und verlor wieder ein Stückchen ihres Herzens an Item. »In einem normalen Land würde ich dich fressen wie die Großmutter den Wolf. Lass dir das gesagt sein. Noch bist du dem Kochtopf nicht entkommen.«

Item zog den Schwanz ein.

»Gut, dann sind wir uns ja einig.«

Die Promenadenmischung beschützte Kiwi so gut, dass Phyllis wohl nichts anderes übrig bleiben würde, als Hundefleisch aus dem Notvorrat zu streichen. Sie seufzte. Item war schon so kräftig. Die Hexe aus Hänsel und Gretel hätte ihre wahre Freude an ihr gehabt. Sie bückte sich und flüsterte Item ins Ohr: »Ich danke dir ganz herzlich.« Phyllis zitterte, als könnte der Schreck über den Beinahe-Unfall keine Sekunde mehr länger warten. Endlich wurde sie wieder ruhig und betrat den Vorraum des Kindergartens.

Hinter ihr fiel die Tür ins Schloss. Der quadratische Raum hatte ringsum niedrige Garderobenhaken und kleine Schuhfächer. An den Wänden hingen bunte Kinderzeichnungen, die dem Frühling um etliche

Blumen voraus waren. Phyllis zog die Schuhe aus und stellte sie neben Kiwis Stiefel in das Fach mit der grünen Frucht. Der Anblick rührte sie. Die kleinen Stiefelchen hätte sie gut in einem ihrer Winterschuhe verstecken können. Wie zart Kinder doch waren, wie jung ihre Füße. Es soll sogar intelligente Schuhe geben, fiel ihr ein. Wenn alle Menschen sie tragen konnten, ganz gleich, ob sie jung oder alt waren, weiß, gelb, braun, rot oder schwarz! Dann würde es sich lohnen, viel Geld dafür auszugeben.

Phyllis zog die viel zu großen Gästepantoffeln an. Sie ging ins Spielzimmer und stieg gleich als Erstes über einen Haufen Bauklötze. Ein Haus? Ein Schloss? Oder vielleicht der Himmel? Egal, beinahe hätte sie einen der Pantoffel darin verloren. Sie setzte sich ans Fenster und schaute den Kindern beim Spielen zu. Mädchen mit Jungen, Jungen mit Mädchen und Jungen mit Jungen oder Mädchen mit Mädchen. Mit drei, vier Jahren können sie es noch. Jeder und jede mit jeder und jedem. Sehen nur Erwachsene die Unterschiede? Nur weil sie sich wichtig machen wollen?

»Omama, ich habe Hunger.« Kiwi kam angerannt, die Maske wieder im Nacken. Phyllis zog ein Butterbrot aus der Tasche. Seit Kiwi nicht mehr die Flasche bekam, ließ Phyllis nur noch solche Kleider in ihren Schrank, die Blumenmotive und Taschen hatten. Taschen so groß, dass ein Butterbrot hineinpasste. Vielleicht auch zwei. Und ein Äpfelchen. Heute hatte Kiwi ein Brot mit Erdnussbutter und Zucker bestellt. Kiwi biss gleich hinein und lief kauend zu der Gruppe der Mädchen, die eifrig ein Bild malten.

Phyllis sah die Kleine im Krontjong kauern. Wie würde man das wohl ins Deutsche übersetzen? Wahrscheinlich würden sie Hocksitz dazu sagen. Wie die Japaner knieten, hockten indonesische Menschen mit weit gespreizten Knien über dem Boden. Sie hatte es ihrer Enkeltochter nie gezeigt. Von Jola, Yasmin und Gritta kannte sie es auch nicht. Wieder einmal spricht ihr asiatisches Blut, dachte Phyllis. Meine Mutter hatte doch recht. Indos müssen nicht östlich erzogen werden. Das Blut setzt sich durch. Immer und überall. Selbst wenn es durch ein Meer getrennt ist.

Kiwi legte ihr Brot beiseite. Sie war so darin vertieft, die Buntstifte über das Papier zu lenken, dass sie nicht sah, wie sich eine Hand verstohlen ihrem Brot näherte. Immer näher krochen die Finger. Und schwups hatte Lena das Brot in ihren Mund gestopft. Phyllis lächelte. Das Mädchen sah mit ihren feuerroten Zöpfen aus wie eine kleine Pippi Langstrumpf.

»Wo ist mein Brot?«, fragte Kiwi und zog ihre Hundemaske wieder auf die Nase und erschnüffelte Lena. Kiwi knurrte leise. Die anderen Kinder waren immer noch vertieft und merkten nicht, was sich da anbahnte.

Phyllis hielt die Luft an. Sie sah Kiwis Augen hinter der Maske funkeln. Sie ahnte, was kommen würde. Dann wurde sie doch überrascht. Kiwi wartete geduldig. Bis die kleine Diebin ihre Beute verschlungen hatte.

»Lecker, nicht wahr?« Kiwis Stimme klang gefährlich ruhig. Phyllis schluckte.

Lena leckte sich die Finger ab. »Erdnussbutter ist klasse. Die mag ich am liebsten«, schwärmte sie und griff wieder zum Buntstift.

»Steh auf.« Kiwi knurrte. Lena ließ sich nicht mehr durch die Ruhe täuschen. Sie roch die Gefahr.

»Dreh dich um, bitte«, sagte Kiwi fast freundlich. Auch Paula Lühr und Frau Mülich, Lenas Mutter, wurden nun aufmerksam.

Lena stand mit wippenden Zöpfen auf und wandte Kiwi den Rücken zu. Ihr Rotschopf überragte den schwarzen Wuschel um eine Kopflänge. »Noch ein bisschen nach links«, forderte Kiwi. »So. Stehen bleiben und nicht rühren. Ich komme gleich wieder.« Sie holte ein Fußbänkchen, stellte es hinter Lena und kletterte hinauf. »Tu mal dein Röckchen hoch, bitte.«

Lena lüftete ihren Faltenrock, unter dem sie eine Rüschenunterhose trug.

Kiwi holte aus und trat zu. In den Hintern. Lena erschrak so sehr, dass sie vergaß zu weinen. Die Diebin lief zu ihrer Mutter, die genauso sprachlos war wie sie. Dort kramte Lena aus ihrem Beutel ein Bonbon hervor. Sie brachte es Kiwi.

»Was willst du dafür?«, fragte die, ganz Geschäftsfrau.

»Weiß ich noch nicht«, sagte Lena. »Mal überlegen.« Sie hatte bereits vergessen, dass sie Kiwis Butterbrot geklaut hatte. Und verschlungen.

»Übertreib aber nicht.« Für Kiwi begann ein neues Spiel.

»Seh ich so aus?« Lena schaute beleidigt drein.

»Willst du dafür Erdnussbutterbrot, LeLe?« Kiwi lächelte.

»Ja, gern«, freute sich Lena. Sie strahlte.

Phyllis gab ihrer Enkelin erneut ein Viertel. »Bitte

schön, Kiwi.« Sie war gespannt, wie es weiterging, ob es ein Ende gab, für das sich das Aufschreiben dieser Geschichte lohnen konnte.

Kiwi stellte die Fußbank weg und setzte sich erneut in den Krontjong. Das Brot legte sie neben sich. Wieder näherte sich die kleine Hand. Kiwi schaute weg. Als Lena auch dieses Brot verschlungen hatte, fragte sie: »Lecker?«

Das Mädchen nickte: »Dankeschön.« Sie nahm einen Stift. Kiwi wickelte das Bonbon aus und steckte es in den Mund. Himbeer. Lecker.

Lenas Mutter setzte sich zu Phyllis.

»Werden Sie mit Kiwi reden«, fragte die, »dass sie nicht treten darf?« Sie trug den gleichen Rock wie ihre Tochter und kratzte sich auf dieselbe Weise das Knie.

Kein Wunder, dass es ihr überall juckt, dachte Phyllis. Sie riecht nach Stress.

»Oder soll ich das tun?« Frau Mülich schaute fragend.

Phyllis schätzte sie auf Mitte zwanzig. Wer sich selbst versteht, wird von anderen verstanden. Wer von anderen verstanden wird, versteht sich selbst. Also, wo ist das Problem? Die Mädchen verstehen sich doch prächtig. Die beiden sind eben Freundinnen.

»Oder sollen wir gleich ein Gespräch zu viert führen? Gewalt ist doch keine Lösung.« Frau Mülich knispelte am Kragen ihrer Bluse.

Phyllis glaubte, Lenas Mutter würde aus Langeweile das Gespräch suchen. Sie konnte sich nicht vorstellen, dass sie ihren Vorschlag ernst meinte. Eine Mutter kannte doch ihre Tochter. Und Lena war kein Kind von Traurigkeit. Vor allem biss sie zu und bellte erst dann.

»Ist ein Tritt in den Hintern mehr Gewalt als ein Brot zu stehlen? Ohne Hunger zu leiden?« Phyllis erwartete ein allgemeines Gespräch über Kindererziehung und wie schwierig es war, eigenmächtiges Handeln gegeneinander abzuwägen.

»Liebe Phyllis, jede Handgreiflichkeit sollte im Keim erstickt werden.« Lenas Mutter kaute an den Fingernägeln.

»Bitte etwas Respekt. Sprechen Sie mich bitte mit meinem Nachnamen an.« Phyllis ärgerte sich. Sie war zu alt dazu, sich von einem kaum erwachsenen Menschen mit dem Vornamen anreden zu lassen, von einer, die sich in der Öffentlichkeit benahm wie zu Hause. Aber Phyllis war unsicher. Ihr Wert war in den Jahren hier gefallen. Sie fing an, an ihre eigene Wertlosigkeit zu glauben.

»Die Gewalt unter Ausländern ist ja sehr hoch«, sagte Frau Mülich schnippisch. »Aber hier wollen wir keine Bandenkriege wie in Amerika. Wehret den Anfängen!« Sie sah Phyllis an, als wäre die das Oberhaupt einer internationalen Terroristengruppe.

»Wie in Amerika?« Amerika ist weit hergeholt, dachte Phyllis. In Berlin machten schon türkische Gangs den Russen und Albanern das Leben schwer. Aber das behielt sie wohl besser für sich. »Wo haben Sie denn das her, Frau Mülich? Aus dem Fernseher?« Ob Banden oder einzelne Amokläufer, sie machte keinen Unterschied zwischen einheimischen und ausländischen Tätern. Unrecht blieb Unrecht. Und wenn es nur der Diebstahl eines Butterbrotviertels war. Die Strafe folgte auf den Fuß.

»Wieso Fernseher? Das weiß doch jeder«, behauptete Lenas Mutter und glaubte, Phyllis könnte keine Zeitung lesen.

»Aha«, sagte Phyllis. »Wenn das so ist.« Sie fragte sich, für wen sich die junge Frau hielt, dass sie den Unterschied zwischen Gut und Böse so genau zu wissen glaubte.

Lenas Mutter nickte. Sie kannte sich aus. Wie eine Sparkasse unterschied sie genau zwischen Soll und Haben. Und nur mit einem guten Bürgen gab es Kredit. Wenn ein Anton Gruber für jemanden einstand, war es für Frau Mülich klar, dass es sich um einen guten Menschen handeln musste. Der Inhaber des Reisebüros war ein Weltbürger, mit Kontakten überall. Der kannte sich aus, wusste, wann man Geld auf den Tisch legte und wann es an der Zeit war, es unter der Hand zuzustecken. Sein Wort wog schwerer als der Wert einer Immobilie. Besonders, wenn er flüsterte. Dass er recht gehabt hatte, war doch gleich am nächsten Tag zu sehen gewesen. Knall auf Fall hatte er einen anderen Lehrling in seinem Geschäft sitzen gehabt. Und die kleine Asiatin? Die hatte sich möglichst nirgends mehr blicken lassen. Da konnte doch etwas nicht stimmen. Wer im Recht war, hielt das Kinn hoch und rannte nicht mit gesenktem Kopf auf dem kürzesten Weg nach Hause.

So dachte die Frau des Sparkassendirektors.

Und so war auch die Meinung im Dorf, wusste Phyllis. Aber wurden nicht am Ende alle, ob arm oder reich, böse oder gut, von den Maden gefressen? Die Würmer ohne Hirn, dafür aber mit einer großen Portion Toleranz ausgestattet, wollte sie sich zum Vorbild nehmen. »Ich werde Kiwi bei Gelegenheit zur Rechenschaft ziehen. Keine Bange, Frau Mülich.«

»Sie sollten es jetzt tun. Bis heute Abend weiß Kiwi nicht mehr, was sie falsch gemacht hat«, riet Lenas Mutter.

»Ich habe einen Hund. Ich kenne das Phänomen des richtigen Augenblicks. Dennoch danke ich Ihnen für Ihren Hinweis, liebe Frau Mülich.« Phyllis bedauerte Lenas Mutter. Sie kämpft um Aufmerksamkeit und hält sie für Liebe. Weiß sie nicht, dachte sie, dass ihr das nichts einbringt? Beides kommt nicht oft und bleibt nie sehr lange. Es bringt nur Abhängigkeit.

Die Kindergärtnerin mischte sich ein. »Aber Phyllis! Wie wollen Sie denn das lösen? Ich habe Ihnen schon mehrmals gesagt ...« Sie verlor ihre Stimme. Als sie ihre Sprache wiedergefunden hatte, fragte sie: »Kennen Sie nicht unsere Liste mit Buchempfehlungen zur Kindererziehung?«

Phyllis knetete ihr Ohrläppchen. Die schweren Ohrringe hatten Spuren hinterlassen, die noch nach Jahren zu spüren waren. »Meinen Sie das mit dem Titel ‚Sich angemessen durch- und zur Wehr setzen'? Oder ‚Niemand fasst einen mit Samthandschuhen an'?«

Phyllis hatte Paula Lühr netter gefunden, als sie noch gemeinsam im Kirchenchor sangen. Sie vermisste die Diskussionen über Kindererziehung beim Earl Grey im Pfarrhaus. Leider konnte man Tee nicht mehr ernten, wenn er einmal aufgegossen war.

»Sorgen Sie sich nicht, Frau Lühr«, sagte Phyllis und freute sich dann doch darüber, wie die Kindergärtnerin um ihre Familie bemüht war. »Ich werde Kiwi eine Gutenachtgeschichte erzählen. Das wird vorerst reichen.«

»Was für eine?« Paula Lühr beneidete Kiwi. Sie liebte die Melodie der Worte, aus denen Phyllis ein Lied spann.

»Das weiß ich noch nicht. Aber bis heute Abend habe ich das Passende.« Phyllis war sich sicher.

Paula Lühr wechselte das Standbein. Wehret den Anfängen, dachte sie. Lena klaut häufiger ein Butterbrot. Aber Kiwi hat heute das erste Mal zugetreten. Eigentlich mache ich mir mehr Sorgen um sie. Und wenn die von Lena das Beißen lernt, na, dann gute Nacht. Die Kindergärtnerin ahnte, dass sie auch in dem Fall bei Phyllis keine Unterstützung finden würde. Zwei Beißwütige in ihrer Gruppe, das waren zwei zu viel. Mindestens.

»O ja, Oma, erzähl doch. Jetzt«, wünschte sich Kiwi, die Lena an der Hand hielt.

Phyllis sah auf dem Handrücken ihrer Enkelin frische Bissspuren. Sie putzte die Tränen vom Kindergesicht. Kiwi weinte nie laut, wenn Lena zubiss. Sie war auch die Einzige, die mit ihr spielte. Sie schien zu fühlen, dass etwas mit ihrer kleinen Freundin nicht stimmte. Erwartungsvoll setzten sich Kiwi und Lena zu Phyllis' Füßen.

»Aber nur eine klitzekleine.« Sie hob Kiwi auf ihren Schoß und legte tröstend die Hand auf den Biss. Lena stand auf und lehnte sich an Kiwi. Phyllis begann.

»‚Nein, nein, nein', rief Mutter Henne und lief wie kopflos zwischen ihre Küken. Die waren erst vor ein paar Tagen geschlüpft. Nun pickten sie die Körner auf, als hätten sie ein Loch im Magen. ‚Nicht so viel fressen. Nur den größten Hunger stillen, mehr nicht. Sonst werdet ihr nie goldene Eier legen', gackerte Mutter Henne. ‚Ihr werdet sonst zu fett und landet im Suppentopf.' Aber obwohl sie die größere Lebenserfahrung hatte, hörten ihre Küken nicht auf sie. Sie lachten sie sogar aus und amüsierten sich über einen Suppentopf. Sie konnten sich nichts unter einem Topf vorstellen und unter einer Suppe noch weniger. Sie waren ja noch so kleine Küken. Und sie hatten keinerlei Erfahrung. Der Bauer, der ihnen täglich so viele Körner schenkte, konnte doch nicht schlecht sein.

Von den dreizehn Küken hörte nur das jüngste auf den Rat seiner Mutter. Die kleine Küki ertrug das vor Angst aufgeplusterte Federkleid nicht. ‚Mama Henne, was möchtest du, das ich tue', fragte sie. Küki bewunderte ihre Mutter, weil die goldene Eier legen konnte. obwohl sie keine Gans war.

‚Du darfst pro Tag so viele Körner picken, wie in drei Eierschalen passen. Wenn du dir das einteilst, dann hast du auch keinen Hunger. Und in der Nacht fällst du nicht von der Stange.'

‚Was mache ich denn den Rest des Tages, Mama?', fragte Küki.

‚Denk dir was zum Spielen aus. Wer nicht stundenlang pickt, hat für alles Zeit.' Mutter Henne legte ein goldenes Ei und sagte dem Bauern Bescheid.

Küki scharrte auf dem Hühnerhof und entdeckte einen Stein. Sie scharrte und scharrte, aber sie bekam ihn nicht aus der Erde heraus. Sie war einfach noch zu klein und schwach. Küki entschied sich, groß und stark zu werden. Am besten fing sie gleich mit dem Training an. Mit ihrem Schnabel machte sie Klimmzüge an der Hühnerstange.

Am Anfang ruhte sie sich sonntags aus. Aber das war ihr zu langweilig und so begann sie, Körner auf ihrem Kamm zu balancieren. Als sie kräftiger wurde, jonglierte sie an ungeraden Tagen mit Eiern. Für eine gerade Haltung. An den anderen Tagen lief sie mit den Mäusen um die Wette. Für die Ausdauer.

Ihre zwölf Geschwister beobachteten Küki und lachten sie aus. Dann pickten sie weiter die goldenen Körner. Jeden Tag zehn mehr. Sonntags zwanzig. Ihre Bäuche wurden runder und runder. In der Nacht fielen sie von der Stange. Schwerer und schwerer wurden sie. Schließlich brach unter ihnen die Hühnerleiter zusammen. Darüber ärgerten sie sich so, dass sie auf Küki herumhackten. Das war viel einfacher als ihre Ernährung einzuschränken. Leichter verdaulich.

Blöde Hühner, dachte Küki und lief davon. Sie hatte ja noch ihre Mutter, die mit ihr sprach. Und die Mäuse. Trotzdem fühlte sie sich allein. ‚Aber jetzt fange ich nicht mehr mit dem Fettwerden an‘, sagte sie.

So rund wie ihre Geschwister hätte sie auch nicht mehr werden können. Niemals würde sie so aussehen wie die anderen. Es war zu spät. Wenn sie nur geahnt hätte, wie einsam sie werden würde, hätte sie nicht auf Mutter Henne gehört.

Küki gehörte zu den gerupften Hühnern. Sie war Freiwild. Gleichgültig, was sie tat oder nicht, nach ihr wurde gehackt. Ihre Geschwister hatten es sich angewöhnt. Das würden sie sich auch nicht mehr abgewöhnen. Oben hackte Unten. Einer war immer das Schlusslicht.

Küki hatte niemanden, den sie hacken konnte. Aber alle durften ihren Schnabel an ihr wetzen. Manche ließen sie auch in Ruhe. Aber auch wer bei einem Unrecht zusieht, macht sich schuldig.

Küki nahm es den anderen nicht übel, dass keiner ihren Platz als Schlusslicht einnehmen wollte. Tapfer ertrug sie ihr Los. Auch wenn sie sich ihrer Kahlheit schämte. Da sie sich sowieso schon hässlich fand, schonte sie sich nicht, wenn es galt, andere zu verteidigen. Dann teilte sie mutig Tritte aus mit ihren Sportlerkrallen. Und manchmal biss sie auch zu. Die Hühner, die sie beschützt hatte, dankten es ihr nicht. Dafür wurde ihre Abneigung gegen Küki nur noch größer. Sie spotteten sogar. ‚Ein blindes Huhn findet auch einmal ein Korn. Aber wo kriegt ein nacktes neue Federn her?‘

Nachts weinte Küki sich in den Schlaf. Sie wollte doch nur nicht allein sein. Mutter Henne sah, wie ihr Nestküken litt, und legte eines Abends ihre Flügel um sie. So leise, dass nur Küki sie verstand, gackerte sie: ‚Halte durch, tapfere kleine Küki. Es dauert nicht mehr lange und der Bauer wird dich erlösen.‘

Küki fragte sich auf ihrer Stange: ‚Wie lange ist wohl lange?‘ Bevor ihr eine Antwort einfiel, schlief sie ein.

Der Bauer kam rasch. Am nächsten Morgen stand er im Stall. Er hatte keinen Beutel voller Körner bei sich. In der Hand hielt er einen leeren Sack. Mutter Henne gackerte wie wild. Aber Kükis Geschwister hatten gesehen, wie der Bauer ein paar Körner vor seine Füße gestreut hatte. Ein wildes Gedränge und Gegacker füllte den Stall. Das gefräßigste Huhn kam von seiner Stange ganz oben heruntergepurzelt und schubste die anderen beiseite. Der Bauer bückte sich, packte das fette Federvieh und steckte es in den Sack. So ging es weiter und weiter, die ganze Hackordnung hinunter. Schon zappelten die meisten Hühner im Sack und brachten die ganze Reihenfolge durcheinander. Schließlich war nur noch Mutter Henne übrig. Und Küki. Tapfer ging die Kleine zum Bauern.

‚Was bist du denn für ein komischer Vogel?', fragte der erstaunt. Er nahm das fast nackte Huhn in die Hand und spürte gleich, wie muskulös es war. ‚Du zappelst ja nicht einmal. Du hast die Ruhe weg', lachte er. ‚Du bist ein mageres, aber kräftiges Mädchen. Du wirst täglich ein Ei legen.' Er setzte Küki wieder auf den Boden. ‚Wer so lieb und so stark ist wie du, wird auch goldene Eier legen können.' So kam es auch. Und wenn Kükis goldene Eier nicht gestohlen werden, dann tritt sie auch keine anderen Hühner. Und das Beißen hat sie sich auch abgewöhnt.«

Frau Mülich saß mit offenem Mund da. Die Kindergärtnerin zwinkerte Phyllis zu.

»Omama, schau mal! Tante JoJo und Tante ViVi.«

Vom Schoß ihrer Großmutter kletterte Kiwi hinunter und rannte durch den Kindergarten. Nach einer eleganten Kurve um den Himmelsbau war sie verschwunden.

Phyllis schaute aus dem Fenster. Item schlich um das Paar. Das Lachen zwischen Jola und ihrer Viktoria war so innig, wie eine Umarmung nie hätte sein können. Item zog an Viktorias Mantelzipfel. Eigentlich hätte der Vierbeiner dafür wieder in die Vorratskiste gehört, aber Viktoria hatte Erbarmen. Sie bückte sich und Item bekam die Aufmerksamkeit, die ihr nicht zustand.

»Ach«, seufzte Phyllis. »Viktoria ist durch die Hundeschule gefallen.« Einmal mehr, dachte sie. Wie konnte so ein hübsches Mädchen, das mit ihrem Fotoauge Bilder entdeckte, die sonst niemand sah, so wenig Durchblick haben? Phyllis hoffte, dass England Viktoria die Augen öffnen würde. Aber was sie sich letztens geleistet hat, dachte sie, da beschlägt doch jede Linse.

Es war ein Bild für die Götter gewesen, wie sie da vor mir saß. Völlig verunsichert war sie eines Abends gekommen. Als Jola in der Bibliothek war. Das hatte sie gewusst. Sie wollte mich allein sprechen, sagte sie. Und über die Zukunft reden. Ihre. Und Jolas. In dieser Reihenfolge. Phyllis schüttelte den Kopf.

Viktoria hatte lange herumgedruckst und war von Thema zu Thema gesprungen. Nach dem zweiten Glas Tee, dem dritten Teller Reis und ungezählten Würfelzuckern hatte sie schließlich Mut gefasst und gefragt, ob Phyllis damit einverstanden wäre, wenn Jola der Karriere zuliebe nach England zöge. Viktoria kannte ihre eigene Mutter nur zu gut und hatte deswegen für diesen Abend eine lange Argumentenkette vorbereitet. »Der Reiz im Leben liegt im Wechsel. Ihr Mann hätte mir sicher zugestimmt.« Das sollte ihr As im Ärmel sein.

Aber so weit war es nicht gekommen. Phyllis hatte ihr unergründliches Lächeln gezeigt. Das gleiche lautlose Lachen, das Viktoria auch bei ihrer Liebsten nicht deuten konnte.

»Das müsst ihr selber wissen«, hatte Phyllis gesagt und dabei weder mit den Schultern gezuckt noch Spott in ihre Mundwinkel gesetzt. Sie wirkt nicht unglücklich, hatte Viktoria gedacht. Ihr Leben ist ja auch wohl nicht schwerer als das anderer. Nur unvorstellbar anders. Vielleicht.

»Der rückläufige Mars will uns in London sehen.« Viktoria hatte ein schlechtes Gewissen, das sie sich selber nicht erklären konnte. Lieber machte sie die Astrologie für ihre Englandzeit verantwortlich.

»Was du mir da in einer Leichtigkeit vor die Füße wirfst«, spottete Phyllis. »Bist du sicher, das letzte Softwareupdate deines Computerhoroskops heruntergeladen zu haben?« Sie kannte ihre Tochter Jola. Die nahm alles, wie es kam, und ließ sich durch nichts unterkriegen. Schon gar nicht durch Sterndeuterei aus dem Computer. Nach einer Weile wiederholte Phyllis: »Das müsst ihr selber wissen.«

Viktoria war immer noch verwirrt. Ihre eigene Mutter benutzte diese Redewendung immer, wenn sie ihr zu verstehen geben wollte, dass egal, wie die Entscheidung ausfiel, es Vorwürfe hageln würde.

Viktoria sah Jolas Mutter an, als wäre die eine Verbrecherin. Doch sie machte keine andere Aussage. Je länger sie über die Bemerkung nachdachte, desto mehr spürte Viktoria, welches Vertrauen in den Worten lag.

Ihre eigene Mutter dagegen war grundsätzlich misstrauisch. Sie jammerte und meckerte, aber etwas zu wagen, traute sie sich nicht. Ihren Frust lebte sie auf der Schnäppchenjagd aus. Viktoria hingegen ahnte, dass nichts im Leben ein Sonderangebot war. Irgendwann hatte man den gerechten Preis zu zahlen.

An diesem Abend hatte sie Jolas Mutter beim Rauchen zugeschaut und nicht bemerkt, dass diese damit beschäftigt war, über den Rauch mit den Geistern zu sprechen. Ob das regnerische, kalte England den Charakter ihrer Tochter verderben würde? Der Rauch veränderte seine Farbe auf dem Weg zum Himmel nicht. Ein gutes Omen. Für ihre Tochter und deren Freundin.

Diese Viktoria, dachte Phyllis, ist sich ihrer viel zu sicher. Und sie ist zu sicher in ihrer Überzeugung, wie Menschen zu leben und sich zu verhalten haben. Ihr Denken wird erschüttert werden, wie bei jedem, der als Gastarbeiter im Ausland lebt. Davon gibt es mehr, als man denkt. In Österreich sind Deutsche die drittgrößte Gruppe ausländischer Arbeitnehmer. Wenn es dort »Ausländer raus!« heißt, dann sind auch unsere Schwestern und Brüder von hier mitgemeint. Und in England wird es nicht nur Jola treffen, sondern auch Viktoria. Vielleicht bekommt sie dann eine Ahnung davon, was es heißt, Vorurteilen hilflos ausgesetzt zu sein und in seiner Ehre verletzt zu werden. Der Auslandsaufenthalt kann ihr Respekt beibringen. Und vielleicht die Beziehung zwischen Jola und Viktoria leichter machen, hoffte Phyllis.

»Das musst du selber wissen«, sagte sie zum dritten Mal. »Du bist alt genug, für dein eigenes Glück zu sorgen.«

Mehr hatte Viktoria nicht aus ihr herausbekommen. Nach der dritten Tasse Tee ging sie enttäuscht nach

Hause. Sie wollte gelobt werden oder bestraft. Dieses gelassene Vertrauen ertrug sie nicht. Die Verantwortung, die daraus entstand, lastete schwer auf Viktoria. Und Jolas Mutter wollte sie ihr nicht abnehmen.

Phyllis hatte sich seit jenem Abend immer wieder gefragt, ob das Glück wirklich auf Jola in England wartete. Aber auch jetzt vertraute sie ihrer Tochter.

Das muss sie selber wissen, dachte sie. Sie kann es sich ja erst einmal anschauen. Ich halte ihr den Reis warm. Wie für Yasmin. Sie stand auf.

Paula Lühr und Lenas Mutter schauten ihr nach. Sie mögen mich nicht, dachte sie. Und das nehmen sie mir übel. Wissen sie denn nicht, dass ein Artikel auch bei bestem Marketing niemals mehr als vierzig Prozent der Sympathien erhält? Und wer hat schon seine persönliche Werbeagentur? Es interessiert mich nicht, dass über die Hälfte der Menschheit mich nie mögen wird. Ich schieße ja auch eine Menge Leute zum Mond. Aber Respekt kann jeder verlangen. Immer und überall. Man braucht sich nur auf Verhaltensregeln zu einigen, die alle kennen. Und die nachzulesen sind.

Phyllis zog ihren Mantel an und nahm Kiwis Jacke mit. Immerhin hat die Kleine ihre Stiefel angezogen, bevor sie aus der Kita lief, dachte Phyllis stolz. Meine Erziehung scheint doch Früchte zu tragen.

»KiKi, wer hat dich gebissen?« Phyllis hörte Jola ungeduldig fragen.

»Lena. Sie ist ein wilder Hund«, sagte Kiwi. »Sie klaut Futter. Und sie beißt«, erklärte sie ernsthaft. Dann erinnerte sie sich wieder an ihre Maske. »Ich bin ein lieber Hund. Wie Item. Wir beißen nicht. Wuff. Wuff.« Item stimmte bellend zu.

Jola konnte sich ihr Lachen gerade noch verkneifen. Aber rasch verging ihr die gute Laune. Wie sie es hasste, wenn Kiwi verletzt wurde! Sie zog ihrer Nichte die Jacke an, die ihr Phyllis überreicht hatte. »Aua. Das tut weh«, beschwerte sich Kiwi. Ihr Daumen war im Futter hängen geblieben.

»Ich bitte um Verzeihung«, sagte Jola. »Hast du dich denn wenigstens gewehrt?«

»Ach«, winkte Kiwi ab, »Lena ist doch ein Welpe. Die genießt Welpenschutz.« Sie umarmte Item, die Schwanz wedelnd ihre Liebkosung ertrug.

Jola streifte ihrer Nichte seufzend die Kapuze über und rückte die Maske zurecht. Wer soll auf dich aufpassen, kleine Maus, dachte sie, wenn ich nach dem CSD nach London ziehe?

Zart legte Viktoria die Hand auf Jolas Rücken. Sie ahnte, was in ihrer Liebsten vorging. Seitdem sie sich für England entschieden hatten, wechselte deren Stimmung häufig. Ihre Jola machte sich eben Sorgen. Gleichzeitig freute sie sich darauf, so lange in London zu leben, bis sie auf Englisch träumen würde. In je mehr Sprachen ich das kann, sagte sie, desto mehr werde ich verstehen. Sprache ist der Schlüssel zur Sehnsucht der Menschen.

»Item, der hat dir doch nichts getan!« Kiwi lief Item hinterher, die bellend einen Vogel durch den Vorgarten jagte. »Du bist doch ein Hund und kein blödes Huhn, das Küki jagt. Und von Federn musst du sowieso immer niesen!«

»Küki? Wer ist das denn?« Jola schaute fragend ihre Mutter an. Die saß auf der Bank und lächelte. »Hast du dir eine neue Geschichte ausgedacht? Erzählst du sie mir auch?«

Jola würde die Gutenachtgeschichten ihrer Mutter vermissen. Sie war sich ohnehin nicht sicher, dass sie alleine mit Viktoria in der Weltstadt überleben konnte. Durch den Aufenthalt in London würden sich ihre seelischen Muskeln wieder verheddern. Dabei habe ich mich gerade von dem Chaos erholt, dachte sie. Sie hatte zwar alles gelesen, was Bibliothek und Internet über die Insel hergaben, aber die Engländer blieben ihr fremd. Sie konnte den Menschenschlag einfach nicht einschätzen. Wenn ich nicht weiß, was mich erwartet, dachte sie, kann ich auch Erwartungen nicht erfüllen. Und wirke respektlos.

Nicht einmal Viktorias Einwand, dass sie zu zweit waren und zusammen alles schafften, beruhigte sie.

»Item, bei Fuß«, rief Phyllis. Mit Kiwi im Schlepptau kam der Hund angehechelt. »Brave Item. Feiner Hund.«

»Sie hat ihn nicht gekriegt. Der Vogel ist einfach weggeflogen«, sagte Kiwi und schob ihre Maske ungeduldig wieder zurecht. Die verrutschte ständig und das störte sie gewaltig. Items Schnauze saß ja auch, wo sie hingehörte. Und Kiwi wollte so sein wie Item. Sie war sicher, dass der Hund Verwandte brauchte, um sich nicht allein zu fühlen.

»Omama, wenn Item ein Schwesterchen hätte, könnte sie mit ihr spielen. Und dann wären ihr die Vögel ganz egal.«

Wie oft hatte Kiwi schon darum gebeten! Aber die Oma war durch nichts zu erweichen. Die Kleine hatte sogar ihr Schmusetuch dafür hergeben wollen. Nichts hatte gefruchtet. Also gab es nur einen Weg. Sie musste selber zum Hund werden. Zu Items Schwester.

»Tante ViVi, wann kommst du zum Schminken?« Kiwis Plan war, dass sie, sobald sie wie ein Hund aussah, nur noch auf allen vieren kriechen würde.

»Morgen«, erwiderte Viktoria. Sie hatte Kiwi versprochen, ihr zu zeigen, wie man sich mit Fastnachtsschminke in einen Hund verwandelte. »Morgen ist noch lange«, sagte Kiwi enttäuscht und lief zu Item, um ihr tröstend zur Seite zu stehen, weil sie noch so lange auf ein Schwesterchen warten musste. Sie legte die Arme um den Hundehals. »Kannst du noch warten? Nicht weglaufen. Ja? Bitte. Und lass die Vögel in Ruhe. Hörst du?«

Item wedelte mit dem Schwanz.

»Komm, Item. Wir spielen Verstecken.«

Jola legte den Arm um die Hüften ihrer Gefährtin. Viktoria atmete auf und lächelte Phyllis zu, die die Frühlingssonne genoss. Sie fühlte sich so stark mit Jola. Es gibt keinen Baum, den wir nicht gemeinsam fällen können, dachte sie und griff nach der Hand ihrer Liebsten.

Jola spürte die glatte Handfläche. Sie erinnerte sich wieder an Kiwis Biss. Wie sehr meine Familie mich doch braucht, dachte sie. Erst recht, seit Yasmin sich hinter Klostermauern verdrückt hat. Nur noch Gritta und Mam können auf unseren Tornado aufpassen. Und Item. Aber auch sie kann nicht meine Verantwortung übernehmen. Ich bin der älteste Bruder. Daran gibt es nichts zu rütteln.

Viktoria schmiegte sich an ihre Liebste. Ich begreife nicht, dachte sie, warum sie sich immer wieder als Bruder bezeichnet. Du Vollblutweib, mein Seidenräupchen, nur ein paar Zentimeter mehr, und du wärst die Königin der Catwalks, ein Model, dem die ganze Welt zu Füßen liegt. Und du siehst dich als Mann? Wie kannst du dich männlich fühlen?

Jola hatte den Versuch aufgegeben, ihr zu erklären, dass die Verantwortung des älteren Bruders nichts mit dem Geschlecht zu tun hatte. Die Liebe fragte ja auch nicht nach Männlein oder Weiblein. Beide sprachen das Thema schließlich nicht mehr an. Manchmal schlossen sich eben Träume und Wünsche gegenseitig aus. Gerade wenn die Begriffe so nahe beieinander lagen, waren Missverständnisse unvermeidlich.

Anfangen würde das Ganze mit einem »Sei doch nicht so kompliziert«.

»Kompliziert? Es ist doch ganz einfach«, wäre die Erwiderung.

»Ganz einfach. Wenn ich das schon höre«, würde der Streit angeheizt werden.

Der Abend drohte ungemütlich zu werden.

Nähe wie Distanz, alles wurde zum Problem.

Wie sah denn die richtige Entfernung überhaupt aus? Was war der richtige Abstand zwischen zwei Menschen? In England galt die Regel, eine Armeslänge entfernt zu verharren. In anderen Ländern kam man sich näher. Oder blieb distanzierter. Und das galt nicht nur beim Reden.

Viktorias Fingerknöchel schimmerten weiß, so fest hielt sie Jola. Sie befürchtete, dass ihre Liebste in letzter Minute einen Rückzieher machen würde und sie allein nach London ziehen musste. Dabei sollte doch die renommierte Schule für Kunst und Kultur der Startschuss für ihre Karriere als Fotokünstlerin sein. Sie wollte keinen Fehlstart hinlegen.

»Bleibt ihr morgen Abend zum Essen?« Phyllis wollte Jola und ihre Gefährtin bis zum Umzug nach England so häufig wie möglich bekochen. Aber was sollte sie auftischen? Am liebsten würde sie beide mästen. Es würde dauern, bis die zwei wieder richtig aßen. Ham'n'eggs konnte sie doch nicht gelten lassen. Und über die englischen Essgewohnheiten lästerten alle. Gut, in der Not können sie immer noch Indisch essen gehen, dachte Phyllis. Aber parfümierter Reis ist eben doch kein Reis. Es wird zum Äußersten kommen. Jola magert ab bis zum Skelett. Oder soll ich ihr einfach einen Sack Reis mitgeben? Sicher ist sicher.

»Dankeschön, Frau von Brück. Aber lieber nicht, es gibt noch so viel zu tun.« Morgen ist der Tag der Tage, dachte Viktoria, der einzige in der ganzen Woche, an dem ich mich Jolas Haut widmen kann. Ihre Haut geht mir unter die Haut. Sie ist so anders als meine. Mein Seidenräupchen. Viktoria lächelte.

Jola hörte, wie ihre Gefährtin das Abendessen absagte. Das darf doch nicht wahr sein, dachte sie. Ich verliere das Gesicht. Schon wieder. Und sie merkt es nicht einmal. Aufgeregt hüpfte Jola von einem Bein auf das andere. Kies flog auf und traf die Schneeglöckchen.

»Was bist du so nervös? Du bringst noch die Frühlingsboten um«, sagte Phyllis und holte die Zigaretten heraus. »Und ich bin den Winter so satt.« Sie klickte mit dem Feuerzeug. »Ich bitte dich.«

Jola blieb auf der Stelle stehen. Sie hatten vor wenigen Monaten ihr Einjähriges gefeiert. Nach all der Zeit sollte Viktoria wirklich ein paar Regeln meiner Familie beherrschen, dachte sie. Immer hat Mam all die Fettnäpfchen, in denen sie sich gesuhlt hatte, weggeräumt und kein Wort darüber verloren. Ich frage mich wirklich, wann ihr Geduldsfaden reißt. Wann wird sie Viktoria auf eine ihrer Respektlosigkeiten ansprechen?

»Na, dann vielleicht übermorgen? Wie ist es, habt ihr dann Zeit?« Vielleicht koche ich ihr immer noch zu scharf, dachte Phyllis. Dabei lasse ich doch schon alles weg, was der Zunge Spaß macht. Aber immer, wenn Viktoria da war, ist die Zuckerdose leer.

»Ich weiß noch nicht. Kann ich Sie anrufen?«

Jola wurde puterrot im Gesicht. Wie macht Mam das nur, dachte sie. Sie sitzt ganz ruhig da und sonnt sich. Während ich Viktoria am liebsten schütteln würde, bis ihr Verstand endlich wieder im Schädel sitzt.

»Machen Sie nur, Viktoria.« Vielleicht sollte ich ihr doch einmal deutsche Küche anbieten, dachte Phyllis. Aber was? Berner Rösti? Oder Gulasch? Himmel un Ääd? Labskaus? Saumagen? Wiener Schnitzel? Zürcher Geschnetzeltes? Pizza? Und wovon soll ich satt werden? Einen Abend kann ich es ja machen. Jetzt, wo ich endlich wieder zunehme. Aber es ist und bleibt ein ungemütlicher Tisch, auf dem kein Reis steht.

Oh, oh, dachte Jola. Du merkst wirklich gar nichts.

Wann begreifst du endlich, dass meine Mutter Respekt verdient? Auch von dir. Immerhin lässt Mam mich mit dir nach London ziehen. Wenn sie genug von deinen Respektlosigkeiten hat, dann annulliert sie eigenhändig das Ticket oder bucht den Flug auf Freitag, den dreizehnten, um. Das war's dann mit London. Für uns.

»Liebes, ich hätte Lust auf Indonesisch«, sagte Jola so ruhig wie möglich.

Was? Phyllis war verwirrt. Aber ich wollte doch deutsch kochen! Und nun! Beides? Gulasch mit Klößen, grünem Salat und Apfelkompott für Viktoria. Und für uns? Da reicht die Zeit dann aber höchstens noch für Nasi, Bami, Atja, Satay, Ikan asin und Telor balado. Das ist aber keine richtige Reistafel. Gerade mal eine Sparversion. Dazu habe ich auch keine Lust. Aber wenigstens werde ich satt.

Was? Viktoria blieb der Mund offen stehen. Aber ich muss doch so viel erledigen! Und die Küsse können nicht warten.

»Darüber freue ich mich sehr, meine Tochter«, sagte Phyllis. »Ihr braucht ja nicht zum Kaffee zu bleiben.« Aber ich werde es euch schwer machen. Sehr schwer. Mit Rottikukus. Versuch mal, Töchterchen, deine Finger von den Dampfnudeln zu lassen, wenn sie frisch aus dem Reiskocher kommen. Das hast du schon als Kind nicht geschafft. Und deine Schwestern auch nicht. Phyllis rieb sich die Hände. Jede Mutter hat so ihre Tricks, dachte sie.

»Danke, Mam«, sagte Jola. Sie war ein wenig gekränkt, dass sie gleich nach dem Essen wieder gehen sollte.

Viktoria seufzte. Gegen dieses Mutter-Tochter-Gespann hatte sie keine Chance. Aber bald würde sie ihre Liebste für sich allein haben. Endlich. Es gibt doch nichts Schöneres, als die Frau, die dich liebt, mit niemandem teilen zu müssen, dachte sie. Frühstück im Bett. Stundenlange Spaziergänge. Tanzen bis in den Morgen. Verliebte Blicke austauschen und zwischendurch ein wenig Geld verdienen. Das pure Glück. Wer gegen eine Zweierkiste ist, hat noch nie am Schlaraffenland gerochen. Und das duftet nach dieser unscheinbaren Morchel, die in jedes edle Parfüm gehört.

»Wo ist Kiwi?« Phyllis schreckte hoch. Hastig ließ sie ihren Blick durch den Vorgarten schweifen. Die Kleine war weder zwischen den Beeten noch unter dem Gartentisch. Und auch nicht hinter dem Baum. Wo steckte sie nur? Phyllis setzte sich wieder. Sie wollte nicht panisch auf die Suche gehen und versuchte sich zunächst im Gedankenlesen. Aber Kiwi war in der Kinderpubertät und veränderte sich täglich. Es wurde immer schwerer, sie zu entziffern.

Wenn in einem Krimi die Zeugen fehlen, dachte Phyllis, dann folgen Arsen und Spitzenhäubchen dem Geld. Sie lächelte. Wenn Zweibeiner und Vierpfoter verschollen sind, dann könnte die Lösung heißen: Folge der Wurst.

»Vielleicht ist sie auf dem Klo? Im Kindergarten?« Viktoria war viel zu sehr mit ihrer eigenen Zukunft beschäftigt, um wegen Kiwi besorgt zu sein. Aber vorsichtshalber ging sie nachschauen.

»Und Item?« Jola rief: »Item, hier!« Ihr Ton klang bestimmt. »Fuß!« Es kam kein Vierbeiner aus dem

Gebüsch, weder Igel noch Katze. Und erst recht kein Hund. »Hier! Sofort!« Auch hinter dem Kindergarten raschelte nichts. Keine Item. Keine Kiwi. Jola wartete einen Atemzug. »Item, hier!«

Niemand hätte es gewagt, sich ihrem Befehl zu widersetzen. Auch kein Hund. Item musste außerhalb der Hörweite sein. Blitzartig zählte Jola zwei und zwei zusammen. Die beiden waren spazieren. Allein. Jola schaute auf die Uhr. Feierabendverkehr. Und Item war farbenblind. Sie hielt Grün und Rot an der Ampel für dasselbe. Beides hieß: Lauf. Jola war wie gelähmt.

Viktoria durchsuchte hektisch den Kindergarten. Sie mochte die Kleine, aber jetzt hätte sie ihr gerne den Hals umgedreht. Wenn Jola nicht mitkam nach London, dann war das Kiwis Schuld. Ist das Mutterschaf fort, säugt die Kuh das Lamm, sagte Jola immer. Aber die Kleine hatte doch eine Mutter. Soll die doch aus dem Kloster kommen und sich kümmern, dachte Viktoria. Warum ist sie überhaupt eingetreten? Ihr sagt mir ja nichts. Auch Jola nicht. Noch nicht einmal auf dem Sofa. Schon gar nichts über früher. Dabei wüsste ich doch gerne, wie es so war in Indonesien.

»Kiwi? Wo bist du?« Ihre Stimme hallte durch den Waschraum. Aber nichts regte sich. Unter den Toilettentüren zeigten sich weder Füße noch Pfoten.

Jola erzählt ohnehin nichts freiwillig, dachte Viktoria. Da bin ich doch ganz anders. Viel offener. Alles weiß sie von mir. Ich habe ihr alle Fotoalben gezeigt und ihr sogar aus meinem Tagebuch vorgelesen. Sie kennt meine Wünsche und Träume. Und die Fantasien.

Sie soll verstehen, warum ich so geworden bin, wie ich bin. Aber sie interessiert sich nicht wirklich für mich. Sonst würde sie das respektieren.

»KiKi, du hast dich doch nicht etwa im Keller versteckt?« Die Tür zur Treppe nach unten hatte einen kindersicheren Riegel. Vorsichtshalber schaute Viktoria trotzdem nach. Keine Kiwi. Keine Item. Und wo steckte Jola? Ach, die sucht ja draußen, dachte sie und stieg die Treppe wieder hoch.

»Haben Sie unsere Kiwi gefunden?« Paula Lühr kam Viktoria im Vorraum entgegen. Dauernd läuft sie fort mit dieser Töle von Promenadenmischung, dachte sie. Aber vielleicht sucht sie ja nach ihrer Mutter.

»Leider nicht.«

Diese Phyllis von Brück, dachte die Kindergärtnerin, kann sie denn nicht endlich besser aufpassen? Alle werden aus Schaden klug. Und wachsen daran. Nur die nicht. Glauben die etwa, etwas Besseres zu sein?

Viktorias Handy meldete sich brummend. Eine SMS. Von ihrer Liebsten. »Kiwi weg. Sind suchen. Bis später, melde mich. HDL, Jola.«

Die Textvorlage war fest gespeichert und verdarb Viktoria meistens genau dann die Laune, wenn sie etwas mit Jola geplant hatte. »HdAiR. Kuss, V«, simste sie zurück.

»Ich gehe mal in Richtung Haus. Und warte da. Vielleicht ist Kiwi ja dahin unterwegs, Frau Lühr.«

»Ist gut. Ich rufe Frau von Brück an, falls die Kleine hier wieder auftauchen sollte.«

Die Tür zum Kindergarten fiel hinter ihr ins Schloss. Niemand zu sehen. Unterwegs suchte Viktoria nach Spuren. Vielleicht hatte ja eine von Kiwis Taschen ein Loch?

Folge der Wurst, dachte Phyllis. Mein Magen knurrt ja auch. Teezeit. Und Kakao für Kiwi. Wo geht sie hin, wenn sie Hunger hat?

»Jola, du läufst bei der Dönerbude vorbei und dann zur Traube. Ich schaue bei der Eisdiele nach und beim Bäcker. Wir treffen uns beim Metzger.«

Plötzlich hörten sie Autoreifen quietschen und wildes Gehupe. Ein dumpfer Knall. Ihre Herzen blieben stehen. Sie hielten die Luft an. Nein. Kein Hundegebell. Kiwi konnte also nicht Ursache der Bremsgeräusche sein. Ihre Herzen begannen wieder zu schlagen.

»Hast du ihr gestern Taschengeld gegeben, Jola?« Phyllis knöpfte ihren Mantel zu und blinzelte in die Abendsonne.

»Ja, Mam.« Kiwi hatte immer etwas Geld in der Jacke. Jola fühlte sich dafür zuständig. »Morgen kaufe ich ihr ein Handy. Eines mit GPS.« Dass mir das jetzt erst einfällt, dachte sie ärgerlich. Ich bin einfach zu sehr mit England beschäftigt. »Dann hätten wir sie schon.«

»Erst mal Kiwi finden«, sagte Phyllis und knöpfte den Mantel wieder auf. Ihr war abwechselnd kalt, heiß und lauwarm. Vielleicht irritierte nicht nur ihre Angst die innere Heizung, sondern auch ein erstes Anzeichen der Wechseljahre? Ach was, dachte Phyllis. Es ist Angst. Pure Angst. Ich will nicht auch noch Kiwi verlieren. Aber erst, wenn man auf Wünsche verzichtet, können sie sich erfüllen, hat Mam gesagt. Ich kann nicht auf Kiwi verzichten. Wenn Wünsche genügend

Zeit haben, sich anzupassen, dann schadet es nicht, wenn sie sich erfüllen.

»Also, Jola, dann bis gleich beim Metzger.«

»Wenn ich sie finde, rufe ich dich sofort an, Mam.«

»Wir finden sie doch immer.« Phyllis schritt den Bürgersteig ab. Ihr Blick wanderte den Straßengraben entlang und durch die Vorgärten. Wenigstens ein Pfotenabdruck muss doch zu finden sein, oder irgendetwas aus Kiwis Taschen. Aber sie entdeckte nichts, nur Spuren, die so alt waren, dass sie nicht einmal erkennen konnte, ob sie wirklich von Item stammten. Phyllis bedauerte, damals beim Unterricht im Fährtenlesen und Dschungel-Survival nicht besser aufgepasst zu haben. Sie hatte sich als Kind einfach nicht vorstellen können, dass ihre Eltern sie irgendwo verlieren würden.

Phyllis lief über eine Nebenstraße. Im Gebüsch, hinter dem Papiercontainer, zwischen den Autos, überall glaubte sie Kiwi zu entdecken oder Item zu hören. Aber sie täuschte sich immer.

Nur eine Taube, dachte sie. Tauben finden immer den Weg zurück in ihren Schlag. Sie bringen Glück und sind weise. Das weiß doch jeder. Phyllis beruhigte sich und ging langsamer. Der Vogel gurrte ihr im Weiterfliegen zu, ihrer Enkeltochter sei nichts passiert. Diesmal nicht. Phyllis würde sie finden.

An der Eisdiele warf sie einen Blick durchs Schaufenster. Auf den roten Plastikstühlen saßen zwei Teenager vor einem Riesenbecher. Abwechselnd versenkten sie die Löffel. Frühlingsgefühle, dachte Phyllis. Wahrscheinlich ihre erste große Liebe. Ich freue mich auf die Zeit, wenn Kiwi so weit sein wird. Aber zuerst muss ich sie finden. Hier ist sie jedenfalls nicht. Vielleicht hat die Taube mich angelogen? Sie heißen hier Stadtverschmutzer und Plagegeister. Niemand ehrt sie. Was wird dann aus ihrer Weisheit? Ihrem Glück? Können sie das dann überhaupt noch speichern? Oder weitergeben? Vielleicht haben sie ja auch dem Frieden zuliebe ihre Gabe verschenkt. So viele Menschen verlieren hier ihre Arbeit. Ob man hier einfach viel mehr Glücksvögel braucht? Die Leute hier sind ja auch viel größer.

Phyllis eilte an Gruber Reisen vorbei. Eine Taube wird für Kiwi nicht reichen, dachte sie. Und schon gar nicht mit einem Hund als Baboe. Phyllis seufzte und eilte über den Marktplatz. Sie hätte sich auch gewundert, wenn Kiwi so leicht zu finden gewesen wäre.

Der Chef vom Reisebüro blickte durch das Schaufenster. Die schon wieder, dachte Anton Gruber. Die ist schuld, dass meine Yasmin fort ist. Im Kloster. So was, heutzutage! Eben kam ihr Balg vorbei mit dieser grässlichen Töle. So eine Verantwortungslosigkeit. Gut, dass der Bankert nicht auch noch hier reinkommt. Die hätte was erleben können. Auch wenn der Scheißköter mir den Anzug ruiniert hätte.

Beim Bäcker hielt Phyllis ihre Hand an die Stirn wie eine Piratin, die in der Ferne auf Land hofft. Dann presste sie ihre Nase auf die Schaufensterscheibe. Die beschlug. Der Blick schweifte hastig durch den Raum über die Tische. Zwischen Luftschlangen und Obstkuchen, Schokoladenmasken und Krapfen mit Marmelade, Sahne und Vanille steckte kein dunkelhaariger Wuschelkopf mit Puderzucker im Gesicht.

Phyllis ärgerte sich über die vergeudete Zeit vor

der Konditorei. Item war nicht vor der Tür angebunden. Keine Item, keine Kiwi. So einfach war das. Sie zwang sich zur Ruhe. Ihr Blick schweifte quer über den Marktplatz zur Metzgerei. Deren Inhaber hatte letztes Jahr beim Schweineschulterentbeinen ein Motorrad gewonnen. Seitdem fuhr sein Sohn Harley.

Vor dem Geschäft saß ein Hund. Bitte lass es diesmal Item sein, flehte sie und ging hin. Mit jedem Schritt wurde ihr Puls langsamer. Als ihr Herz wieder ruhig schlug, stand sie vor Item. Die wedelte freudig. Aber Phyllis begrüßte sie nicht sofort. Hastig zog der Hund den Schwanz ein und warf sich auf den Rücken.

»Ach, du«, sagte Phyllis. »Du weißt, wie du mich um den Finger wickeln kannst. Du bist ein braver Hund. Hast gut auf meinen Augapfel aufgepasst.«

Wenn Item ruhig ist, kann Kiwi nichts passiert sein, dachte sie. Am liebsten hätte Phyllis den Notvorrat ungestüm ans Herz gedrückt. Eine Taube reichte also doch. Ob man es nun Aberglaube, Instinkt, Intuition oder einfach ein Gefühl nennt, dachte sie, es bleibt ein sicheres Instrument des Wissens. Nur nicht so laut wie der Verstand. Der schreit immer nach Argumenten und glaubt nichts. Dafür täuscht mich meine innere Stimme nie. Auch wenn ich es nicht beweisen kann. Oder begründen. Oder überhaupt erklären.

Phyllis strich sich den Mantel glatt und betrat die Metzgerei. Ein Duft aus geräucherten Würsten, luftgetrockneten Rippchen und fettem Schinken schlug ihr entgegen. In der Theke drängten sich deftige Köstlichkeiten aus eigener Schlachtung. Zwei Frauen warteten, um ihre Bestellungen abzugeben. Keine Kiwi dazwischen. Ihr Minitornado saß brav neben der Tür auf einer Bank. Sie sah aus wie ein schwarzhaariger Rauschgoldengel. Phyllis setzte sich neben sie. »Omama, wo warst du denn? Ich warte schon die ganze Zeit.« Kiwi strahlte.

Seufzend schrieb Phyllis eine SMS an Jola. Am liebsten hätte sie das Kind geschüttelt und angeschrien. Ich hasse es, zu sein, wo du nicht bist. Ich hasse es, ich hasse es, ich hasse es! Es ist die Hölle, dachte Phyllis. Aber du, kleine Maus, hättest ja doch nur gefragt, Omama, wo ist die Hölle? Und darf Item mit?

Phyllis öffnete ihrer Enkelin die Jacke. Kapuze und Maske waren längst wieder in den Nacken gerutscht. Kiwi tastete nach der Hand ihrer Großmutter. Die reichte ihr den kleinen Finger. Kiwi umklammerte ihn. Phyllis konnte ihr nicht böse sein. Sie freute sich sogar darüber, dass ihre Kleine die Welt unter die Füße nahm. Die Neugierde trieb sie hinaus. Oder war es die Unruhe ihres Großvaters? Vielleicht ging es aber nur um Laufen des Laufens willen.

Phyllis lächelte. Sie ist wie ein junger Hund, dachte sie. Ihre Seele findet noch nicht allein den Heimweg. Aber selbst ein Mutterkuchen verirrt sich manchmal.

Kiwi schaukelte mit den Beinen und schmiegte sich an ihre Großmutter. »Du hast aber lange gebraucht, Omama. Hast du dich verlaufen?«

Phyllis seufzte wieder. Früher passten alle im Dorf aufeinander auf. Ganz gleich, ob groß oder klein und von welcher Insel man auch immer gekommen war. Aber sie wollte nicht weiter an die Vergangenheit denken. Der Weg nach Indonesien verschloss sich von Tag zu Tag mehr. Je stärker ihre Erinnerung verblasste, desto glanzvoller zeigte sie sich, wenn sie durch ihre Gehirnwindungen schlängelte. Beim besten Willen konnte sie die schlechten Zeiten nicht mehr aus dem Gedächtnis hervorholen. Ich liebe Indonesien, dachte Phyllis, für alles, was es nicht ist, und für das, was es nie werden kann. Und ich liebe Deutschland. Für all seine Eigenheiten, die die Deutschen sich selbst mehr übel nehmen als ich. Auch wenn ein Leben, wie ich es gewohnt war, hier nicht zu führen ist und ich auf meine Ecken und Kanten verzichten muss.

»KiKi, ich bin doch auch schon Oma. Ich kann nicht mehr so schnell laufen wie du.«

Frau Schröder öffnete die Ladentür. »Tach allerseits«, schallte ihr Gruß. »Ein Kilo Hack, bitte.«

»Rind oder Schwein?«

Geht das immer noch nicht nach der Reihe, fragte sich Phyllis.

»Halb und halb, wie immer!« An ihrem Ton konnte man hören, dass sie sich für ein Steak hielt, das mit einer Wurst verheiratet war, die Frikadellen mochte.

»Moment, Frau Schröder, ich dreh ihnen das schnell durch den Wolf. Ist doch für den Herrn Pastor, nicht wahr?« Der Metzger ließ sich Zeit.

Wenn sie bei ihm einkaufte, musste Phyllis immer warten. Er lagert wohl seinen Anstand in der Kühltheke, dachte sie. Zwischen den Kälberhirnen und den Schweinsfüßen.

»Darf es auch etwas mehr sein?«

Metzgermeister Martin schätzte seine Größe nach seinem Schatten ein. Seine Frau überragte ihn, obwohl er nur Schuhe mit erhöhtem Absatz trug. Sein dickes Auto verstaubte in der Garage, seit er den Vorsitz des Umweltvereins übernommen hatte. Als Geschäftsmann hatte man sich ja irgendwo zu engagieren.

»Darf es sonst noch was sein, Frau Schröder?«, fragte er. »Wir haben frischen Schwartenmagen. Oder ein gutes Suppenfleisch?«

Frau Schröder lächelte. Jeder im Dorf weiß doch, dachte sie, dass du dich nach den Sitzungen mit deiner Sabine aus dem Reisebüro zum Schäferstündchen triffst. Du alter Bock! Nur weil deine Frau die Augen verschließt, scheinst du zu glauben, dass auch ich den Siebenschläfer für einen Nationalfeiertag halte.

»Nehmen Sie es mir nicht übel, Herr Martin. Aber Suppenfleisch hole ich beim Discounter. Sonst heißt es noch, die Kollekte landet beim Metzger.«

Die Ladentür öffnete sich wieder und Erna Baumann betrat das Geschäft. Verlegen nickte sie Phyllis zu und stellte sich vor die Theke. Ich kann ihr nit in die Augen schauen, dachte sie. Immer lästern se über Phyllis. Und nie han ich widersprochen. Ich schäme mich. Und ich tu sie vermissen, nit nur im Chor.

»Tach auch, Frau Baumann. Was darf es denn sein?« Der Metzger wischte sich die Hände an seiner Schürze ab und lächelte eifrig.

»Ich bin noch gar nit dran«, sagte sie ruhig. Sie deutete auf Phyllis, die gelassen neben ihrer Enkelin saß. »Frau von Brück war vor mir da.« Sie wollte es nicht länger ertragen, wie ihre Nachbarin behandelt wurde.

Frau Schröder packte ihr Hackfleisch ein. Kümmern Sie sich gefälligst um Ihre eigenen Angelegenheiten, schien ihr Blick zu sagen. Und lassen Sie unseren angesehenen Metzgermeister in Ruhe. Das ist sein Laden.

»Sie war auch schon vor mir da«, stichelte Frau Schröder.

Was hat sie eigentlich für einen Vornamen, fragte sich Phyllis. Vermutlich einen, der ihren wahren Charakter offenbart. Deswegen sagt sie ihn nicht. Sonst wäre man gewarnt.

»Wahrscheinlich weiß sie wieder nicht, was sie will.«

Frau Schröder gehört zu den Menschen, die, wenn es keinen Dreck gäbe, alles so drehen würden, dass es dreckig aussieht, dachte Phyllis.

Der Metzger zuckte die Achseln. Er stützte sich auf sein Messer und machte ein gelangweiltes Gesicht. »Was tu wolle?« Hinter ihm hing bewegungslos der geräucherte Schinken.

Wieder einmal wunderte sich Phyllis über seinen irritierenden Dialekt. Wenn ich höflich bin, muss ich auch so reden. Aber wie mache ich das nur? Um Zeit zu gewinnen, fragte sie Kiwi: »Was möchtest du haben?«

»Wusste ich doch. Die Frau hat keine Ahnung«, sagte Frau Schröder und ging aus dem Geschäft, bevor irgendjemand kontern konnte.

Phyllis hätte ohnehin nichts gesagt. Diese Art hielt sie für korrektes deutsches Verhalten, so oft, wie sie die erlebte. Aber beim besten Willen gelang es ihr nicht, die sich zu eigen zu machen.

»Oma, ich mag Leberwurst.« Kiwi leckte sich die Lippen.

»Und wie viel?«

»So viel.« Die Kleine breitete die Arme weit auseinander.

»Darf es auch etwas weniger sein?«, fragte Phyllis schmunzelnd.

Kiwi zog ihre Börse aus der Tasche.

»Für so viel«, strahlte sie und hielt einen Euro hin.

»Ein Stück Leberwurst, bitte, daumenbreit«, sagte Phyllis. Halt, Metzgerdeutsch, fiel ihr ein. Ich habe vergessen, mich anzupassen. Hoffentlich versteht er mich trotzdem. Sie schämte sich für ihren Fauxpas.

»Tu wolle fein oder grob?« Der Metzger verzog keine Miene.

Erna Baumann konnte nicht mehr an sich halten. »Es jibt Menschen, die nie für ihr Verbrechen belangt werden können, obwohl sie sich kriminell verhalten«, sagte sie und hielt seinem abschätzigen Blick stand.

Phyllis war sprachlos. Noch nie hatte sie ihre Nachbarin so wütend gesehen. Sie wunderte sich sehr, worüber Erna sich so aufregte. Rasch sagte sie: »Kiwi, zeig bitte dem Herrn Martin, welche Wurst du dir wünschst.«

Kiwi hüpfte von der Bank zur Theke und zeigte auf die Kalbsleberwurst. Erna Baumann stellte sich schützend hinter sie. Unter ihrem Blick verkniff sich der Metzger jeden weiteren Kommentar. Sein Lächeln schwankte zwischen Arroganz und Unsicherheit. Erna Baumann gehörte zu seinen besten Kundinnen. Dort, wo sie einkaufte, kauften alle ein. Sie war ein Garant für gute Qualität im Dorf. Und für bessere Geschäfte.

»Guten Tag«, grüßte der Metzgersohn und trat aus dem Hinterzimmer neben seinen Vater. Wenn er mit der Buchhaltung fertig war, half er im Laden aus.

Später sollte er die Metzgerei ganz übernehmen. Nun schnitt er eine Scheibe von der Fleischwurst ab, kam um die Theke herum, bückte sich und gab sie Kiwi.

»Dankeschön«, freute die sich und reichte ihm ihren Euro. Sein Vater gab ihm die Tüte.

»Bitteschön, Kiwi. Darf es sonst noch etwas sein, für dich oder deine Großmutter?« Der Metzgersohn strahlte die Kleine an und die Wärme sprang ihm regelrecht aus dem Gesicht.

»Oma? Was darf es noch sein?« Kiwi drehte sich auf dem Absatz um.

»Danke, wir sind bedient.« Phyllis verkniff sich die Bemerkung, ihre Einkäufe lieber im Supermarkt zu tätigen. Sie kaufte hier nur ein, weil die Metzgerei Kiwi wie magisch anzog, und hoffte, dass es nicht das Blut war.

Dein Lächeln, dachte sie, sieht aus wie Kiwis. Und ihre Sommersprossen sind ähnlich verteilt. Aber das muss noch gar nichts bedeuten. Kleine Kinder sehen allen möglichen Vätern ähnlich.

»Komm, kleine Maus, wir gehen kochen«, sagte sie und dachte, Kochen ist gut fürs Gehirn. Dabei lässt sich gut nachdenken.

»Auf Wiedersehen«, sagte Kiwi und gab dem Metzgersohn die Hand. Dann winkte sie Erna Baumann zu und hüpfte zur Tür.

»Auf Wiedersehen, Frau von Brück«, lächelte der junge Mann und hielt die Tür auf.

»Was haben Sie für ein entzückendes Enkelchen«, schwärmte er. »Ganz die Mama.« So ein Kind will ich auch mal haben, dachte er. Er hätte Yasmin gern gefragt, ob er ihr das Kind ins Körbchen gelegt hatte.

Das hatte er sich aber nie getraut. Einen Herbst lang waren sie ein Herz und eine Seele gewesen. Aber so richtig miteinander geschlafen, das hatten sie nicht. Dafür waren sie noch zu jung gewesen. Gerade mal fünfzehn. Und von einem Tag auf den anderen hatte Yasmin kein Wort mehr mit ihm sprechen wollen. Er schloss die Tür.

Draußen band Phyllis die Leine los. »Braver Hund«, lobte sie. Item schnappte nach der Tüte.

»Nein«, sagte Kiwi, »pfui! Das ist meine!« Vorsichtshalber gab sie die Leberwurst ihrer Oma zur Verwahrung.

Phyllis nahm die Abkürzung zwischen den Hinterhäusern. Eigentlich wollte sie Kiwi nicht auf diesen Teil des Dorfes aufmerksam machen. In dem Gewirr aus Gässchen und Trampelpfaden musste die sich doch verlaufen. Ohne Item und erst recht mit ihr.

Am Gartentor ließ sie Leine und Kinderhand los. Um die Wette lief die Kleine mit Item durch den Garten. Dann bremste Kiwi abrupt.

»Tante Schnecke, wo bist du?« Sie zupfte ein Salatblatt ab und lockte. »Ich bin wieder da! Hast du schon gegessen?«

Phyllis schob den Riegel vor und sicherte das Gartentürchen mit Kette und Fahrradschloss. Einen Ausflug pro Tag gönnte sie ihren beiden Tornados. Das musste reichen. Mehr hielten ihre Nerven nicht aus.

Kaffee, dachte sie und setzte in der Küche Wasser auf. Aus dem Kühlschrank holte sie den Soto. Morgen Gulasch, heute Suppe mit Reis, Huhn und Gemüse.

»Hallo, Mam. Viktoria ist eben gegangen. Mit Jola.« Gritta trug einen schwarzen Hosenanzug mit weißem Hemd und Krawatte. Der letzte Schrei der neuen Weiblichkeit aus dem Kleiderschrank der Herren.

»Gehst du noch aus?«, fragte Phyllis. Mit dem Abitur hatte Gritta das Flegelhafte abgelegt. Sie wirkt erwachsener, dachte Phyllis. Ob sie es auch ist, weiß ich nicht. Ich frage auch besser nicht. Die Antwort wird mir sowieso den Schlaf rauben. Gritta erfüllt weder meine Erwartungen noch die von anderen. Vielleicht nicht einmal die eigenen. Aber das kann sich ja noch ändern. Sie ist doch erst achtzehn.

»Heute Abend texten wir Parolen. Hab ich dir doch erzählt, Suleika und ich sind im Organisationskomitee für den Ostermarsch. In Köln.« Sie setzte sich auf den Küchentisch.

»‚Frieden schaffen ohne Waffen'? Und ‚Nie wieder Krieg'?«, fragte Phyllis. Verliere ich gleich beide Töchter an England? Jola zieht auf die Insel, dachte sie. Und Gritta umarmt englische Sitten. Ihr innerer Frieden will einer großen Sache dienen. Das »Robbers-Cave-Experiment« gilt auch für meine Tochter GriGri.

»Wir wollen uns etwas anderes einfallen lassen. Diese alten Sprüche kennen die Leute in- und auswendig. Da hört doch kein Schwein mehr hin, Mam.« Gritta schlug die Beine übereinander.

»Ich werde dich unterstützen und für den Frieden fasten.« Wer die Fastenzeit einhält, dachte Phyllis, erhält am Ende die Absolution. Ein sündenfreier Mensch wird in die Gemeinde wieder aufgenommen. Dafür lohnt es sich sogar, ein paar Kilos abzunehmen.

Selbst wenn mir die Kleider gerade erst wieder passen. Jedes Jahr eine neue Chance, alte Freunde zu gewinnen. Sie fragte sich, ob Erna Baumann vielleicht Lust haben würde, einen Kochkurs mit ihr zu besuchen.

»Gründonnerstag gibt es Spinat und Federkohl. Ohne Reis.« Sie fand ihr Opfer grandios.

»Ohne Reis, Mam? Wow, dankeschön.« Nachdenklich fuhr sich Gritta durch die Haare.

»Trägst du eigentlich noch Hejab, wenn du mit Suleika unterwegs bist?« Phyllis rührte im Suppentopf.

»Wenn sie mitkommt, dann trägt sie eine Mütze. Und wenn ich mitkomme, dann bedecke ich mein Haar mit einem Schal. Das hat unsere Freundschaft entlastet und aus der Schieflage gebracht. Wir nennen es Kompromiss«, erklärte Gritta.

»Ach so«, sagte Phyllis. »Ein Kompromiss.«

»Ihre Eltern halten zwar nichts davon, aber ich konnte sie überzeugen, dass einseitige Forderungen einen schlechten Handel machen.«

»Ah ja«, sagte Phyllis.

Phyllis glaubte nicht, dass Gritta Suleikas Eltern nur mit Worten überzeugt hatte. Dafür kannte sie ihre Tochter zu gut.

Kopftuch in der Schule tragen, Schweinefleisch ablehnen und Arabisch lernen, um den Koran studieren zu können. Und dann auch noch der Ramadan. Wie weit meine Tochter aus Freundschaft Suleikas Eltern entgegengekommen ist, dachte Phyllis. Und die? Deren Familie behauptet immer noch, Gritta sei keine anständige Frau. Nur, weil sie zeitweise ohne Kopftuch unterwegs ist. Damit greifen sie meine Gritta direkt an.

Und indirekt mich. Ich bin die Hüterin meiner Familie und die Wächterin unserer Ehre. Wenn es nach deren Codex ginge, dürfte ich jetzt schon ohne Weiteres eine Blutfehde entfesseln.

»Fairer Handel also. Wo ist der Haken?« Phyllis packte ihren Kochlöffel fester.

»Suleikas Bruder begleitet uns nach Köln. Der passt auf uns auf wie ein Luchs.«

»Nennt er dich eigentlich Schwester?« Phyllis befürchtete, Gritta bei einem Ehrenmord zu verlieren. Ich sollte weniger fernsehen, ermahnte sie sich im Stillen.

»Nö, keine Bange, Mam. Er gehört zur neuen Generation, die für die Freiheit ihrer Schwester kämpft.« Gritta lächelte verschmitzt.

»Dann ist ja gut. Der Uni steht also nichts im Weg.« Gritta wollte unbedingt Geschichte studieren. Sie glaubte, Menschen besser einschätzen zu können, wenn sie ihre Geschichte kannte. Bei Suleikas Eltern hatte sie schon einen Achtungserfolg erzielt, weil sie ihnen nachweisen konnte, wann und warum der Hejab eingeführt worden war.

»Mam, ich brauche keinen älteren Bruder mehr. Ich bin fast neunzehn. Du könntest mir ruhig ein wenig mehr vertrauen.« Gritta zupfte sich ein paar Strähnen ins Gesicht. »Was machst du heute Abend noch?«

»Gulasch. Für morgen.« Phyllis legte den Kochlöffel beiseite. Gulasch mit Klößen. Und daneben Reistafel. Das kann nicht gutgehen. Mir wird ja schon jetzt schlecht, dachte sie und wandte sich ihrer Tochter zu. »Gritta, ich möchte gerne deine Meinung hören.«

»Da hast du dir die richtige Person ausgesucht.«

Gritta strahlte. »Ich habe zu allem eine Meinung.« Endlich respektierte ihre Mutter sie als erwachsene Person. Sie stieg vom Küchentisch und setzte sich auf den Hocker. »Was kann ich für dich tun? Ich bin ganz Ohr.« Gritta runzelte die Stirn, um erwachsener zu wirken, und hoffte, dass die Falten sich nicht zu tief in ihre Haut einprägten.

»Also gut. Slamatan für Jola und Viktoria. Für ihr Glück in England. Wen soll ich einladen?«

»Suleika«, sagte Gritta sofort. Aber eine Person war keine Aufzählung. Also, wen noch? Sie hob die Hand, um an den Fingern abzuzählen, und stockte. Niemand fiel ihr ein. Sie erschrak. Sie hatte ihr Organisationskomitee. Aber wen hatte ihre Mutter? Außer Kiwi. Und Item. Ach ja, die Leute im Altersheim. Aber sonst? Ein Kind, ein Tier, zwei Töchter, die dritte unerreichbar. Ihre Mutter und die Leute im Dorf waren wie Goldfische. Die schwimmen im selben Wasser, dachte sie, aber im Leben haben sie nichts miteinander zu tun.

»Ich packe es am falschen Ende an«, sagte Gritta. »Zum Slamatan lädt man doch auch Menschen ein, denen man wieder näher kommen möchte.«

»Stimmt, meine Tochter. Dann müssen wir Erna Baumann auf die Liste nehmen«, erwiderte Phyllis. »Vielleicht kommt sie ja wieder.« Ob sie bereit sein wird für Gulasch mit Klößen und Reistafel? Wenn das mir schon widerstrebt? Zwei Nationalgerichte auf einer Platte? Schubsen die sich nicht gegenseitig vom Teller?

Gritta sah den nachdenklichen Blick ihrer Mutter. Sie ist einsam, dachte sie. Sehr einsam. »Wenn du dich bei Erna Baumann entschuldigst, Mam, wird sie so verwirrt sein, dass sie die Einladung glatt annimmt.«

Vielleicht sollte ich nicht Gulasch mit Klößen machen. Reistafel mit Schnitzel und Kartoffelsalat?

»Das geht aber nun gar nicht«, sagte Phyllis und sah Grittas überraschtes Gesicht. »Ach so.« Sie räusperte sich. »Erna Baumann. Ich habe sie eben beim Metzger getroffen. Sie hat Kiwi in Schutz genommen, obwohl die Kleine noch nichts angestellt hatte.« Sie zuckte die Achseln. »Leider hatte sie keine Zeit zum Kaffee«, sagte sie und verschwieg, dass sie Erna Baumann nicht gefragt hatte. »Gegen die Uhren solltest du mal demonstrieren. Wenn niemand eine besitzt, dann verschläft jeder den Krieg.«

Kein Krieg? Keine Demos, dachte Gritta. Und dann? Dann bleibt mir nur noch der CSD. Und der ist mir zu schräg. Männer in Ballkleidern, dachte sie spöttisch und lockerte ihre Krawatte. Wenn Jola und Viktoria die Straßen gegen Diskriminierung unsicher machen, muss das reichen. Ich habe Besseres zu tun. Mit Suleika nach Köln fahren. Salsa tanzen. Studieren. Judo trainieren. Und gegen den Krieg demonstrieren.

»Slamatan. Wie war das noch, Mam? Gehört es sich da nicht, muss man nicht auch jemand einladen, den man nicht leiden kann?«

»Ja, GriGri, das gehört sich so.« Phyllis lächelte. Wenn sich Deutsch und Indonesisch nicht auf dem Teller verträgt, dann vielleicht im Topf. Ich passe Nasi Goreng an. Indonesische Zutaten, deutsche Gewürze.

»Dann nehmen wir die olle Schröder. Das wäre ein Opfer. Und was für eines«, lachte Gritta. Im nächsten

Augenblick schämte sie sich, ausgesprochen zu haben, was sie nicht einmal hätte denken sollen. Solche Gehässigkeiten verbrannten gutes Holz, das wochenlang gesammelt worden war. So konnte kein Haus gebaut werden.

»Im Grunde genommen müssten wir ein Dorffest organisieren und drei Schweine backen«, sagte Phyllis. Aber wie die dann würzen? Was waren denn echte deutsche Gewürze? Fast alle stammten aus dem Ausland. Zum Teil sogar aus Übersee. Alles hatten die Deutschen angenommen. Alles hatte sich eingefügt wie Zimt in die Zimtsterne. Ohne dass es überhaupt jemandem aufgefallen war.

»Dann kann Suleika mit ihrer Familie nicht kommen. Das fände ich blöd«, sagte Gritta.

Phyllis stimmte ihr zu. »Also keine Schweine. Nächste Woche gehe ich zu den Mormonen. Ich könnte eine Gegeneinladung aussprechen.« Deutschland ist doch in der EU, dachte sie. Also, Gewürze und Kräuter aus Europa vielleicht?

»Daran hätte Jola sicher Freude. Ob englisch oder amerikanisch, ist doch einerlei. Oder, Mam?«

»Vielleicht nehmen mich die Mormonen in ihren Chor auf. Ich würde so gern wieder singen.«

Kiwi stürzte in die Küche. »Oma, ich habe Hunger!«, rief sie. Gritta fing ihre Nichte ein und zog ihr die Jacke aus.

»Wie wäre es, wenn wir Schwester Reinhilde einladen«, fragte sie vorsichtig. Sie hätte ihre Yasmin so gerne wiedergesehen. Vielleicht durfte ihre Schwester ja die Oberin begleiten?

»Was soll dir Oma zum Essen machen?« Sie lächelte, als Kiwi auf das Brot zeigte. Warum eigentlich indonesisches Essen an die deutsche Küche anpassen, wenn alle Gewürze ausländisch sind?

»Mit Leberwurst?«, fragte Phyllis. Vielleicht müssen sich ja die deutschen Gerichte anpassen. Kartoffeln mit Kokosnussflocken? Sauerkraut mit Palmwein? Das wird doch auch nichts.

»Au ja, Omama, und mit Reis«, bat Kiwi.

»Brot mit Leberwurst und Reis! Also wirklich, KiKi«, sagte Gritta und nahm den Waschlappen. Sie wusch Kiwi Gesicht und Hände und sagte: »Das ist aber wirklich igitt.«

Phyllis lachte schallend. »In dir scheint zu wenig europäisches Blut zu fließen, meine GriGri«, spottete sie. Das ist die Lösung, dachte sie. Wenn indonesisch nicht deutsch gewürzt werden kann und deutsch keine indonesischen Gewürze verträgt, dann könnten die Zutaten doch gemeinsam etwas ganz Neues ergeben. Etwas wirklich Leckeres. So mache ich das. Beim Slamatan. Und morgen auch schon. Und den Nachtisch verpacke ich in ein Bananenblatt.

Sie gab ihrer Enkelin einen dicken Kuss auf die Wange. »Du kleine Indo! Meine große Kiwimaus! Du hilfst mir morgen beim Kochen. Du bist der Zimt in den Zimtsternen.«

Manchmal wird frau ermuntert – wie von Carola.
Manchmal braucht frau liebevolle Zeilen – wie die von Tante Barb.
Manchmal bekommt frau Hilfe – so wie von Ines und Magali oder Inge und Mecki.
Und manchmal ist bisweilen häufiger als frau glaubt. Danke.

PF 1621, D – 72006 Tübingen
Telefon: 0049 (0) 7071 66551
Fax: 0049 (0) 7071 63539
www.konkursbuch.com
E-Mail: office@konkursbuch.com
Gestaltung: Verlag & Freundinnen

ISBN: 978-3-88769-767-9